愛恨無垠

文創 風 020

雪靈之 著

目錄

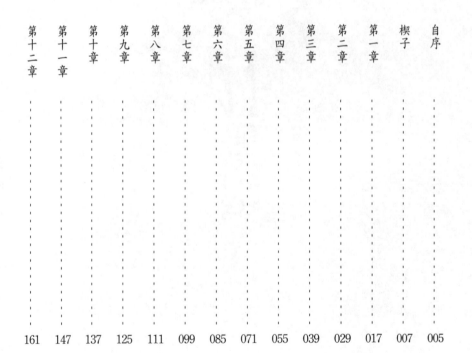

風文創
020

自序

雪靈之

《愛恨無垠》是我2008年寫的一篇小說，也是我第一次嘗試寫悲劇愛情。當時因步元敖的苦衷而憐憫，因閔瀾韜的執迷而同情，所以寫到最後自己也拿不定主意讓蔚藍和誰度過餘生，寫了個開放式的結局，並沒明確說明蔚藍最後的歸宿，對我自己來說也是一個遺憾。

當這個故事確定能在臺灣出版，我很高興，一直想重新修改而每每懶惰地放任自己拖下去，這回可以找到一個充分的藉口，更完整更細膩地把蔚藍坎坷的愛情經歷寫出來，好像我也對美好的蔚藍有了交代。她是我小說女主中比較可憐的一位，不是和病魔鬥爭，就是和命運抗爭，我很希望，在新的故事中她能得到幸福，而觀看她故事的我們，無論是找到了另一半還是正在尋找中的朋友，都請珍惜已經出現或將要出現的那個人，相比元敖和蔚藍，我們能平淡而溫暖的生活才是真正的幸福。

楔子

明　永樂十二年

一匹渾身塵土的馬喘著粗氣在揚州的官道上盡力飛馳，馬上的少年也和他的坐騎一樣風塵僕僕，原本精緻的衣物因為長時間的趕路而顯得褶縐灰暗，甚至有些襤褸。

風吹散了他的頭髮，他髒亂的髮絲在風中亂擺，那雙在凌亂頭髮間閃爍的眼睛卻異常焦灼而渴望。這一切……仍掩不住他俊美的容貌和高貴的氣質。他如一顆蒙塵的明珠，任是什麼也遮不住光華。

當蔚家堡氣派華美的大門遠遠出現在少年的視線裡時，少年漂亮清澈的眼睛更亮了一些，原本緊緊咬著的牙關也鬆開了，好看的薄唇畫出悅目的弧度。

他又夾了夾馬腹，無奈又心疼地催促著疲憊的愛馬再快一些。

「到了，到了……就有救了。」他長長地吁了口氣，一勒韁繩，人和馬都盡了最後的力氣跑向蔚家大門。

蔚家的管事容謙原本坐在內邊的椅子裡曬太陽，遠遠的望見少年，臉色急變，「騰」的站起來，轉頭就往書房裡跑。

「那……不是步三少爺嗎？」小門童華章踮著腳尖張大嘴巴，向逐漸跑近的俊挺身影望著，看了好一會兒才確定，他咧嘴笑起來，打算盡快去告訴四小姐，她日盼夜盼的心上人未婚夫來了！四小姐高興了，香鈴也會誇他，給他好東西吃呢！

書房裡，聽了容謙稟告的蔚耀權猛地一拍書案站起身。「什麼?!步元敖就要到了?」

「是啊，老爺。」容謙皺眉，煩躁地搓了搓手。「比您預料的早啊。」老爺還說這兩天出去躲一躲，沒想到步元敖來得這麼快，都沒來得及動身。

蔚耀權眉頭緊鎖，不知不覺地抓縐了手邊一張已經寫好的信箋。

「老爺？」看著老爺木雕泥塑地站在那兒足有盞茶時分，容謙忍不住叫了一聲，再不拿定主意，那步三公子怕是都要進大門了。

蔚耀權的眉頭擰得更緊，不耐煩地吸了口氣，像是有所決定，他低沈凝重地開口道：「讓他進來。」

「老爺？」容謙有些不理解地看著主人，讓步三少爺進府？曾經走得那麼親近的兩家人，真要當面把拒絕的話說出口？

「讓你去你就去！」蔚老爺發起脾氣來。

容謙訕訕地答應，正要向外走，聽見小廝華彩笑嘻嘻地一路喊著進來通報——「老爺！老爺！步三少爺來了，正在門外求見！」

蔚老爺雙眉一豎，發狠道：「掌嘴！」華彩那滿臉的喜悅，他看了尤其惱火。

容謙瞪了眼華彩，這個沒眼色的東西！在老爺催逼的目光下，容謙只得左右開弓打了華彩幾個嘴巴。

華彩被打得眼淚成串掉下來，一肚子委屈，平時通報步三少爺來訪老爺都是重重有賞的，今天這是莫名其妙唱的哪一齣？他眼淚巴巴地用眼神詢問管家容謙，容謙埋怨地瞪了他一眼，示意他趕緊退下。

「把他帶進來。」蔚老爺甩了下袖子，皺眉坐回椅子。

華彩只好忍氣吞聲地去為步三少爺引路，等領著步三少爺回到書房，他卻看見老爺一臉親切，笑著迎到門口，說：「世侄，你來了？」

華彩看得一頭霧水地走了，老爺今天這是怎麼了，喜怒無常，不是失心瘋了吧？

步元敖原本腳步匆匆，聽了蔚老爺這聲「世侄」，身體僵了僵，原本急切又真誠的表情慢慢變為有些諷意的冷淡，眼眸也因失望變得暗淡。

世侄？不叫他元敖了？

大概這一路求助被拒絕得太多次，步元敖已經十分敏感，只需一點點的暗示，他已經能知道此行的成敗了。

「世伯。」他抱了抱拳，故意這麼稱呼，之前蔚耀權可是再三讓他叫蔚叔叔呢。「我家的事，想必您已得知，我此行……」

「世侄，你這一路奔波也累得很了，先去客房休息一下，用些飯菜，容我把手邊緊急的事務處理妥當，你我晚上再詳談。」蔚耀權突兀地截斷了步元敖的話。

步元敖聽了，冷冷一笑，真沒想到就連蔚耀權都打算在這個時候拔短梯！誰能袖手旁觀，但他不能！步蔚兩家定下兒女親事後，蔚家受了步家多少恩惠照顧？僅是贈與的銀錢都不計其數了！

步家陷入困境，蔚耀權聽到消息後理應主動把欠步家的三十萬兩銀子歸還，共體時艱才對，怎麼會在他討上門來後還是這副嘴臉?!

步元敖雙眉一展，既然如此，他也不需拐彎抹角了。

「世伯，我行程匆忙，要盡快趕回家中。趁現在天色還早，銀號錢莊還都開著，請您立刻籌措銀子，把三十萬兩歸還，我家急需銀錢周轉，借據我也帶來了。」步元敖不怎麼客氣地提出要求，原本就幽黑清澈的眼眸因為寒意而更顯得深冥冷淡。

蔚耀權的眼睛殘酷的一瞇，並沒接話，書房裡陷入一陣危險的沈默。

一道俏麗的身影在書房門口一探，又縮回牆邊，只剩微微搖動的裙角露在門檻邊，顯出幾分幼稚的掩藏。

「藍兒。」蔚耀權一咬牙，拖一會兒是一會兒。「進來！」

一張害羞而脹紅的小臉垂得快到胸口，人也慢慢地蹭進來。

步元敖看見她烏亮的長髮和雪白的頸子，不斷絞著的柔嫩纖指，怨恨冷漠的心一陣柔軟。

「去照顧敖兒休息一下。」

蔚藍大感意外地抬頭看了父親一眼，清亮美麗眼睛因為瞪大，顯得天真而有些頑皮。爹爹今天竟然堂而皇之地允許她和元敖在一起？之前不總是對她耳提面命，說如果太過親近會顯得女孩子不夠莊重，夫家會看輕她嗎？難道……蔚藍喜悅又羞怯地看了元敖一眼，他們的婚事近在眼前了？

「啊……」蔚藍驚呼出聲，這是她的步三少爺嗎？他黑了，瘦了，這麼憔悴！往日衣著考究的他，竟然容忍自己的外衫弄成這副樣子？他的神情也讓她無比陌生，是焦急？怨恨？還是不屑？

她急急去拉他的手，觸碰的瞬間她一顫，這哪還是步元敖細緻柔軟的手？她總笑話他的手過於好看了，像大一號的女孩子的手。這雙讓她羨慕地捏來捏去的手，如今佈滿細小的傷口，手心裡全是繭子，變得粗糙生硬。

蔚藍頓時淚水漣漣，顧不得父親在旁，心疼無比地一把握住元敖的手，捧到面前，孩子氣地吹了吹，像是怕他疼。

步元敖低頭默默地看著她，她和往日一樣，不，她更漂亮了……精緻的瓜子臉，下巴尖尖的惹人憐惜，皮膚嬌嫩得像是輕輕一碰都會裂開的蛋白。他最喜歡她的眼睛，甜美而清澈，世間的陰霾，這雙濃密長睫下的翦水眼瞳不曾沾染半點。即便此刻他的心中充滿對她父親的厭惡和鄙夷，看著為他流著眼淚，甜美如昔的她，也只能柔下眼神，只想哄她別哭了。

蔚藍是蔚家女兒中最出色的一個，原本他的爹娘打算為他定下湖陽郡主，偶然見到蔚藍後，二老喜歡她的純淨柔美，乖順善良，才改變了初衷，與蔚家商定婚事。當時的蔚耀權是多麼欣喜若狂，感恩戴德……元敖想起往事，忍不住又冷冷挑了挑嘴角。

「快帶元敖去休息吧！」蔚耀權不耐煩地催促。

蔚藍的心裡全是元敖，竟然沒察覺父親態度的變化，快步拉著元敖去了客房。

蔚藍吩咐丫鬟端來了熱水，親自擰乾了一塊手巾，小心翼翼地踮腳為元敖擦去滿面的風塵，終於又是她熟悉的那張俊俏溫柔的面孔了，和她深深印在心裡的絲毫不差。她已經三個月沒見到他了，因為想念，反而把這副傾倒世人的容顏記得更牢。

步元敖抓住了她的手，溫暖、柔軟，僅是握著，都覺得心裡暖暖的。剛才她為他擦臉的時候，春山秀眉微微蹙著，水漾的眼睛裡有說不盡的憐惜和愛慕。他看著，鼻子竟然一酸，險些流下淚來。昔日風光無比的步少爺最近連連碰壁，嚐遍世間辛酸和輕賤，只有她，還把他當成珍寶如此愛惜。

他捧著她的手，緊緊貼在自己發燙的臉頰上，溫柔的觸感撫慰了他千瘡百孔的心。他突然有些不敢看她，這麼美好的蔚藍，他要是失去了怎麼辦？他的人生會不會就此只剩一片灰暗？

可是……蔚耀權已經打算翻臉了！

如果他變得一無所有，還有什麼資格擁有這麼好的蔚藍呢？越是覺得她珍貴，越是貪戀不捨，他握緊了她的手。

蔚藍的眼神很溫柔，卻也很堅定。雖然她被教導成一個宜室宜家的守禮女子，連門都很少出，但她很清楚地感受到了元敖的痛苦和絕望。

十歲那年與元敖定了親，她的心裡便滿滿的全是他。倒不是因為步家富甲一方，從第一面相見，她就喜歡他，說不出原因的喜歡。喜歡和他說話，喜歡看他笑，喜歡跟他在一起。

因為以蔚家的家世，能與步家結親是高攀了的，她的母親對她的訓導尤其嚴格，每次她辛苦得受不住，只要想想這是為了當好元敖的妻子，就心甘情願地堅持下去了。

步家為了她，給了爹爹很多共同經商的機會，好吃好穿、奇珍異寶也源源不斷地送來。在她的姊妹中，她受到了父母特別的寵愛和呵護，這讓妹妹蔚紫都嫉妒哭鬧了好幾回。

這一切在三個月前慢慢改變了，步家再也沒有送東西來，爹娘也再不把平時引以為傲的好親家掛在嘴邊。

「發生了很嚴重的事，對不對？」她柔聲問。

步元敖沒說話，他竟有些害怕說出步家的現狀。

蔚藍輕輕笑了，從他的手中抽回自己的手，依偎進他的胸膛，波瀾不驚卻堅定無比。

「不管發生什麼事，我都跟著你。」

「蔚藍……」步元敖竟然顫抖起來，不知道是因為感動還是悲傷。她嬌生慣養，柔弱如蘭，他忍心把她也一同拖入地獄嗎？只想到讓她吃粗鄙簡陋的食物，穿單薄寒酸的衣衫他就受不了。

他咬了咬牙，既然捨不得對蔚藍狠心，就要對自己狠心。

「蔚藍，妳仔細聽我說，我想可能再也沒有這樣單獨與妳相處的機會了。」他沈著聲音，雖然下了這麼大的決心，他卻仍然不捨把她從懷中推開。「步家現在的情況很糟糕，我們可能會一無所有，甚至連個棲身之處都沒有。我們的婚事，還是……」「算了吧」三個字，他卻怎麼也說不出口。

「別想甩掉我，無論如何我都要和你在一起。」蔚藍甚至低低地笑了，像是覺得元敖的擔憂很多餘。「你還記得我們定親後，在我家的花園裡，你很囂張地對我說，這輩子我生是你的人，死是你的鬼，我當真了，記了這麼多年，看樣子，會記一輩子。」

元敖覺得眼睛一酸，兩行眼淚流了下來。他也有點意外，這些天來他受了那麼多嘲諷鄙夷、吃了那麼多苦，半滴淚也不曾流過。

「蔚藍……」他畢竟不再是不諳世事的嬌貴少爺，他已經知道很多事不是僅靠感情就能堅持的。蔚藍才十四歲，她根本不知道貧窮是件多麼可怕的事！而且他帶給她的，或許不僅僅是貧窮，可能還有顛沛流離，居無定所，甚至……死亡。

「元敖，我只問你，你……」蔚藍羞澀地從他懷裡抬起頭，定定地看他。「你還喜歡我嗎？還想娶我為妻嗎？」

步元敖又有流淚的感覺，他連忙忍住，只顧不想讓她看見自己哭泣的樣子，他沒防備自己脫口說道：「想！我會喜歡妳一輩子！」

「嗯。」蔚藍甜甜地笑了，只要有這句話，她什麼也不怕了。

看著她甜美的笑臉，步元敖簡直挪不開眼睛，就自私一回吧，他真的割捨不了她！一想到未來有她，他的心竟然不似剛才般沈重，好像烏雲縫隙裡灑下了幾縷燦爛陽光。「蔚藍，實話對妳說，步家已經到了山窮水盡的地步，我這次來就是向妳爹討還之前他欠的三十萬兩銀子。可是看他的態度，怕是要不回這筆錢了。」

「爹他……」蔚藍皺眉，為爹爹感到羞愧。他不總說步家是蔚家的恩人嗎？怎麼到了這時候變得如此無情無義？

步元敖搖搖頭，就連讓她說她爹爹都捨不得，他怕她傷心。「晚飯時妳不要來，我再同妳爹攤攤牌，如果談崩了，我就會先行離去，在離妳家一里地的那個亭子裡等妳。妳現在就回去收拾東西，記得就連最貼身的丫鬟都要避忌，誰也不能說！晚上子時，從後門溜出來找我。」

「好！今晚子時！」她重重點頭，雙眼亮如星子。

第一章

蔚藍倚在廊上的貴妃榻裡神思恍惚的曬著太陽，正值盛夏，她還穿著夾襖的錦裳華裙。

自從三年前她和弟弟一起掉入寒潭，便得上了這古怪的毛病，怕冷畏寒，身體不能觸碰寒涼的東西，否則就會像被針挑刀挖般疼痛。父親為他們請了無數名醫，單是千年人參這三年來吃下去何止百十，可這病……

蔚藍閉著眼，陽光隔著眼瞼仍是一片璀璨，她——無所謂了，可是弟弟，父親五個女兒只有這麼一個兒子，家中唯一的香煙所續！父親老了，再生兒子的希望渺茫於無。

五年了，元敖拋下她獨自去創業已經五年了，一點音信也沒有。

那個相約出逃的夜晚，她準備好一切只等子時。母親來了，告訴她，元敖已經走了，他留下口訊，讓她等他，等他東山再起就來娶她。

她痛哭，她悲傷，她也盼望。

她雖然很埋怨，說好了一起走，怎麼他還是獨自離開了！可她瞭解元敖，他從小生長於富戶豪門，心高氣傲，在落難的時候便會格外的脆弱和敏感。他不想讓她看見他挫敗的樣子，所以還是選擇了獨自遠走創業，她還是體諒的。

後來她知道，朝廷覺得步家壟斷了太多的經濟命脈，怕他們包藏禍心，明裡暗裡竭力打壓，處處扼喉，步家舉步維艱，終於面臨絕境。而江湖宵小又覬覦步家的財富，趁他們勢微力薄相約前往劫掠，讓步家雪上加霜，一蹶不振。

她最後一次見到他的時候，步家已經陷入絕境，步老爺派他四處討回往日借出的債務，以期度過難關。

所以他才會對她說了那樣的話，怕她跟著他吃苦而想取消婚事。

她不敢細想元敖獨自離開時，心裡會有多苦。他從小到大何曾遭遇那般不堪境況，一定也想讓她陪在身邊，好歹有個一起分擔的人。可他就是對她太好，為她想得太多了，終於還是沒忍心。

這一走，就是五年。

她已經十九歲了，姊姊們早都成親生子，就連唯一的妹妹蔚紫也都定好了人家，明年就要出嫁。不過蔚藍不著急，她已經打定主意，他一年不來她等一年，一輩子不來……她就等一輩子。

開始她怪過父親，為什麼在步家最艱難的時候背信棄義？一向疼愛她的爹爹老淚縱橫，對她說，步家當時已經積重難返，就算把三十萬兩拿出來也是於事無補，白白填了無底洞。而且朝廷暗中盯著誰對步家施以援手，蔚家上下也百十來口人，他也不能棄之不顧啊。

蔚藍無法再怨怪父親，畢竟他也是想保全家人。

或許是因為愧疚，又或許因為害怕，父親不許任何人再提起步家，步家的人和事成為了蔚家的禁忌。

蔚藍試著偷偷讓下人去打聽元敖的消息，結果都無功而返，不知道是真的打聽不到，還是父親不想讓她知道。

開始的兩年，她天天充滿希望，或許就在明天，或許後天，元敖就會來了。他一直跟著步老爺學習經商，所有人都誇他聰明優秀，將來必成大器。從小就是，他想做到的事，沒有不成功的。

再後來，她就有些急了。

元敖的杳無音信讓她絕望，她怕他遭遇到了什麼不幸，受傷了，生病了……她找盡理由出門，想自己打聽他的下落，結果在一次倉促的私逃中掉入了寒潭，最不該的是，害得追她而來的弟弟蔚青也一同落水，患上了同樣的怪病。

因為體質虛弱，極度畏寒，她再也無法出門尋找。再加上父母為了她和弟弟的病愁苦不堪，想盡辦法醫治，勞心勞力之下蒼老了很多。蔚藍不忍再讓二老為她擔心，只能坐困家中，一心一意地盼他、等他。

等待得太久了，越來越容易胡思亂想，蔚藍很怕元敖生氣爹爹當初不肯還錢，記恨蔚家而故意不來。否則為什麼連一封信，哪怕一個口訊都不肯捎來？他明知她會天天心急如焚，會在等待中越來越茫然擔憂。

每當要絕望的時候，她就笑自己傻，元敖用那樣溫柔的眼光看過她，用那麼真誠的口氣對她說過，喜歡她一輩子。

無論如何，他都會來的！她相信他！

「四姊！」

蔚藍聞聲睜開眼，半晌才看清了眼前的景物，然後……她就看見了她的弟弟，蔚青。在姊弟六人中，蔚青與她感情最好。這樣熱的天氣，他也和她一樣穿著厚重的衣物，臉色因為體質的虛寒而格外青蒼。

蔚藍向他伸出手，拉他坐在她的榻上，內疚又憐憫地輕撫他披散在後背的頭髮，可憐的孩子，就是因為她才變成這副病弱模樣。

她是個女子，一輩子守在家中也還罷了，可他，如同被鎖鏈拴住腳的小鷹，心飛在高天，人卻只能困在這一方極小的天地。

他才十四歲啊，往後的歲月，他要如何熬過？

父親曾用重金請來一位神醫醫治他們，神醫看過他們姊弟二人的脈象後，寫下一帖藥方便走了，留話說藥材雖然貴重卻也不算難得，但想治癒，必須用男子的九陽玄血做藥引，不然無效。

天下，真的有九陽玄血這種神乎其神的東西嗎？真的有人流淌著這麼怪異的血液嗎？就算有，人海茫茫，要如何找，找多久？

她甚至懷疑說九陽玄血能治療他們身上寒毒的那個神醫，是不是因為父親重金相請而胡亂編出的病理和解藥。但她不敢說出心中所想，尋找九陽玄血已經成為父母親的精神寄託，成為他們挽救兒女的一線生機。找就找吧，至少父母還抱有希望。

「姊姊。」蔚青略顯稚氣的英俊臉上滿是喜色。「我們有救了，有九陽玄血的那個人找到了。」

蔚藍一愣，找到了？她的病有救了？她可以走遍天涯海角去找尋元敖了？她的心慢慢的雀躍起來，卻又不敢太期待，生怕最後還是會失望。

「四姊，人雖找到了，事情卻很難辦。」蔚青看著她，眼睛裡閃過稚嫩的貪婪，其實很明顯，但蔚藍在滿心籌劃去尋找元敖的喜悅中沒有發覺。

是的，蔚青貪婪，他極度渴望健康的身體、隨心遊走四方的自由，這些年，他被病痛糾纏太苦，只要能夠擺脫，任何犧牲都願付出，哪怕是姊姊的一生幸福！

「怎麼了？」蔚藍皺眉，像一瓢涼水澆在心上。

「無論如何，妳要救我，姊姊！」蔚青冰涼的手緊緊握住她的。

蔚藍莫名其妙地看著他。

「我不想再這樣病下去了！」蔚青怨恨又無奈地說。「那個人，要娶妳才肯給我們血當藥引。」

「不！」蔚藍的臉瞬間變得更加蒼白，連連搖頭。「不！我在等元敖啊！我們有婚約，我只能嫁給元敖！」

蔚青幽幽地看著她，那種複雜的神色，蔚藍第一次看見，卻再也難以忘掉。那是弟弟對她的哀懇、求救，也是憐憫。

「四姊，說出來都怕妳不敢相信，這世上唯一流著九陽玄血的人……竟然就是步元敖。」

蔚藍張著嘴，半天發不出一個音。

怎麼會？

她該高興嗎？

為什麼他會以這種方式出現？擁有九陽玄血的人？他要娶她怎麼可能是救他們的條件呢？他不是天下最有資格光明正大娶她的人嗎？

難道……元敖並沒有如她期待的東山再起，仍舊過著貧苦的生活？所以他才一直不敢來接她。也可能……他來過，她太瞭解爹爹了，一輩子行商，為人難免就精明刻薄些。如果元敖一貧如洗，爹爹是絕不可能承認婚約的。所以當爹爹找到元敖的時候，他才提出這樣的條件。

隨便吧，隨便什麼理由，隨便什麼原因！蔚藍捂住嘴巴，生怕自己高興得失聲尖叫，眼淚從她緊緊併攏的手指上流過，涼涼的讓肌膚有些刺痛，卻讓她的心沸騰起來。她終於等到了！元敖來娶她了！

相比她的狂喜，蔚青的陰鬱顯得那麼奇怪，他看著她，一字一句地說：「姊姊，妳一定要救我，我實在不想再這樣下去了。」

陽光，讓蔚藍周身被溫暖包圍著，她歡喜地看著遠處的青山，近處的樹木。三年了，她沒有看過外面的世界！多美啊！美得她怎麼都看不夠似的，連呼吸都輕快了。

送她的家丁護衛都躲在樹蔭下休息，熱得汗流浹背，煩躁地大力搧風，大口灌水。

蔚藍穿著厚重的衣服，柔美蒼白的臉上沒有半分汗意。幸好是夏天，她才能堅持著走完三天的路程。

「四小姐，喝水。」丫鬟香鈴為她端來了一杯水，旅途中沒有熱水，這是她在太陽下曬溫的。

看著一臉笑容的小姐，香鈴擔心地嚥了口唾沫。因為一直深閨嬌養，小姐太過天真和單純，很多事在她眼皮子底下發生了，她還渾然不覺。

其實自從步家敗落，老爺對小姐就沒那麼格外寵愛了，小姐心裡只惦記著步三少爺，根本沒察覺生活上的改變。她照料小姐的生活起居，感受可太清楚了，就連衣衫飾物都和以前沒法比。香鈴都暗自覺得，要不是夫人還真心疼愛小姐，事事顧著小姐，只怕老爺會乾脆隨小姐自生自滅，只有少爺才是他的心頭肉。

就說準備嫁妝吧，香鈴忍不住忿忿瞥了眼只裝了一車的簡薄行李，就算小姐再怎麼只想著去見步三少爺，也該問一問這是怎麼回事吧？步家當年鼎盛的時候，可是早早就為小姐把嫁妝送來了，她去看過的，件件都是奇珍異寶！夫人這次怎麼也不說兩句了呢？就連姨太太生的三小姐出閣的時候，也有十幾車的嫁妝呢！

就這點東西嫁去步家，小姐的臉面怎麼掛得住呢？

香鈴接回蔚藍喝過的茶杯，實在忍不住說：「四小姐，妳真不覺得老爺夫人很奇怪嗎？別說嫁妝給得寒酸，就連下人，竟然就只讓我一個人跟著?!」

蔚藍微微一笑，其實看見自己的「嫁妝」時，她就更堅信了之前的猜測，元敖果然是沒能重振家業。爹爹本來對步家就有心病，也不想再有什麼關聯，偏偏元敖提出這麼個條件才肯救她和蔚青，爹爹肯定滿心惱怒，自然也不會厚待她了。

這些對她都不重要！嫁妝有多少，陪嫁的丫鬟有幾個……只要她還能和他在一起，什麼都不重要了。

看著四小姐的笑容香鈴就知道，她又把事情往最好的地方想了。小姐盼了這麼多年了，終於能嫁給步少爺，光高興還來不及，其他的事她恐怕都沒往心裡去。

「小姐，香鈴還是想不通，如果步少爺要娶妳過門，怎麼會不來接妳，反而讓蔚家送呢？」

這倒是問到蔚藍心坎上了。

如果他也像她一樣盼望了五年，怎麼可能不來接她、不急著見她呢？

她的笑淡淡斂去，也許……等了這麼多年，她已經太會替他找理由了，他還是艱難度日，為了掩飾自卑反而裝作很傲慢的樣子給爹看呢？更何況現在是蔚家有求於他，他端端架子也算出了當年一口惡氣。

一些陰霾從她心底漸漸湧起，在出發前，娘對她說了很奇怪的話。讓她萬事忍耐，儘量取悅，還哭著說她可憐，偷偷塞了些銀票給她。

爹、娘，甚至連蔚青的態度都很奇怪，爹爹甚至都不肯來送她一程。好像嫁給元敖，連她都有錯了。蔚藍把這一切歸結於爹爹的心病，體諒他們也是心疼她要去過貧苦的生活才會這樣。

蔚青那傻孩子還稚氣地對她說，等他病好了就去接她回家。真是個孩子！

蔚藍壓住那些疑慮，不管怎樣，她要嫁給元敖了，偏偏他是擁有九陽玄血的人，這就是她和他天定緣分的鐵證！老天爺都要讓他們在一起，她還有什麼好多想的？

她有些不好意思地催促車伕們快點出發，生怕自己的爛身體會堅持不到目的地，她真的不想這麼不容易的重逢，一見面她就發病了。

車還在顛簸行進，她聽見在外隨行的香鈴一聲低呼。

「怎麼了？」蔚藍擔心地探頭張望。越是接近步家，她越是緊張，所以香鈴的這聲驚呼格外挑動她的神經。

蔚藍看著眼前的景物，完全驚呆了……

巨大的匾額上寫著燙金的三個字——攸合莊。

這是元敖住的地方？

這所華美壯麗的建築簡直就是一座城池，比當年盛極一時的步家還要氣派。蔚藍默默地看著，腦子一片空白，和她猜想的一切全都不一樣！

如果這座莊院是屬於他的，那她之前想出的理由就全都說不通了。一個她也無法駁倒的聲音在心底越來越響，響得引發了她的耳鳴。

能建立如此規模的府邸絕非一年半載可成，僅是院牆的石料都是有名的莊山石，從產地運來都要一年以上。就是說……元敖早就重振了家業，那為什麼他遲遲沒來接她？

真的是恨爹爹當年背信？這恨……都超過對她的愛了嗎？

她的馬車停在攸合莊門外極為闊廣的青石大路邊，被成排停放的華貴車轎掩沒，顯得那麼寒酸。

一個家丁走出來，不甚客氣地質問道：「你們是哪家的？有拜帖嗎？怎麼隨便把車停在這裡?!」

蔚藍慢慢皺起眉，這座屬於元敖的莊院……竟連大門都不允許她靠近嗎？

香鈴聽了很不高興，雖然事情實在詭異，但小姐畢竟是要嫁給步三少爺的，理應是攸合莊的主母，怎麼能受小小家丁的輕慢？

「車上是蔚府四小姐，趕緊進去通報。」香鈴揚起下巴。

「哦……」家丁聽了，非但沒挪動位置，還拉著長長的調子，不無譏諷地說：「原來是蔚府的小姐到了啊，往西去，走那邊的側門！」說完頭也不回地走了，任隨香鈴怎麼喊他也不理會。

車伕無奈，只能按家丁說的向西繞，走了很久才看見一扇偏僻的小門。

香鈴忍氣吞聲地向守門的兩個護衛通報，說明身分，兩個護衛也是一臉古怪的笑，毫不掩飾地鄙夷。

「我們主人吩咐了，只讓你們小姐一個人進去，你們放下東西，哪兒來回哪兒去吧。」一個年紀大些的護衛挑著嘴角說。

蔚藍正被香鈴扶著下車，聽了這話簡直不敢相信耳朵。她愣了愣，忍著羞辱感再次確認自己的身分。「我……是蔚府的四小姐——蔚藍。兩位是不是弄錯了，怎麼會連我的丫鬟都不讓進府呢？」

護衛冷笑了兩聲。「我們知道妳是蔚府四小姐，沒錯，就是讓妳一個進去。」

蔚藍怔忡沈默。

另一個年輕的護衛此時也開了口，比年長的更刻薄。「我們爺雖然家大業大，也不可能什麼閒人都養活！貓啊狗啊都跑來，光是浪費糧食，爺不心疼我們還不樂意呢！」

「小姐……」香鈴急得都哭了。

蔚藍勉強笑著向她搖搖頭，努力地安撫她的情緒。「別急，你們先在附近找個地方住下，等我見了元敖再說。」一定是弄錯了，元敖不可能這麼對她。

香鈴哭著和車伕走了，蔚藍看了看門內重重樓臺的遠影，突然心慌得厲害。

「快進去！」年輕的護衛不耐煩地催促。

蔚藍點了點頭。

第二章

蔚藍站在內院的小天井裡已經大半個時辰了，進門後一個僕婦把她帶到這裡就走了，再也沒人理會她。

正午的太陽曬得青磚地像是要著火，偶爾有下人在房間裡進出，都不敢走到院子裡來，只在迴廊的陰影裡走動。蔚藍倒是覺得很舒適，一年四季只有夏天她才像個正常人。

路過的下人都不與她交談，見她站在烈日下也不來勸阻，像看怪物一樣鄙夷地看她兩眼。

雖然不冷，漸漸有些渴了，蔚藍覺得腿也疼得有些站不住。怕下人們笑她不莊重，她努力地挺直脊背，保持站姿優美。

角門裡走來一老一少，手裡都端著新鮮的水果。

「林婆婆，她是誰啊？好漂亮。」小丫鬟笑著問一臉端凝的老婦人。

「不該問的妳少問！尤其現在妳給爺當差了。」老婆婆低聲教訓著。「以後就當自己是瞎子聾子，只能聽見爺的吩咐，明白嗎？不然妳待不長。」

爺？她們在說元敖嗎？

只是聽見有人提起他，蔚藍的心都一陣陣喜悅。他終於又回到她身邊了！以後她每天一睜眼就能看見他，聽見他的聲音，和他一起吃飯，一起說話……她笑起來，出了聲。

她盼望的，終於實現了。

又過了多久？太陽已經西下，僕人們都忙完了自己的活兒，陸續不見了。蔚藍實在無法支撐地走到迴廊的石臺上坐下來。她捶著腿，所能想到的喜悅再也壓服不住一直盤桓在心底的不安。

她知道這事有很多古怪的地方，可是她都為他找到理由了。現在……竟然沒有一個藉口能欺騙她自己！

他是要娶她嗎？整個攸合莊，沒有一個僕人看起來在忙著辦喜事。

就算……她揮開最不堪的念頭，就算他不打算給她任何名分，他怎麼會不急著來見她呢？她可是恨不能生出雙翼飛到他身邊來，她一直以為他肯定也一樣，可是……十里，五里，大門外，他都沒有來！她都在這裡等了他這麼久了，他還沒有來！

可能……她最後為他找了個理由，他實在太忙了，剛才門口的車馬她也看見了。他有那麼多事要辦，那麼多客人要會。

她垂下眼，手也忘記繼續捶，對他來說，她來了，不是最重要的事嗎？

他甚至沒有吩咐人招呼她，他……蔚藍的心一凜，難道他愛上了別的女人，甚至成親了，只能讓她這麼偷偷摸摸地出現？

畢竟分開了五年，實在……太久了。

即便是這樣，他……也該來見見她呀！

她聽見了腳步聲，剛抬頭，被兩個管事模樣的人圍隨的他就闖入了眼眸。心，好像不跳了。她一動不動，連眼睛都不眨地看著他。

這個男人……是元敖嗎？

那眉、那眼、那唇……組合出的卓絕容貌，是他！蔚藍愣愣地看著，竟然感到有些陌生。他變了，由一個少年變成一個男人，而且是一個不怎麼和氣的男人。

他高了嗎？沒有，可是……為什麼她看他的時候，會有一絲絲的懼怕？

蔚藍突然驚慌起來，他……他要從她面前走過去了，要進到房間裡了！他沒看見她?!

「元敖！」她簡直是跳起來的，原本已經失去反應的心也跟著狂亂地悸動，好像要從她的血肉裡突出去一般。血都往頭上湧，臉一定紅透了吧？

她管不了了，比起見到他，疑慮、失望、難過、害羞，都不如一陣強過一陣的狂喜。她撲過去，緊緊摟住他的腰，臉貼在他結實的胸膛上。

好幸福！能這麼摟住他，聞著他好聞的氣味，感受他溫熱的體溫……是夢嗎？就算是吧，只要能一直這樣下去，等多久，等得多苦，她都覺得值。

「元敖……」她更用力地摟住他，更緊密地靠上他的胸膛。「元敖……」她終於可以當著他的面喊出這個名字了，而不是夢中的囈語。

淚水打濕了她的袖子，這一次，她沒覺得疼，因為那灘水漬都是灼熱的。

「元敖！」她幸福地搖一搖他的身體，沒搖動……終於，她從幸福的雲端悵然發現，他竟然對闊別了五年的重逢無動於衷。

蔚藍震驚地抬起臉，望見的是他冷冷的眼眸，可讓她不能相信的是……那雙她想念了千萬遍的眼睛竟然看都沒有看她！

她就這麼摟著他，望著他……她驚呆了，也嚇壞了。

「去洗洗，髒。」他說。

她一顫，踉蹌後退，手臂緊抱他的力量一下子無影無蹤，只能不從她心願的垂在身體兩邊。

他還是沒看她，領著兩個相同冷漠的人走進房間去了。在他就要消失在門裡的暗影時，她驚懼萬端地喊出聲，好像用盡了全部的力量，身體都因為大喊而向前彎傾。

「你是步元敖嗎？」她的心裡只剩這一個疑問了。

「你是步元敖嗎？」她又喊了一遍，眼睛好疼，被淚水打濕的臉也好疼，淚水再次變得冰涼入骨。

他沒回頭，也沒停頓，走進房間去了。

門關上以後，她就保持著吶喊的最後姿勢呆呆地望著。她是不是又作夢了？是夢嗎？

她幽黑的眼瞳空洞地睜大，卻好像什麼都看不見，原本就蒼白的臉，變得更加沒有血色，嫣紅的嘴唇便顯得格外醒目。她覺得自己好像隨時就會倒地死去，又極度地不甘，這就是她日夜期盼的重逢嗎？

從他消失的房門裡走出了一個丫鬟，她垂著眼並不看蔚藍。「跟我來。」她的聲音平靜得沒有一絲起伏。

蔚藍垂著肩膀站在那兒沒動，全身的力氣都在剛才的那兩聲嘶喊中用完了。

「跟我來！」丫鬟走了兩步發現她並沒有跟上，提高聲音喊，她還是沒動。丫鬟皺了皺眉，走過去拖住她向前走。

蔚藍神色恍惚地被丫鬟拉著，腳步踉蹌。

「就是這裡。」

不知道走了多久，蔚藍的腦子裡只剩他剛才冷漠的表情和他的背影。

「哎！」丫鬟在她耳邊大聲的呼喊了一聲。

蔚藍嚇了一跳，終於看清了眼前的事物。

這是一間小小的下人房，只有一個櫃子和窄窄的小床，她聞見了灰塵的味道，有些嗆。

「妳以後就住這裡。」丫鬟吩咐完轉身就走。

蔚藍沒有叫住她，她還是一臉怔忡地站在陌生的小屋裡，像個迷路的小孩般茫然。

連傷心都沒有，她完全懵住了。

窗外的飛鳥「吱啾」叫著掠過，她似乎被這突如其來的聲響震得碎成了粉末，頹然倒在地上，腦子裡一片空白。

她的心猛地抽搐了一下，元敖這樣的態度，一定有了非常大的誤會。難道當初他去一里亭等她了，娘騙了她？不可能，沒有人知道他們的計劃。又或者，元敖曾經來找過她，被爹爹趕走了？

所以元敖以為她是怕吃苦才不肯跟他走，恨她，誤會她？

一定是這樣，不然她實在想不出元敖為什麼會這麼對她。這裡一定有她不知道的隱密！真傻啊，她呆呆地等了五年，真的相信爹娘說的，元敖是獨自去創業。

過去的一些細枝末節陸續在她的心底翻騰起來，攪得心裡一片凌亂，頭也開始疼了。

不知道過了多久，丫鬟再次推開門，她有明顯的敵意，說話的時候從來不看著蔚藍。

「來洗。」還是平靜無波，簡短俐落。

蔚藍點了點頭。

不管怎麼樣，總要見到他，才能把誤會解釋清楚。

泡在溫熱的水裡，蔚藍的身體放鬆了些，腦袋好像也不那麼重了，她必須把事情問清楚。她必須讓他知道，這五年來她沒忘記他，天天盼他來。她從沒變過心，也從沒對他說過一句謊言。

蔚藍揉洗著長髮，元敖冷酷的聲音似乎又響在耳邊——

「髒！」

他覺得她髒……淚水一下子從眼睛裡湧落在水面上，畫出一圈圈漣漪。

他知不知道看見他的那一瞬間，她有多高興、有多幸福。五年來望穿秋水的等待，苦澀茫然，寂寞孤獨都一下子消散了。可他只對她說「髒」……

她的心刺痛，如果五年來，他都活在誤會裡，埋怨她、厭惡她……他對她的愛還在嗎？還剩下多少？

她有些害怕！

從浴桶裡站起準備跨出，她才發現沒有換洗的乾淨衣物。這些原本都是香鈴替她做的事，現在必須都要靠她自己。

蔚藍咬著嘴唇，只能先穿著剛才的衣服了。她的行李好像還堆積在小門的門房裡沒有拿過來，她一陣煩惱。

勉強穿上沾染著一路風塵的衣服，蔚藍開門出來，她看了看天色，已經是傍晚了，天地一片暖洋洋的橙黃。

如何找到剛才領她來的丫鬟呢？她連名字都沒有問，一向都是丫鬟主動報上名的，她皺了皺眉，太多的事和家裡不一樣了，她要更用一些心。

等了一會兒並不見那丫鬟來，蔚藍只好自己往堆放她行李的地方去，至少先拿一套乾淨衣服來換，她還要去見元敖。

幸好從她住的地方到那個小門的路並不曲折，她憑最初的模糊記憶還能找得到。

門裡站了一些護衛和僕役，她有些遲疑，終於還是走過去問了。

「妳的行李？」剛才的兩個護衛都不見了，換了一批陌生的，為首的瞥著眼看了她一會兒，茫然地問其他人。「她是誰啊？」

「好像是……蔚家的小姐。」一個人不怎麼確定地回答。

為首地挑了下眉毛，確認地問：「妳是姓蔚的嗎？」

蔚藍點了點頭，為首的護衛和她遇見的所有步家下人一樣，又露出古怪又看不起的神情，拉長了調子說：「哦——」

不光是元敖恨她，似乎整個攸合莊的下人都恨她。

為首的護衛不怎麼熱心地揮手叫來一個小門童。

「領她去小倉庫，她的東西都堆那兒了。」說完了就和其他人繼續說著他們的話題，再也不正眼看她。

蔚藍只好跟著那年輕的小廝拐了一個彎到小庫房，開了門，小廝也掉頭走了，沒有幫她拿的意思。

她的行李再少也有三、四大箱，長這麼大，她第一次碰見無人幫助的情況，只能有些手足無措地站在那兒。她嘆了一口氣，還是先拿出貼身換洗的衣服，其他的等和元敖談過了再說。

蔚藍用手臂勾住大大的衣包，沒想到衣服也能這麼重。來的時候不算遠的路，走回去的時候卻怎麼也見不到頭兒。

偶爾有路過的丫鬟，三三兩兩的看著她吃吃低笑。蔚藍紅了臉，她知道她現在的樣子很狼狽。

走回她要住的小屋，領她來的丫鬟正一臉不耐煩的站在門口，看見拖著大包的她只是皺起眉狠狠一瞪，並沒上前幫手的意思。

「幹麼去了！等了妳半天！」她不客氣地喝問。

從沒被人這麼喝斥的蔚藍一愣，有些難堪，但是……

「是不是他要見我？」她充滿期待的睜大眼。

比起見元敖，這些都不重要。

「誰?!」那丫鬟又瞪眼了，明顯是給了她顏色看。

「元……敖。」蔚藍有些臉紅。

「這是妳能叫的嗎？以後妳要叫他『爺』或者『主人』！妳放肆胡來倒楣的是我們。」

蔚藍呆呆地看著她嚴厲不屑的臉，讓她叫元敖什麼？

「我……我……」她看著那丫鬟，竟然說不出一句完整的話。

「我知道妳是誰。」那丫鬟也開門見山地說，冷冷一笑。「快點，去見爺，有什麼話妳對他說！」

這丫鬟比剛才的話多，但似乎更不客氣。

「等一等好嗎？」淚水又在眼眶裡打轉了，今天一天，她受到各種輕慢和訓斥，這些竟然都來自元敖的下人？

「等？我能等，爺不能等！快點！」丫鬟催促了一遍，自己轉身就走。

蔚藍白了臉，無奈地匆匆放下包袱，踉蹌地跟上她。

第三章

元敖靜靜的坐在案前的椅子裡，修長好看的手托著下巴，不知道在想些什麼。

丫鬟帶蔚藍進來以後就退出去了，蔚藍直直地看著他，光是看著他，她已經很滿足，滿足得把剛才急切想向他問明情況的心情都蓋住了。

這是她的元敖，變得更加出色了，俊美的容顏她怎麼看都看不夠！

元敖一直沒有說話，見她也不開口，終於冷冷看了她一眼。冰冷深冥的眼神讓蔚藍一顫，充盈心間的幸福感瞬間消散，她又想起今天發生的一切，身子一下子好像掉入了萬丈冰窟。

「元敖……」她哀悽地看他，無論發生過什麼事，他怎麼可能這麼不相信她？在怨恨她之前，至少要給她一個申辯的機會啊！丫鬟讓她稱他為「主人」，他不是她的主人，他是她苦苦等待的元敖！

他的目光微微一閃，更沈冷地盯著她瞧。

這樣的目光蔚藍更受不住，想起她還穿著剛才的衣服就十分難為情，心都瑟縮地疼痛。他不知道，那聲「髒」刺得她有多痛。

「妳果然一點兒都沒變。」他終於開口了，雖然語氣那麼冷峭。

蔚藍點頭，直直地看著他，是，她一點兒都沒變，對他的心還和以前一樣。見她殷切點頭，步元敖冷冷地笑出聲來，刻骨的鄙夷。

「妳不會只帶了這一身衣服來吧？」他突然把話題說開，教蔚藍有些怔忡。「蔚老頭果然還是那副慳吝的德行。」過於譏諷的口氣，讓蔚藍極為難堪。

「元敖……」她皺眉，委屈的眼淚在眼睛裡打轉，他怎麼能如此輕易地就對她下了判斷？她懇求地向他靠近了一步，雖然開口解釋刺傷了她的自尊心，可她一定要說清楚。「你到底怎麼了？」

「我怎麼了？」步元敖嘲謔地看著她，雙眉一掀，竟然笑起來。「我怎麼了，妳還不知道嗎？何必還明知故問？」

「元敖……」蔚藍吶吶喊他，解釋的話全都湧到嘴邊，卻被他冷然打斷。

「來人！」他喊，再不看她一眼，再不想聽她說一句話。

那個丫鬟垂著手進來，步元敖看著她。「剛才妳是怎麼跟她說的？下去領二十個嘴巴！」

「元敖！」蔚藍一驚，是因為她嗎？她做錯了什麼讓他懲罰這個丫鬟呢？

「四十個！」他一撇嘴。

那丫鬟怨恨地一瞥她，蔚藍渾身一冷，無法置信地看著他。「是因為……我叫了你的名字？」她越說越輕，因為淚水讓鼻子痠痛不堪，她發不出聲音。他恨她到了這般地步嗎？

步元敖根本不理會她，垂下眼對丫鬟說：「滾出去領罰。」

「爺……」丫鬟跪在地上抖著身子流淚討饒。

蔚藍閉了下眼，再睜開時，終於下了決心。

「饒了她吧。」她看著他，都是為了給她難堪才殃及了無辜的人。「好嗎……爺？」

這一聲呼喚，撕碎了她的心，他……的確不是當年的元敖了。

「下去領十個嘴巴。」他笑，讚許地看著蔚藍。「看來，妳還是知道該怎麼做的。」

她木然地看著他，淚水滑到下巴已經冷得刺痛她的肌膚了。知道不該再抱有幻想，知道會得到一個傷她至深的答案，可她還是不甘心，即便到了眼下的地步，她還是不敢確信，元敖會這樣對她。

「你……還會娶我嗎？」

元敖的眼睛驟然一瞇，淡淡地笑了。

看著他緩緩地站起身，他靠近時，她動都不會動了，那眉、那眼、那溫柔的笑，全是在腦子裡描摹過幾千次幾萬次的樣子。他怎麼不是元敖呢？她動情地看著他，是他呀，就是他。

「蔚藍……」他的手溫柔地抬起她的下巴。

這呼喚……也沒變！

她的淚水更頻密地滑落，只因為聽他這樣喊她，心就立刻恢復了希望。剛才的一切，她都不怪他，都願意忘記。

「如果，是另一個男人擁有九陽玄血，救你們的條件是妳的身體，妳……會答應嗎？」他的呼吸輕柔地拂過她的鬢髮。

蔚藍愣住了，她從沒認真地想過這個問題。會嗎？委身另一個男人？

她沈默了，為了弟弟……她會不會呢？至少她不能痛快地回答「不會」。

他看著她迷濛的眼睛，決然鬆開手，溫柔的表情都恢復成剛才的不屑和嘲弄。他又坐回去冷漠地看她了。

「一個只要有回報，無論跟哪個男人都肯上床的女人，妳覺得我會娶？」他微微歪了歪頭，好像很感興趣地看著她。「這兩年蔚老頭的生意做得不錯，妳功不可沒吧？他一直都捨不得妳嫁人，不得不說……蔚家的女兒裡，算妳長得最標緻，利用價值也最高，蔚老頭那麼精明，自然會好好利用的。」他呵呵笑起來。

蔚藍聽過他無數次誇她長得好看，沒有一次會讓她如此羞恥，他好像在說一個完全陌生的人。只要有回報，無論哪個男人都肯上床？他會這麼看她，而且把這樣的話當面說出口？

她的心太疼了，疼得幾乎人都有些瘋癲，她居然笑了笑，這輩子……她竟然能聽見元敖對她說這樣的話？

「知道為什麼我還讓妳來嗎？」

他的心情好像好轉了，蔚藍幽幽地抬起眼看他，最後希望他能說句暖她心的話，至少讓她還能有勇氣開口解釋。

「我……」他慢慢斂去了笑容。「的確是恨你們蔚家，你們蔚家的每一個人。對我來說，一下子讓你們家破人亡，根本不解氣。那咱們就慢慢來，一點一點把舊帳算個清楚。」

蔚藍絕望地看著他，對他來說，她只是一個蔚家的人嗎……

「尤其是妳。」他瞇了瞇眼，像是在想評價的詞語。他又看著她了，聲音低沈了些。

「妳知道嗎？蔚藍。」

她的身子劇烈一抖，即便這樣了，她還是喜歡聽他喊自己的名字。因為五年裡的日日夜夜，她太盼了，盼他出現在面前，喊她「蔚藍」。眼巴巴地看著他，元敖，就說一句，就說一句讓她好受些的話吧，她已經到了崩潰的邊緣。

「妳真是蔚家最出色的女兒。」他讚嘆地搖頭輕笑。「得了妳爹爹的全部真傳，無恥得讓我都佩服。今時今日面對著我，一個最知道妳是什麼樣賤貨的人，還能偽裝得像個聖潔的仙女，還偽裝得如此逼真，這大概就是妳的魅力所在……」

他撐著下巴，明明看著她微笑，目光卻森冷入骨。

「妳成功了，原本我還想把妳丟在隨便什麼地方，讓妳慢慢寒毒發作死掉，現在我改變主意了。妳的病，我有所耳聞，命似乎已經不長了，妳還活著的這段時間，我要好好教教妳，如何活得誠實。」

蔚藍只是默默聽著，說半句辯解的話都沒了力氣。

「爺，擺飯嗎？」門外有傭人小心翼翼地詢問。

「嗯。」步元敖敷衍地應了一聲。

三五個丫鬟進進出出，在八仙桌上滿滿擺了山珍海味。

蔚藍木然站在屋子的一角，周圍人變多了，她卻好像陷入一個封閉的地方，黑暗孤獨，茫然不知所措。

「坐。」

蔚藍又聽見元敖的聲音，思緒才慢慢清晰起來。下人們都離開了，房間裡又只剩她和他。

元敖已經坐到桌子旁邊，用眼睛點了點自己對面的位置。

蔚藍猶豫了一下，才緩慢地走過去。

這突如其來的猶豫，讓她又一陣心酸，與他對面而坐，曾是她認為天經地義的事，現在竟然瞬間膽怯了。

「今天到底是妳第一天來，總要接接風。」他嗤笑一聲，親自為她斟上酒。

蔚藍看著他的手，又恢復了往昔的修長潔白，不再如落難時那樣讓她心痛。她飛快地端起酒杯一飲而盡，她十九年的人生裡，第一次覺得自己需要一杯酒。

火辣辣的酒水嗆進喉嚨，眼淚唰地被逼出來，她覺得自己恢復了些勇氣。

「元敖，為什麼？」她抬眼看著他，只想知道答案。

步元敖也給自己倒滿酒杯，卻沒有喝，玩味地看著她。

「既然妳還裝糊塗，我也不妨配合妳一下。」他好看的手指輕輕彈著酒杯的邊緣。「從哪兒開始說呢？」他似乎有些躊躇。「嗯，就從妳沒去一里亭說起吧。」

她沒去？

蔚藍渾身抖得厲害，不得不拿起酒壺又倒了杯酒喝下，貪婪地汲取辛辣帶來的刺激，她不能讓自己陷入絕望的迷茫中，還有好多話要說！

「那天我提早去了亭子，倒沒等太久。」他笑著說，眼神卻令人心驚膽顫。「妳爹帶著妳家全部好手，讓我識趣地趕緊滾開，從此再別提那三十萬兩，別再提高貴的蔚家四小姐，步家敗落了，我已經不配再做蔚家的女婿。」

他說得雲淡風輕，蔚藍卻聽得有如天崩地裂。

「妳爹這麼想，我不怪他，他勢利又小氣人盡皆知，當初還指望他還錢的確是我的錯。不得不說，那老東西土埋半截了，身手還是不錯的，我被妳家護院打得半死不活，他還親自動手砍了我一刀，很是俐落。」

蔚藍驚恐地雙手捂住嘴巴，半天才緩過神來急急說道：「元敖！我沒讓爹爹去趕你離開！我一直……」

元敖寬容地揮了下手。「妳別擔心，在這件事上我不怪妳，畢竟當時跟著我就是受苦。繼續說吧，大概是老天爺覺得步家氣數到了，那些亡命匪類從我家宅子裡再也搶不到值錢的東西，乾脆綁了我爹娘兄嫂，要五十萬兩贖金。我帶著妳爹賞我的刀傷，好不容易籌到了銀子，卻因為傷口惡化病在半路，沒趕得及按時交錢，那些混蛋撕了票，我的家人全死了，就連我剛滿一歲的小侄子都沒能倖免。」

他說起這些的時候，語氣毫無起伏，甚至嘴角還帶著淡淡的笑意，雖然看上去那麼嗜血而殘酷。

蔚藍完全成了木雕泥塑，愣愣地聽他說。

「我籌到的錢沒能救家人的命，用來做生意倒是發了財，建了這座攸合莊，怎麼樣，漂亮嗎？說起來，能有這莊子是托妳爹的福，我要是拿錢換了家人，說不定我們全家還貧苦度日，很艱難呢！」

步元敖說完，端起酒杯一飲而盡。

蔚藍看著他，想起剛才自己喝酒的心情，元敖也是一樣吧。那段往事是他最不堪回首的，卻又無法忘記。

「其實妳爹真夠傻的，我提出那樣的條件，他還覺得我會救他的寶貝兒子一命。他覺得一個被他背棄的人會履行承諾？最想讓他斷子絕孫的，不是我嗎？」

步元敖放下酒杯，幸災樂禍地看著蔚藍。

「也可能他全都知道，只是覺得妳病在家裡也是等死，不如試一試送到我這兒，或許還能騙得我神魂顛倒，真的用血給蔚青當藥引。蔚藍，妳不必這麼賣力地表演，妳爹壓根兒就放棄了妳，才把妳送到仇人家裡。」

仇人……的確，蔚家已經欠下他血海深仇，他已經恨毒了蔚家的每一個人，包括她。

蔚藍低了會兒頭，孤注一擲地抬眼直視他。「元敖，如果我說，這一切我都不知道，只是在家裡苦苦等你，等了五年，你……相信嗎？」

這是她最後的豪賭，雖然他已經把話說得這麼明白，可她還是想知道，曾經那麼相愛的人，那麼彼此瞭解，彼此喜歡，他能不能最後相信她一次？

元敖嘖了一聲，冷笑著搖了搖頭。「真是毫無驚喜，妳來之前我還想，以妳的手段心機會不會想出些獨到的藉口，讓我意外一下。結果還只是裝無辜、裝善良。其實到了這分兒上，妳還裝作心如磐石，對我的事毫不知情，是很拙劣的，讓我更加厭惡。」

蔚藍看著他，連眼淚都流不出來，她輸了，他根本不相信她。

「蔚家的人裡，最令我厭恨的還真不是妳爹，因為他至少卑鄙得很直接。不像妳，多下賤的事情做完後，還能裝出天真善良的仙女樣子。每次我想起妳答應同我私奔的模樣，我就忍不住唾棄自己，這輩子上的最大當，竟然讓家門都很少出的小姑娘把我玩弄於股掌。」

「我沒有！我沒有！」蔚藍空洞地搖著頭，如果他不相信，她要怎麼證明呢？她想去找母親，她能找到的唯一證人就是母親了。「我娘……」

「妳娘可以證明妳是受了矇騙才沒去的是嗎？」步元敖冷嗤了一聲，鄙夷的眼神毫不掩飾地落到她的臉上。「約好的時間地點，若不是妳說出來，難道是我去告訴妳爹的嗎？」

蔚藍僵直著脊背，任何辯解，只要他不相信，就算有再多的證人，也都毫無說服力。

「吃菜。」他詭異地殷勤起來，為她挾了筷菜餚。「妳今年……十九了吧？為什麼一直沒嫁人？因為得了寒症？」他又喝了杯酒，難得有了談興似的。

蔚藍沒有回答，她在等他，打算等到死，可是這話已經不必再說了。如果他連這個都譏嘲諷刺，她會立刻死去。

「妳爹似乎很相信妳的魅力，我只是說送個女兒當報酬，他就挑了妳。在攸合莊，這個年紀有些大了。」他輕笑。「其實妳妹妹更適合來，妳爹說送妳，我真猶豫了下。後來想想，踩著妳虛偽的畫皮，親耳聽聽妳說起對我的背叛，也是不錯的享受。至少對我是個警醒。」

蔚藍只是聽著，只能聽著。他已經不喜歡她、不相信她了，其他……都已經不再重要。對她來說，她已經失去了一切。

他站起身，走過去優雅地推開窗，月已上了樹梢，夜色清明，步元敖看了一會兒，說道：「果然是良宵，蔚藍，我們也不要虛度了。」

蔚藍眩暈了一下，他說這話的語氣，才是她記憶裡的聲音。

「雖然我要個蔚家的女兒，就是為了折辱，就是為了洩憤，一雪當年我被愚弄的羞恥感，但我還是很挑剔，被人玩剩的爛貨，別想塞給我。攸合莊再大，也不養閒人，尤其……滿心詭詐滿嘴謊言的閒人。」

蔚藍很慢很慢地轉過頭去看他，就像半夢半醒的時候，明知是美好的夢境，自己就要醒來，還是貪戀著夢裡的美好。

元敖穿著湖藍色的長衫，倚窗看著她。月光勾勒出他俊挺的輪廓，他的眉眼卻被燭光照映得格外悅目。

他比五年前更好看，沈穩淡然，沒了年少時的浮躁，更具魅力。

無數失眠的夜晚，她都看著月亮默默祝禱，此刻的美滿月色痲痺了她的疼痛，她癡癡地看著，分不清到底現在是夢境，還是遭遇到的那些羞辱是夢境。

月色下微笑的他……的確就是她的夢。

步元敖也在看她，五年過去，她好像一點兒都沒改變。他刻薄說她已經成了老姑娘，可靜靜坐在那兒，還是滿眼愛意看著他的蔚藍，找不到一絲絲的改變。

看上去還是那麼甜美、純潔，水亮眼瞳裡盡是可以溺斃任何男人的清澈光芒。

或許這才是他最厭惡她的地方！

妖魔殺人，受死者坦然認命，可雲端裡的仙女以救贖的姿態一劍穿心，受死者只覺得憤怒而怨懟！

而且，對他來說，對她存半點善念、半點憐憫，都是對自己的殘忍。

步元敖冷了臉，他又險些被迷惑了。

只要她用那雙眼睛看著他，他就會上當！

他快步走過去拽起她，有些粗暴地一路拖行到內室。月色、燭光、重逢所勾起的回憶，樣樣都在蠱惑他。

他不想再被愚弄，不想心軟，只能用更粗暴的方式對她，羞辱她，逼她露出本相，讓他看到醜陋，他才安全了。

一句話也不想說，無論是步元敖或蔚藍。

再多的苦痛，再多的怨恨，或許他們倆都已經不想再承認，可擁有彼此，仍舊是他們不能遺棄的渴盼。

少年時的甜蜜愛戀，花前月下的海誓山盟，他們都偷偷地幻想過今天。

蔚藍麻木地接受，因為她突然意識到，她所信奉的人生軌跡碎裂得一塌糊塗。她除了接受，還是接受。反抗？反抗什麼？推開他大哭大叫？傾訴？傾訴什麼？她認為最真心的情話在他眼裡盡成嘲諷。

她要死了，死於寒毒，死於絕望，死於他的責難。

儘管如此，還是想擁有，不管他已經變成什麼樣，不管他怎麼看待她。對她來說，人生的終點，只有這一點點僅剩的願望。

成全了，她也可以淡然上路了，畢竟等了五年，或者說，一輩子的人，等到了，一切就算有了結局。

元敖扯脫她的衣裳，把她重重地甩在床榻上。

每一個細節，都不要同他少年時的幻想重疊，他不要留下半點美好的記憶！

他曾一邊傻傻地笑著，一邊提醒自己，初夜的時候千萬不要因為太渴望而顯得粗暴，要體貼她，取悅她。所以，他現在要刻意折磨她，踐踏她，聽她哭泣，聽她怨罵。

蔚藍僵直地躺在床上，動也沒有動。

他也上了床，有力的雙臂撐在她身體兩側俯看著她，蔚藍慢慢把虛浮的目光聚攏，停留在他的臉上。

兩人默默地互相看著，突然都迷失在夢境與現實的邊緣。

蔚藍看著，很用力地看，看得眼淚都流了出來，靠得這麼近，是她的元敖啊……她抬起手，細細撫摸他的臉龐，飛揚秀氣的眉毛、挺直的鼻子、緊緊抿著的嘴唇，一點兒也沒變，一點都沒變！

元敖像被施了咒，那麼厭恨，仍舊接受她溫柔的觸碰。還同以前一樣，她非常輕易地可以安撫他的傷口，這雙細細柔柔的手，觸碰的是他的肌膚，也觸碰到了他的心靈。

突然，他緊緊地皺起眉，覺得無比危險，因而更加怨恨。只要一不防備，她就能靠得很近。

他強迫自己殘酷地冷笑，說：「妳還是處女嗎？蔚老頭沒讓妳幫著迷惑些冤大頭賺點銀子嗎？」

蔚藍的手頹然墜落，她的夢境出現了裂痕。

任何溫柔和憐惜，他都不想給予，今晚他失控的次數太多，多到自厭。因為他的愚蠢，聽信了她的謊言，他連家人都失去了！

步元敖惱怒起來，殘忍地分開她的腿，故意羞辱她，弄疼她，一下子深深進入了她。

蔚藍無法抑制地慘呼一聲，不可想像的疼痛，無論是身體還是心靈。

「還真是乾淨的。」他嘲諷地冷笑。

她感覺到，火辣劇痛的地方流出滑膩的液體，是她貞潔的證明。

又能證明什麼呢？

他沒有再動，她沈浸在蝕骨的痛苦裡，甚至失去了反應，兩隻眼木木地看著床帳頂，大概是燭火太暗了，她只看見一片黑暗。

短暫的停頓後，他劇烈地折磨起她，每一下都好像要把她鋸成兩半。蔚藍死死地揪扯著身側的床單，指甲好像已經劃破了那上等的絲綢。可是她卻連一聲都發不出來，她有些懷疑，自己或許已經死了，他加諸身體的那些疼痛，只是地獄裡的滌罪懲罰。

罪？她有什麼罪呢？

步元敖冷冷看著她臉上的每一個表情，期待她露出憤怒和怨恨，想享受她的痛苦和絕望，可是都沒有，若不是她的眼睛過分睜大，他都懷疑她已經暈厥。

就在蔚藍覺得自己再也無法支撐下去的時候，他極為用力地動了兩下，她覺得身體裡一熱，他已經果斷地退了出去。

他再沒說話，陰沈著表情坐直身子拿衣服。

「元……元敖……」蔚藍艱難地喊，聲音很小，但他還是低低地嗯了一聲，算作回應。

「你……救救蔚青吧。」

他聽了，脊背一僵，冷冷笑起來。「果然是蔚家人，剛陪我睡了，就開始提條件。」他轉回身子，不屑地看著她。「妳的表現太差，沒資格講價錢，更何況，妳憑什麼要我救蔚青？」

蔚藍沒再回答，他覺得這是她的條件，其實……這是她的遺言。

這個世界她還有什麼牽掛，就是可憐的蔚青了。

他看著她，請求說再也不想痛苦下去的表情，讓她無法解脫。

她對不起的人，也只有蔚青而已。

其他人……該還的都還了，該了結的，就要了結。

「來人！」步元敖煩躁地喊了一聲。

腫著臉的丫鬟垂頭進來，步元敖光著身子坐在床邊，吩咐道：「給我換衣服。」

他被伺候著穿衣，回頭瞥了床上的蔚藍一眼，她也在看他。

他漠然說：「床單也換，髒了。」

蔚藍的目光一直停留在他的背部，雖然已經穿好衣裳看不見了，可那道猙獰恐怖的疤痕從他的肩頭綿延到腰側，她只看了一眼，那道傷就好像烙在了她的心上。

她突然嚎啕大哭，無法控制，自己也不知所措。

父親的這一刀，劈碎了她的人生，她的愛情。元敖還剩下了仇恨和瘡疤，她卻什麼都沒有了。

元敖厭煩聽到哭聲，置若罔聞地穿好衣服走了出去。

只剩丫鬟看著蔚藍躺在狼藉中無助地嚎哭。

蔚藍一輩子都沒這麼哭過，哭得聲嘶力竭，涕泗橫流，她以為已經絕望得什麼都可以不在乎了，可還是如此委屈和悲傷。

元敖、父親，他們的怨恨都有根由，可她呢？她承受的這些為什麼呢？

她做錯了什麼呢？

丫鬟憐憫地看著她哭，連勸阻都有些不忍心。原本是怨恨這個害她挨了耳光的蔚家四小姐，可聽她這麼哭泣，竟然沒法再怪她。

這個女孩的哭聲像是用盡全部生命發出來的，不知道她這樣哭過之後，還能剩下什麼。

第四章

眼淚還在流……但聲音已經啞了，全身的力氣也沒剩下一絲。

一直站在角落裡看蔚藍的丫鬟這時候走過來，低聲說：「我去給妳拿套衣服。」聲音雖然還是那麼平淡，卻明顯沒了鄙夷。

「對不起……」蔚藍啞著聲看她還浮腫的臉。

丫鬟抬眼看了她一下，搖了搖頭轉身出去了，臨出門她說：「我叫香琴。」

香琴？

蔚藍苦苦的一笑，真可笑，瞬間還想著會不會她的丫鬟叫香鈴，他才給貼身丫鬟取這麼個名字。

心已經死了，身體卻還不能擺脫疼痛，裡裡外外疼得讓她無法忍耐。該說的，該做的，都完成了，她不想再承受這些痛苦的拖磨。

蔚藍費力地抬手摸索床頭的小暗格，淒楚地一笑，果然有，他還是習慣在床頭的格子裡放一把小刀。出身商賈世家，隨手就能拿到剪裁信封的小刀是基本習慣，他……還有沒改變的地方。

再多沒變的習慣又怎麼樣呢？對她的愛戀已經改變，這一點變了，就再也不是她的元敖了。

拿著刀的手沒有一絲顫抖，死，她從沒怕過死，甚至無數次想過以死解脫。寒毒發作時那種扒皮拆骨的劇痛，比死都難受。可她熬了過來，因為那時候她捨不得死，她的元敖會回來的，來娶她，來實現對她許過的美好承諾。

只這一點點的殘念，就夠她咬牙從煉獄裡一次一次地走回來。

現在，她終於不用再忍受病痛了，雖然愧對弟弟，能解脫，對她來說，也不是件壞事。

轉過刀尖，她平靜地看著，刀刃劃破了她的手指，她還是毫無所覺地緊緊握著，血從掌心淌落下來，蔚藍木無反應。

腳步聲……就在她準備用力把刀刺進心臟的時候，她聽見了元敖的腳步聲。

五年沒有見面，她還是一下子就能聽出他的腳步。

所謂愛戀，就是進了棺材也不死心的糾纏，她發現自己無法繼續，在心底最深的地方，仍有小小的聲音在說，元敖會不會捨不得她呢？畢竟是生離死別，他會不會因此而壓住仇恨對她說些勸阻的話？

步元敖走進房間，看也沒看她，徑直走到書案前拿起一封信，轉身的時候看見她緊緊握著刀，像是要自盡。

他漂亮的眼睛不耐煩地瞇了瞇。

「要尋死，滾到莊外去死，別給我添晦氣。」

刀要不是陷入肉裡，就從她手中跌落了……

他神色不動的抬腳就走，再沒多看她一眼，香琴拿了一套衣服走進來，險些撞到他。

「爺。」香琴惶恐地垂首站住。

「看著她，別讓她死在莊子裡。真的自盡了，就通知蔚家來收屍，我沒那個善心替她辦後事。催他們快著點，夏天爛得早。然後叫他們把小女兒送過來，想給我來個一死了之哪兒那麼容易？蔚家的活罪，還沒受完。」

他走了……蔚藍愣愣地看著他消失的方向。

再一次好像聽不懂他說話的意思，每個字都聽清了，但每個字都不能理解。

她死了，他也這麼無所謂嗎？

就算再恨，她要走了，消失在這個世界上，他連最後一眼，都不肯好好看她嗎？

香琴沒動，看著蔚藍手裡的刀和血。

「蔚……」香琴一時不知道該叫蔚藍什麼，蔚家是主人的大仇家，蔚老頭把主人害得那麼慘，就連眼前這個嬌滴滴的蔚家小姐也欺騙背叛了主人，讓主人變成現在這副冷酷的模樣。別說她了，整個攸合莊都厭惡蔚家、看不起蔚家。可真見了面——這個柔弱的蔚家姑娘也滿可憐。

「別再做傻事了。」香琴也只能對床上這個赤身露體，滿手是血的姑娘說這麼一句。

「幫我……梳下頭好嗎？」床上的姑娘啞聲說。

香琴心中一陣不快，剛有點可憐她，還使喚起人來了！

「就……這一次。」察覺到了她的不快，蔚藍艱難的笑了笑。「我的丫鬟還在莊子外等我，我不想讓她看見……」不想讓香鈴看到她如此不堪的樣子。

剛才是太悲痛了，她竟然忘記還在莊外苦等的香鈴。跟了她一場，她就這麼撒手而去，香鈴也太可憐了，至少要給她個交代。

香琴有些讚嘆地看著換好衣服的蔚藍，這是她從家裡帶來的華服吧？很適合她，她真美，也雅緻……雖然皮膚白得毫無血色，不像是活人，但她還是美。尤其是她的眼睛，有這麼清澈美麗眼睛的人怎麼可能會撒謊害人？

由不得香琴嘆氣，蔚姑娘騙沒騙爺已經無關緊要了，只要她是蔚家人就注定完了……

蔚藍從首飾盒裡拿出一對翠綠的鐲子。「香琴……」她有些抱歉的叫出她的名字。「我不懂事，害妳挨了打，這個送妳吧，算是我的道歉。」

「我不要。」香琴冷著臉搖頭，雖然知道她是好心，但把她當成什麼人了？

「拿著吧。」蔚藍又笑了，淒美而苦澀。「我已經用不著了。」她把鐲子放在香琴手裡。

香琴一凜，她還是想死！

「蔚姑娘，爺對你們蔚家……」她停住，這個詞不好掂量。

蔚藍苦笑。「我知道。」

有多恨，她知道！他報復在她身上的痛那麼決絕、那麼劇烈，還是沒有稍微緩和一點他的恨。有多恨……無邊無垠，只怕——他要趕盡殺絕才能罷手。

「妳死了，爺真的會再弄個蔚家姑娘來的。既然妳已經……已經……咳，何必再拖累自己的其他姊妹呢？」

蔚藍木然地站著，再拖累？她的死，就是再拖累一個人？

她想起來了，他是這樣說過，她死了，就要家裡送蔚紫來。

蔚紫，活潑驕縱的蔚紫，已經和孔家少爺定了親，天天紅著臉在房間裡繡嫁妝，想起妹妹，蔚藍的唇邊浮起不自覺的笑意。

元敖說，蔚家的活罪沒有受完，她死了，讓蔚紫來受嗎？

蔚藍看著自己手指上深得幾乎見骨的傷口，不及心裡的傷口疼。她太瞭解元敖了，他恨她，所謂活罪，就是她的背叛。他根本不是想折磨蔚紫，他想折磨的人，是她。可是，他也太瞭解她了，雖然猜知他的心意，她還是賭不起。

因為她不忍心，所以她就連求死都不可以。

蔚藍苦澀地挑了下嘴角，不要緊，以她的身體狀況也撐不了多久，等她病死……他出了心裡的怨氣，也就罷了。

如果他還不依不饒，她在黃泉路上也顧不得這許多，至少她可以問心無愧了。

天剛亮，太陽卻已經很烈，蔚藍腳步沈重地向小門走，生怕下一刻就倒下去。她信任自己的意志力，殘忍的病痛已經讓她很有經驗，她必須讓香鈴安心離去。

陽光曬在身上很溫暖，靠著這一點點的暖氣，她想，她可以支撐下去。

路過的下人們顯然都知道她是誰，蔚藍知道了他們憎惡她的原由後，竟然覺得不是那麼難以接受。蔚家的確欠了元敖，她能擔負起這份罪惡……也很好。

小門的護衛沒有理會她，蔚藍順利地走到門外，就看見了坐在樹下垂頭喪氣的香鈴，顯然已經等了很長時間。

蔚藍喊了她一聲，香鈴立刻又哭又笑地向她跑來。

「小姐，和步三少爺說清楚了嗎？」香鈴焦急地問。

蔚藍微微一笑。「說清楚了……」

香鈴看著她的臉色。「小姐，妳怎麼了？」

小姐怎麼更沒人色了，臉蒼白得嚇人，嘴唇卻是血紅的。眼睛下甚至還有淡淡的黑影，仔細再看，眼裡全是血絲，眼睛有些腫。

小姐哭過了？到底怎麼回事？

「四小姐！」她驚恐地叫了一聲。

「香鈴。」見她急著開口發問，蔚藍搶先說話，她已經沒有精力說太多的謊話讓香鈴安心了。「別擔心，我很好，只是五年沒見，高興得大哭了一場。」

「哦……」香鈴猶疑地點點頭。

蔚藍從袖子裡拿出事先準備好的銀票。「香鈴，元……元敖他說……」叫出他的名字，她都滿嘴苦澀。「這裡丫鬟很多，就不必我再帶人過來了。我想也好，妳跟了我這麼久，也該過自己的生活了。」

「小姐！別趕我走！讓香鈴跟著妳！」香鈴怎麼也想不到竟會聽到這樣的決定。攸合莊這麼大，不可能連小姐帶的一個丫鬟都容不下啊！

「這是五百兩銀票，妳一定要收好。回爹娘家也好，自己成個家做點小生意也好，總之……別回蔚家了。好好照顧自己，好好生活下去吧。」蔚藍把銀票塞給香鈴，這是娘給她的全部，她都拿出來了。

「這麼多？」香鈴愣愣地看著手裡的銀票。

「拿著吧，妳看……」蔚藍也回頭看宏偉的攸合莊。「元敖這麼有錢，他不會虧待我的。」

「小姐……」香鈴感激莫名，拿著銀票的手也顫抖起來。「可是為什麼沒舉行婚禮呢？我要看著小姐出嫁呀！」

蔚藍渾身一晃，險些倒下，幸好掩飾住了。

「最近沒有好日子……我人已經來了，就不急了。人生大事，慎重些好。」

香鈴皺著眉，一臉疑惑。

「好了，快走。我看著妳走。」蔚藍催促。

「嗯。小姐，妳多保重。等我安頓好了，再來看妳。」

「嗯，好。」蔚藍敷衍地笑笑，不知道還有沒有機會再相見了。

香鈴鄭重地給她叩了三個頭，幾步一回首地走了，蔚藍向她揮著手。有時候人生就是這樣，以為只是分別，可能就是永訣。

當香鈴的背影消失在小路的拐角，蔚藍貼著牆滑坐在地上……還好，堅持下來了，又了卻了一樁心事。

正準備回去，聽見有人遠遠焦急地喊——

「四小姐！四小姐！」

是喊她嗎？

蔚藍看清一路揚塵飛奔而來的人，竟然是管家容謙。

容謙沒等馬匹停穩，就跳了下來，不知道發生了什麼事情，急得他連見禮都忘了，匆匆跑到蔚藍面前，慶幸地說：「太巧了，四小姐，我就是來找妳的！」說著話他才看清了蔚藍的臉色，一驚之下竟然忘記繼續說話。

四小姐的臉色極為灰敗，看著……像是要不久人世的樣子。

容謙了然地垂下頭，也是，四小姐一定知道了真相，這幾年她被瞞得太苦，不知道步蔚兩家已經水火不容，不然也不可能答應來此換藥。還能指望步元敖給她什麼好日子過嗎？

見容謙一味沈默，蔚藍問道：「什麼事？」

容謙這才緩過神，又著急起來。「四小姐，少爺發病了！這次也不知道怎麼了，比以往還要嚴重，老爺夫人不得不把他捆在床上，生怕他尋了短見！小姐，妳倒是催步少爺快把藥引給我們啊。」

蔚藍一顫，發病？這樣的炎炎夏日嗎？

她的體質陰寒，所以寒症比蔚青嚴重得多，每到夏季也能堅持三兩月才發病一次，蔚青怎會現在發病？大概是爹娘急於想拿到血引吧！蔚藍笑笑，果然是爹爹的作風，立刻就要討還收益的。

容謙老於世故，一看蔚藍的表情就知道她在想什麼，於是開口道：「四小姐，是真的，少爺真的發病了，容謙犯不著欺騙您。少爺大半年沒有發作，大概是疏忽了，這次病情來勢特別凶猛，少爺快要熬不下去了。」

那種劇痛，蔚藍怎麼會不知道呢……

「四小姐，妳別怪老奴多嘴，妳是少爺唯一的希望了！步少爺對蔚家人……恐怕就只對妳，還有一絲慈悲啊！」

蔚藍本在擔心蔚青的病，聽了容謙的話竟然笑了。

慈悲？

這時候才想起讓元敖慈悲嗎？當初蔚家可曾對他慈悲？

「對他來說……我只是個蔚家人。」蔚藍淡淡地說。

「四小姐！不管怎麼樣，現在少爺生死攸關，妳……不要再固守過去的看法，現在的步元敖可不是過去的步三少了。」容謙一急，也不顧這話得不得體。「妳就是跪下求他，也要讓他把血引拿出來啊！」

跪下哀求嗎……

「我試試。」蔚藍笑得幾乎有點兒瘋狂，如果跪下哀求有用，她就要跪下求他相信她，然後把她的元敖還給她！

「要盡快啊！老奴就在這裡等！」

蔚藍轉身走進了攸合莊才想起，她根本不知道去哪兒找元敖。望著重樓疊嶂的攸合莊，她覺得自己無比渺小，與他的距離已經天差地遠。

「喂！」護衛喊了她一聲。

「堆在小庫房的東西趕緊拿走！占地方，還得讓我們費心看著。」護衛喊得很大聲，站在門口的容謙也聽見了，不由神色一黯。下人都這樣對待四小姐……可見步元敖對她是什麼態度，老爺想得到血引怕是難上加難。早知這樣，何必再送四小姐來受這份糟蹋呢！

「吵什麼？一會兒我叫人幫她拿就是。」香琴正好路過，聽見門房就敢這樣呼喝蔚藍，心裡竟然有些落忍。

蔚藍眼睛一亮，激動地快步上前拉住香琴。「幸好碰見妳！帶我去見元……見主人。」

「爺在處理公事，我們後院的人是不能去打擾的。」香琴搖頭，一口回絕。

「求妳帶我去吧，我弟弟正在受苦，我……無論如何要見到他。」蔚藍淒然哀求，香琴心也軟了。

「這樣吧，我帶妳到前院，妳自己去找，免得再害我受罰。」

蔚藍感激地連連點頭。

步元敖處理公事的院落莊嚴而華麗，院中兩層的肅穆樓宇氣勢非凡，不時有各式各樣的人進進出出。蔚藍有些膽怯，央了一位看上去和善的中年管事進去通報。等了許久，中年管事才出來，向她招手，示意准她進去。

被一個精幹的小廝一路帶上二樓，進了正房，蔚藍只垂著頭，直視元敖……對她來說已經非常艱難了。

「有事快說。」元敖翻著文書，頭也沒抬，口氣十分不耐煩。

蔚藍發覺偌大的房間只有她和元敖，下人們都退下了，她嚥了下唾沫，單獨相處讓她稍感放鬆。

嘴唇張了張，她沒能發出任何聲音，坐在書案後面的這個男人，讓她十分陌生。

「聽說，妳家管家來了？」他輕蔑地笑了。「是來取血引的吧，妳為什麼不告訴他我的決定，讓他還像條狗一樣守在我家門口？」

他什麼都知道……蔚藍倒平靜下來，先前還躊躇該怎麼開口讓她有些焦躁。

「元敖。」她靜靜地看著他，不管他怎麼想，她要把她的話全說完。「三年前，我終於有機會出門找你，蔚青為了追回我，才同我一起掉入寒潭。」她的視線有些模糊，眼淚泛起，卻沒流下。「寒症發作的那種疼痛……很是難熬，」她輕描淡寫地說，因為她也有寒症，怕他覺得為了博取他的同情說得過於誇張。「蔚青還只是個孩子，再怎麼樣……請你別在病痛上折磨他。」

元敖聽了，慢慢放下手中的信件，瞥了她一眼。

「妳以為妳是誰？可以這樣和我說話？」他冷冷地看著她。

蔚藍愣了一愣，是的，是她的錯。在她的意識裡，她始終是與元敖平等的，可現在是她有求於他。

抿了下嘴唇，她雙膝跪地，就把他當成一個能救蔚青的人來哀求吧，這樣她還能好受些。

「求您……」她叩下頭，眼淚便掉落在手掌上。「救救我弟弟。」

她怎麼也想不到，這輩子元敖會恨她，而她，要在他面前如此卑賤。

「憑什麼？」他不屑地嗤笑了一聲，又開始處理他的公務。

憑什麼呢？她唯一的憑藉只是他的愛戀，現在她一無所有。

「蔚藍……有生之年，願為奴為婢……」她顫抖了起來，不得不把額頭緊緊貼在大理石上，冰涼入骨。

「妳本來就是我的奴婢，不然妳以為來攸合莊是做什麼的？當少奶奶嗎？」他冷峭的口氣極為鄙夷。「蔚藍，妳的態度讓我很厭煩。」他吸了口氣，冷笑。「已經沒有演戲的必要了，何必還死撐到底呢？這樣……」他俯視著跪伏在他書案下的她。「只要妳親口承認，是妳背叛了我，我就考慮救妳弟弟。」

蔚藍聽了，霍然抬起頭，她淒厲的眼神看得元敖的心頓時抽痛了一下。

讓她怎麼為蔚家贖罪都好，可她對他的感情絕不容這樣踐踏。

「沒有！我沒有！」她的嘴唇抖得厲害，可說出來的話卻堅定無比。

還在狡辯是嗎？元敖厭惡地皺起眉。「滾出去！」沒有什麼可談的了。

蔚藍顫抖著站起身，其實她來的時候也沒抱太大的期望，只是覺得不做最後的努力，她過不了自己這一關。

但要她親口承認背叛？

她看著步元敖，他低頭寫著字，好像她不存在。

這五年的苦等，病痛的煎熬，無休無止的期盼，從未改變的愛戀……現在已經成為她最貴重的東西了。

他的愛沒有了，可她的愛還在！

她要帶著這份乾乾淨淨的感情下黃泉，他什麼都可以玷污，什麼都可以破壞，唯獨這份情感，他不能！

「元敖，我沒有背叛過你，我一直遵守自己的承諾。」她冷冷笑了，重逢後第一次譏諷他。他的承諾不過如此，就算有再充分的理由，他的承諾不過如此！可她不一樣，既然她說了，就堅守一生一世！

她深深吸了一口氣，用盡全部的力量撞向屋角的紅漆大柱。

蔚青、蔚紫、步家、蔚家……她全都不管了！

為什麼她就不能自私一回呢？

她早已經不想活了！

陷入黑暗的最後一刻，她聽見元敖變了聲調在大喊著什麼，雖然走得匆促，她卻覺得無比輕鬆。

終於……她解脫了。

頭很疼，身體也疼，好像很多針在扎她，刀在割她。

有人抬起了她的頭，好像在包紮，說話的聲音忽遠忽近。

「……不嚴重，用這點力氣去撞柱子，能死就怪了……」說話的人很刻薄，手卻很俐落，幾下就包紮完畢，蔚藍覺得傷口一陣清涼。「以後這種尋死覓活的人不要找我來救！我很忙，沒功夫陪這些無知婦人鬧！她要死，你就讓她死好了。」

蔚藍緩緩睜開眼睛，看見的是有些熟悉的床帳，是元敖的房間……

她沒有死成，大概是力氣不夠，病弱真不好，尋個死也這麼波折。

「醒了？」元敖的聲音無起無伏，聽上去很平靜。

蔚藍沒反應，她已經不想對任何事情掛懷了。

「閔瀾韜，取我一些血，分量你要把握準，給治療寒症的藥作引，只能緩解不能去根。」元敖冷聲說。

蔚藍的眼睛看向他，是要救蔚青嗎？她聽得有點兒糊塗。

閔瀾韜愣了下。「寒症？哦……」他似乎想起了什麼，又看了蔚藍一眼。

蔚藍也看清了這位說話刻薄的醫者，居然很年輕，看起來比元敖還小一些。白白淨淨，像個文弱的書生，五官俊美。雖然及不上元敖標緻，也算相當出色。

他從桌上的藥箱裡拿出一把小小的刀，俐落地在元敖的手指上劃了一道小口，用瓷瓶接了血，封好。

元敖接過瓷瓶，目光鄙夷地輕輕轉動。「這血夠讓蔚青舒服一陣子，妳若表現得好，我就再給下回的分，直到……妳承認背叛。」

蔚藍閉上眼，突然覺得無比疲憊，他不讓她死，他要留著她贖他心裡的罪。隨便吧……以她的情況也撐不了多久了，能緩解蔚青的病情也是好的。

元敖叫來一個下人，吩咐他把瓷瓶送給容謙，蔚藍聽了，心裡一鬆，不知道是睡過去，還是昏過去。

第五章

蔚藍不知道自己沈睡了多久，再次醒來已經不曉得是幾天後的中午。她掙扎著起身，虛弱得超乎想像，頭卻不怎麼疼了，她費力地抬手摸了摸，傷口結了痂，都沒再包著了。倒是手上的傷口好得慢，還用紗布裹著。

香琴聽見聲音走進來。「妳總算醒了！昏睡三天了！」她有些抱怨，還是給蔚藍倒了熱茶，慢慢餵她喝，還叫小丫鬟送來雞粥。

蔚藍吃完，覺得有了些精神。

「妳試著活動一下，快回妳的房間裡去吧。這幾天妳病得人事不知也不好挪動，爺都換到別的地方去睡了，他挑剔得很，換了地方睡不好的。」香琴催促道。

蔚藍點了點頭，她現在是奴婢，占著主人的床榻的確引人非議。

在房間裡支撐著走了幾步，腿漸漸有了力氣，她便跟著香琴回到安排給她的小小屋子。

「呀，我都忘記了，妳的行李還在西小門。」香琴拍了下頭。「我這就去叫人幫妳搬，妳要是走得動也去看看，別遺漏了，將來說不清。」

蔚藍謝過她，跟著她安排的丫鬟去西小門清點行李。蔚藍大病初癒，走得很慢，被不耐煩的丫鬟們不停催促。

蔚藍強迫自己適應這樣的冷言冷語，既然她答應為奴為婢，就和這些丫鬟是一樣的人了，沒資格要求她們的善待。

她的行李不多，三五個丫鬟完全可以拿完，她們偏偏剩了一個大包袱讓蔚藍自己拿。蔚藍試了好幾次才艱難地把包袱挎到肩頭，剛走幾步，肩膀便受不住力，沈重的包袱便滑到臂彎，連走路都有些蹣跚。

幾個丫鬟回頭看她這副樣子，切切發笑，加快腳步走遠了。

蔚藍走了很久，才走了一半，迎面來了四個丫鬟圍簇著一個年輕女子。

蔚藍沒細看，只顧奮力前行。

年輕女子並沒繼續走路，反而停下輕笑起來。「這不是蔚藍姊嗎？」

蔚藍這才抬眼看她，她——不正是蔚紫的閨中密友，邢家三小姐芬雪嗎？蔚藍不是很確定，因為她也有兩、三年沒來蔚家了。

邢芬雪上下打量著她，直接又無禮，蔚藍垂下臉，她現在胳膊上挎著重重的包袱，頭髮散亂，衣裙褶縐，在邢芬雪眼裡一定很狼狽很可笑吧。

邢芬雪果然掩著嘴格格笑起來，她一笑，她的丫鬟們都笑。

「沒想到、沒想到，我以為你們蔚家會是蔚紫來。」她笑著說：「姊姊，伺候元敖的這些姊妹裡，妳可真算得上『年高有德』了。」

蔚藍沒說話，她沒精力同邢芬雪爭辯。

「怪不得蔚家要敗落，當年就沒押對寶，現在又弄這麼個要死不活的病秧子來。他們家不倒楣，誰倒楣啊？」她對丫鬟說，再不看蔚藍，蓮步款擺地走開了。

蔚藍無動於衷地繼續前行，受過元敖在她心上的致命一擊，這些都不算什麼了。他不讓她死，不就是希望她活在這些折磨裡嗎？有一天受不了，就會妥協地承認自己背叛虛偽。

不會有那麼一天的，五年她都熬過來了，沒什麼是她熬不過去的！老天收走她的命之前，她絕對不會妥協！

蔚藍默默地在自己的小屋子裡收拾著帶來的東西。

她已經開始依賴這間小小的、陳舊的小屋了，窩在這裡，她感覺安全和平靜。躺在鋪疊整潔的床上，閉著眼聽窗外的鳥叫蟲鳴，她覺得彷彿又回到了昔日。

香琴敲門進來，蔚藍趕緊從床上站起身。

「跟我來，我帶妳去見林婆婆。」

林婆婆是個微胖的四十多歲威嚴婦人，她端詳蔚藍的眼神讓蔚藍有些害怕。香琴小聲的和她說著什麼，說著說著，兩人還同時看了下她。

蔚藍有些瑟縮地站在那兒被她們倆時不時看一眼。

「蔚姑娘，爺說了，妳也是攸合莊的下人，那我自然也要派活兒給妳，妳看妳想幹什麼？」林婆婆不甚熱心地問。

這聲音她聽過，是那天她在這兒等元敖，是林婆婆領著小丫鬟走過，還教訓那個小丫頭幾句。

「什麼都可以。」蔚藍輕聲地說，明白的，元敖早說清楚了，他不會白白養活一個蔚家人。

林婆婆又和香琴互相看了一眼，林婆婆的眼裡也閃過一絲不忍。怪不得香琴要幫她，這個細皮嫩肉的小丫頭的確怪惹人憐的。原本試試她，還以為她會求情挑輕鬆的活兒做。

「以後妳就負責擦洗這條石頭路吧。」林婆婆一指從院門一直通到正房的路。「每天清晨要在主人起床前擦拭乾淨，一定要做到主人的衣服下襬不沾染灰塵。」

蔚藍點了點頭。

「中午再擦一遍，其他時間基本沒事。」林婆婆瞥了瞥她。雖然這活兒算不得輕鬆，總比讓她卑躬屈膝的站在屋子裡一天聽吩咐強。這個小丫頭雖然病弱，身上自然帶了嫻雅高貴的氣質，讓她被吆來喝去，真是不忍心。

這活兒雖然粗重，但靜靜地做，不用看主子臉色。爺若看不見她，忘記她的話，說不定還算是她的福氣。其他時間沒意外的活兒，她還可以偷閒休息，很多小丫鬟都想搶這活兒做呢！

「嗯。」蔚藍點點頭。

「從明天再開始吧，妳回去明天早些來。」林婆婆說，這孩子的臉色委實不好。她負責爺的貼身事務，管理下人，閱人多了，一搭眼是好是壞八九不離十。這孩子……唉，誰讓她偏偏是蔚家人？

蔚藍用力地攪動井裡的轆轤，以後——她再也不故意弄傷手了。一個幹活的人傷了手，麻煩的是自己。一用力，剛剛接合的刀傷全都裂開，血都滴到了井臺上。

疼吧，疼吧，這身體的折磨似乎能減輕她心裡的痛楚。

她實在絞不起一桶水，那就少提一些。手伸進冰涼的水桶裡去刷洗抹布竟然沒有預期的刺骨疼痛。蔚藍有些驚訝，疼的是刀傷，她的寒毒好了？她能碰涼水了？

果然是賤命，把她當小姐供著，她這不能碰那不能碰，一碰就針挑刀挖似的疼。現在成了粗使下人，寒毒倒好了！

她絞乾抹布，仔細的擦去井臺上的血，弄髒了不收拾人家肯定要罵的。

能碰涼水——真的很好，方便幹活。在水裡來回的泡，刀傷也不疼了，血也不出了，原來她也不怎麼嬌貴。蔚藍淡淡一笑，什麼都不在乎時，反而活得很簡單了。以前動一動都要被詢問，被嘮叨，也煩。

天還沒亮，看不太清，只要用力的擦總能乾淨吧？快一些，早點做完，趕在他醒過來之前……她已經不想見他了、怕見他了。這麼默默地做自己分內的活兒，她反而很輕鬆。就這麼一直到死，也不錯。

幾個婦人排著隊，有的拎著木桶，有的拿著飯盆向正房後的小院子去了。

蔚藍把抹布洗乾淨，水桶提到院子角落放好。她真的餓了，來了這裡兩天一夜，她沒吃一口東西。是下人們的早餐吧，她有點難為情的走到小院子。

果然，這院子裡當差的下人都在發飯的婦人們之前排起長長的隊伍，小聲說笑著。粥的香味讓蔚藍的胃有些絞痛，她不好意思去排隊，長這麼大，她沒有為了吃而煩惱過。原來飢餓的感覺如此直接。

她默默地排在隊尾，有些難堪。

排在前面的下人們時不時回過頭來看她，然後三三兩兩小聲說著什麼。她真的很想跑回自己的小屋，再也不面對這樣的眼光和指指點點，可是……她真的餓了。

在家的時候，她總吃不下東西。娘想盡辦法，換著花樣為她準備飯食，每每因為她小小的飯量而愁眉不展，頻頻勸慰。娘可曾想到，她的女兒會因為餓，而強忍著下人們的眼光排隊等著發飯。

終於到她了，她忍不住望著白白的饅頭偷偷嚥了口唾沫，呵，現在讓她渴望的——不過是一碗白粥，一個饅頭。

發飯的婦人們互相看了看面有難色，都請示的看著站在一邊的林婆婆。

蔚藍一愣。

林婆婆皺著眉為難了半天，終於回身在自己的那份飯裡拿了個饅頭遞向她。

蔚藍淡淡地笑了，這個笑容應該非常苦澀吧，因為林婆婆看她的眼神更憐憫了。他真的很希望她因為這些痛苦而落敗放棄，說出他想聽的話吧？這麼富有的他，吝惜給她足夠的食物。

她向林婆婆感激地搖了搖頭，默默地走出院子。不吃那饅頭，她也能活。

怪他嗎？不怪，她誰也不怪。

他已經為她判刑，只看她什麼時候招供。

她的笑有了些嘲弄，嘲弄誰？不知道……

蹲下身，認真的擦她的石地吧，她好好做這活兒就行了，不必多想了。給飯就吃，不給就餓著。她已經沒什麼受不了、想要哭的事了，她就是這麼卑賤的。

女人的說笑聲，花團錦簇的走來了好幾個妙齡女子，裡面有邢芬雪。看她與其他女子說笑寒暄的樣子，她們都是他的妾室吧。果然……個個都很年輕，都嬌豔漂亮。

蔚藍仔細地擦著一塊石頭上沾的污漬，目不斜視。

他，果然是雄霸一方的大財閥了。這些姑娘裡有幾個她認識，都是大商戶的女兒，都是有求於他，把女兒送給他，希望得到他的幫助吧。聯姻，她睇了下眼，想笑沒笑，的確能撈到好處。當年步家因為她的關係，確實給了蔚家很多幫助。

「忙呢，蔚藍姊？」

她不知道為什麼邢芬雪要揪住她不放，邢芬雪和她也有仇嗎？

蔚藍不理她，繼續擦著地。

「真是蔚藍姊。」認識她的姑娘們竟然都笑起來了，好像發現了什麼很有趣的事。

「做得很像樣嘛，好像天生就是做粗活兒的。」邢芬雪格外起勁。「妳們還記不記得，當初咱們去蔚家，要見蔚藍姊，還要在她『身體好些』的時候才能得到接見。人家躺著，咱們站著。看看，這不也沒病沒災的做得不錯嘛。」

又是一片笑聲。

原來……她們是介意這個。是啊，她們沒說錯，她天生就是該這麼活的，她也這麼想了。

她抬眼看了看邢芬雪，這個女孩子還戴著當年向她討去的紅寶石耳墜。不稀奇，莫說當年「姊姊、姊姊」叫得熱絡，連海誓山盟都不過是幾句虛言。

順著她的眼光，邢芬雪摸了摸自己的耳墜，瞬間有些窘怒，怎麼偏偏今天戴了這對呢！雖說這式樣實在漂亮，哼，當初蔚四小姐有的是好東西，但被她這麼一看，什麼面子都沒有了。

她摘下耳墜，不屑地扔在地上踩得粉碎。「我都忘了，這還是當年蔚藍姊不喜歡，塞給我的。一會兒見了元敖，我一定讓他給我弄一副更漂亮的。」她得意洋洋的說。

蔚藍更用力地擦著地，置若罔聞。

「哎呀，她的頭髮好長，好美。」

聽這聲音，應該是畢家的姑娘吧，蔚藍不太確定。

「可是，都拖到地上了。這是讓她擦地，如果讓她給我們端飯端湯，這頭髮說不定也會拂到食物上，那就太噁心了。」

她的頭髮……沒丫鬟幫她梳，這麼長的頭髮的確討厭。

門開了，原本唇槍舌劍攻擊她的少女們，立刻換了一副嬌俏的笑臉迎上去，用各自最動聽的聲音喊——

「元敖……」

她的手一抖。

再怎麼刻薄她，她的心都沒疼，可是，她們喊他名字的時候，她還是難受。這個不允許她再喊的名字……

她在水桶裡洗著抹布，遲早也會好。她現在懂了，沒什麼難受是挺不過去的，只要她還想活。罵吧，打都可以，她什麼都不在乎了。

「元敖，我的耳墜摔碎了，你給我買新的嘛。」眾多俏語嬌聲中，邢芬雪的聲音最響最嗲。

「買？何須去買？」

他的聲音聽起來相當愉快，蔚藍一愣，他……並不是總那麼冷酷的嘛。

「今天妳們特意等我起床，都乖，都有獎勵，回頭開珠寶庫，妳們都進去隨便拿。」

姑娘們一陣歡呼，圍隨著他向院外走。

他走過她身邊的時候，踩到了她的頭髮，頭皮一疼，又累又餓的她一時站不穩，摔倒在地。這頭髮，果然太長了，拖在地上擋了爺的路。

好了，早上的工作做完了。

她站起身，拎起桶，把水倒進院子外的水溝。

回到小屋，她打開針線盒，可笑啊，她一個下人竟然還用金剪刀呢，被主子知道肯定又要嘲諷的。她抓過身後長及腳踝的秀髮，幾年前？還是上輩子？他還說他迷戀她這一頭如絲緞般的頭髮呢！

一剪刀下去，齊肩剪斷，這下……她笑起來，端飯端湯不噁心了吧？

已經過了多少天了？

蔚藍也數不清。

她覺得過得很好，很安心。他——也沒再叫她去陪寢。陪寢？那是好聽的說法，他自己說得很準確，糟蹋。只要他不見她，她就很好。每天做什麼事都很固定，平靜而安詳，她很滿足。

早早的擦完地，他還沒起來她就回來了。中午他在前面辦公，她可以悠閒把中午的工作做完。

剩餘的時間她就做針線，把從家裡帶來的華而不實的衣裙改成方便幹活的樣子。穿上很古怪，明明是下人衣服的款式，偏偏是好料子，挺好笑的。

邢芬雪她們看見了笑得前仰後合，還要她站起身讓她們細看。她的頭髮，她們也覺得可笑，說她沒了長髮就不漂亮了。

不漂亮就不漂亮，她還在乎這個嗎？

她總是餓，還好，能忍。

每天只給一頓晚飯，開始的時候誰也不敢通融徇私，很準確的只給她二兩飯。時間久了，大忙人步爺也不會有心思有時間盯著這事的。林婆婆就額外多給她些，雖然都是主人剩下的飯菜，味道很好，很頂飽。

林婆婆總是給她太多了，她晚上吃一半，把另一半乾淨收好。像現在做完早上的活兒，到灶間燒一小壺開水，拎回房間倒在乾淨小盆裡，把小籠屜放在盆上溫飯。

她也不想這麼嬌慣自己的，只是吃冷飯，她真的會胃疼。

默默地吃了飯，收拾好碗筷，她要趕緊去還壺，不然會給管茶水的老馬叔添麻煩的，他已經額外開恩每天早上讓她用一壺水了。

回來的時候，她聽見狗叫。

兩條凶悍的狼狗被四個小廝牽領著在院子外的空場上遛，她停下腳步。他，喜歡狗的。

又來了兩個小廝，端了滿滿兩盆紅燒肉，香味她這裡都聞見了。盆子放下地，兩條大狗撲過去津津有味地吃起來。

她又想笑了，在他心裡，她還不如一條狗。

不怨他，真的不怨，他也不容易。

也……不愛了。

以前付出的愛，她不後悔。就讓那愛堆積在她心裡某一處吧，有時候回想起來，也覺得很甜蜜。那是她和步三少爺的美好回憶，她要一直帶進棺材裡去呢！

眼下的這個男人，是步爺，是主人。是無視她，仇恨她的人，是根本不愛她的人了。

開始她還會想，就算是仇人，就算他恨蔚家，他畢竟愛過她，也知道她愛過他，怎麼還能這麼對她？

後來她就不想了，她的愛，他早就忘光了。他的愛，也被仇恨磨得一絲不剩。在他眼裡，她只是一個蔚家人。

剪了頭髮的第二天，他起得很早，從她身邊路過時，他停都沒停，根本沒發現她的頭髮沒有了。也對，他怎麼會在意？她的頭髮已經不會再拖在地上絆他的腳了。

「蔚藍姊想吃肉嗎？」

這個時間碰見邢芬雪的話，肯定是純粹來找她尋開心的，因為他已經去前院或者外出了。

蔚藍沈默地從邢芬雪身邊走過，連反抗都覺得浪費精力，她浪費不起的。活下來容易，卻很艱難，她已經開始力不從心了。

「我特意給妳帶來一盤。」邢芬雪笑起來。她的丫鬟從她身後故意突然閃出來，一盤油乎乎的肉片全倒在她的衣服上了。

主僕二人假裝驚訝地叫了幾聲，笑著跑了。

蔚藍蹲下身，仔細地收拾好一地的狼藉，連盤子帶肉都拿去扔在垃圾盒裡。

小孩子，吃飽喝足，無聊了，要她為樂。

她果然習慣了這種生活，竟然一點都不生氣。她滿意地笑了笑，很好，這樣她還能挺得時間久一點。

第六章

問了香琴才知道閔瀾韜的住所，在攸合莊最偏僻的角落。不知道為什麼香琴說起那個叫「修德苑」的院落時臉色會那麼慘白，甚至還哆嗦了一下，莫名其妙地向她說起，修德苑有一扇通往後山的小門。

她有很多問題想問閔瀾韜，那天元敖和他說起寒症，他好像知道什麼似的。而且，作為跟隨在元敖身邊的醫者，他一定知道所謂「九陽玄血」到底是什麼道理，天下真的沒有其他人擁有這樣的血了嗎？

一直疲於應付全新的生活，也怕元敖發現她的行蹤，阻止閔瀾韜告訴她病情，終於等到元敖不怎麼關注她了，她才找去修德苑。

修德苑果然很偏僻，她問了好幾遍路才找到。

院子裡空蕩蕩的，沒看見下人，這在攸合莊是很少見的，她真的數不清元敖養了多少僕役奴才。

「閔公子在嗎？」她摸索著輕推開一扇門，太靜了，讓她無端有種毛骨悚然的感覺。而且，這正房裡有股什麼奇怪的味道，好像還薰了醋，酸酸臭臭，有點噁心。

沒人答話，她只好向走廊又喊了一聲。

「在這兒。」

閔瀾韜在一個房間裡應了聲，她終於放下心走了過去。當她看到眼前這一幕時，心裡的感覺簡直一片混沌！她渾身僵硬得比寒毒發作時還要緊繃，不由自主的向身後的門倒撞過去，發出一聲巨響。

閔瀾韜站在一個像長案一樣的檯子後面，檯子上居然是一副女屍，他的手……他的手竟然伸進屍體割開的肚子裡仔細的掏著什麼，切口上翻開的肉和暗黃的一層油脂一樣的東西……

「嘔……」蔚藍捂住嘴，強忍著跑到院子裡才吐了出來。

閔瀾韜用一塊白布擦著手走出來，蔚藍一抬眼，看見那塊布上紅紅黃黃的痕跡又是一頓狂嘔。

「沒事跑到這兒來幹什麼?!」閔瀾韜很生氣，一副被打擾了很不爽的樣子。

蔚藍撐著牆，吐得頭昏眼花一時說不出話。剛提起勇氣看他一眼，又被他衣服上的血跡逼出新一輪嘔吐。

閔瀾韜很不耐煩，但還是說：「等著，我換身衣服就來。」

蔚藍閉了閉眼，穩定了一下情緒。等他的時候，她用手抓了幾把土把自己的嘔吐物埋起來，不給任何人添麻煩已經成為她的習慣了。

閔瀾韜再出來的時候，換了身儒雅的寶藍絲袍，還是那麼俊朗銳氣，和剛才那血腥的一幕完全聯繫不起來。

他看見蔚藍收妥污穢，眼神飄過一絲憐憫。

這個女子……的確乖巧，可惜，命不好。他淡笑，命？作為一個醫者，他不該信命。

「害怕？」閔瀾韜突然想和她說說話。

蔚藍搖了搖頭，這幾年因為治病，接觸了不少神醫高士，他們都說過，為了更好地瞭解病因病理而需要做出一些世人不能理解的事，讓她不用害怕。取血，在她手上劃很小的口子觀察癒合情況，她都經歷過。「我知道很多行醫的人都想像你這麼做，只是他們未必有這樣的條件。」

若不是在攸合莊的庇護下，閔瀾韜這麼做被人看見的話，說不定會被官府抓去。

閔瀾韜一愣，忍不住回身看了她一眼。一個女子能有這番見識讓他有點意外。他碰到的其他女人看見了剛才那一幕，非把他當妖怪不可。即便她們沒看見，只是聽說他擺弄屍體就已經很怕他了。

被他這麼一看，蔚藍惴惴地垂下眼，就知道不該胡說的。

閔瀾韜有了談話的興致，說道：「這就是我一直待在攸合莊的目的。」他笑了笑，心情轉好。「也只有步元敖能把十里八鄉肯賣屍體的人家找到，並把屍體運回來給我研究，而且保證人們不把我當妖怪燒死。」

「嗯。」蔚藍對這個話題不感興趣，而且還毛骨悚然。見閔瀾韜心情變好，不像原來那麼難說話，她試探地問：「閔公子，這次我來，是想問問我的病情。」

閔瀾韜一聽，了然地笑了一下。「妳的寒毒最近都沒發作吧？」

蔚藍點了點頭，露出喜悅的表情，他果然很瞭解寒毒。

閔瀾韜低低一笑，也不尷尬，直白地說：「妳的情況和妳弟弟是一樣的，不是痊癒，而是暫時壓服住了。元敖的精血和血液有同樣的功效。」

蔚藍的臉頓時燒得快要脹開了，尷尬地看著腳邊的地。

閔瀾韜對她的害羞不以為然，繼續說道：「我猜，妳弟弟的寒症比妳輕得多吧。」

聽他說起比較正常的話題，蔚藍也輕鬆多了，點了點頭。

「可惜……」閔瀾韜倒很惋惜地搖搖頭，嘟囔著說：「若他也是個女的，元敖或許就不用這麼煎熬了。」

「嗯？」蔚藍沒聽清，皺眉看著他。

「哦，我是說，妳弟弟因為是男的，陽氣重，雖然也同樣是陰寒體質，病情會比妳輕得多。」閔瀾韜一凜，猛醒自己說漏了嘴，立刻說些蔚藍感興趣的話題分散她的注意。「其實妳弟弟的病，未必非得需要一次徹底根除，慢慢服藥將養，說不定也可痊癒。」

「啊？真的？」蔚藍果然瞪大了眼睛，只想著弟弟的病會痊癒的事了。

「嗯。」閔瀾韜暗暗鬆了一口氣。

「那……要多久才能全好呢？」蔚藍又有些擔憂，元敖為了折磨她，每次給蔚青半份血引作為要脅，不知道她還能不能堅持到蔚青痊癒。

「八、九個月不再發作，應該就算做根治了。」

八、九個月……她可以嗎？蔚藍沒有把握。

閔瀾韜看著蔚藍的躊躇，突然開口說：「元敖對妳不好，但妳不該怪他。」

蔚藍一愣，沒想到他又把話說到元敖身上。

「當年妳父親就是想要他的命，若不是湊巧碰見了我，步元敖或許就不在這個世上了。」閔瀾韜淡淡地說。「他似乎對他的家人感情很深，所以一夕之間全部失去，對他來說，實在殘酷。」

蔚藍點頭，是的，步家人相互都很親厚，完全不像別的富戶豪門，兄弟之間勾心鬥角，就連嫂嫂們相處得也特別好，這也是她特別嚮往的。

「更何況，他必須痛恨蔚家，痛恨妳。」閔瀾韜感慨地搖搖頭。

蔚藍雖然有點聽不懂他的話，卻沒追問，元敖恨她，什麼原由對她已經不重要了。寶物已經失去，怎麼丟失的並不是關鍵。

「其實下次妳弟弟若是再犯病，需要取血的時候，我倒是願意偷偷放夠一整份血引。」閔瀾韜笑得有些冷酷。「條件是，等妳發了寒毒，先別忙著找元敖解毒，要先找我，讓我研究下寒毒到底是怎麼回事。」

蔚藍意外驚喜，想也不想地說：「好。」

「聽說寒毒發作，四肢抽搐，病患痛苦異常，我還要慢慢試哪些穴道能緩解，對妳來說，相當折磨，妳也願意？」

蔚藍連連點頭，如果治好了蔚青，那她真是了無遺憾了。

「就這麼說定了。」閔瀾韜也點了點頭。

蔚藍滿心歡喜地想要離去，突然想起自己還有一個問題沒有問，於是止步問道：「閔公子，到底什麼是九陽玄血？」

閔瀾韜似乎沒想到她會問起這個，猶豫了一下。「就是世間陽氣最重的一種血，相當少見，少見的原因……總之有這種血，未必是件好事。」

蔚藍皺眉點了點頭，她也這麼認為，若不是元敖流著這種血，她傻傻地在家等到死也不錯，活在虛假的謊言裡往往比面對真實情況要幸福得多。

平靜而忙碌的日子總是非常快，當一個小丫鬟跑來告訴她，蔚家來人看她的時候，蔚藍先想起的不是得到家人消息的喜悅，而是一陣煩惱，是蔚青又發作了吧？

匆匆去門外相見，果然是容謙又來討血引。他仍舊很焦急，只說了蔚青的病情，對她在攸合莊的生活隻字未提，甚至看蔚藍穿著寒酸也問都沒問。

蔚藍想念母親，問了句：「我爹娘都還安好吧？家裡人……」

容謙沒等她說完，就打斷道：「哎呀我的四小姐，現在哪還是說這個的時候！少爺正痛苦不堪呢，妳就快去問步爺要血引吧！」

蔚藍沈默地走回門內，恍惚間，她覺得連蔚家也拋棄了她。蔚青在痛苦不堪，誰又關心她是不是也痛苦不堪？爹娘沒讓容謙捎來半句安慰的話，甚至連她問一問，容謙都不耐煩回答。

或許，她存在的意義，真的只剩為蔚青要血引。

走向元敖理事的裕實樓，每一步都那麼沈重，上回是她以死明志讓元敖更加厭恨她「虛偽至死」，為了逼迫她說出「實話」才給了半份血引。這回呢？

遠遠徘徊，她始終不敢走近，平時偶爾遇見，她覺得憑藉自己至死不渝的決心，沒有被元敖的種種折磨打敗。可是……不得不哀求他的時候，她覺得自己輸得卑賤無比。

「蔚姑娘，」竟然是上回那個和氣的管事。「爺讓妳進去。」管事指了指裕實樓。

蔚藍幾乎聽見自己的心咚地一沈，想掉頭就走，卻毫無選擇，只能咬著嘴唇走上樓去。

她又給了他一次肆意傷害她、侮辱她的機會。

她走得太慢，被後面匆匆揹著藥箱趕來的閔瀾韜幾步超過，閔瀾韜與她擦肩而過之後才停步回頭看了看，有點兒詫異地說：「是妳？」

蔚藍沒想到他也來了，多了一個人，她好像鬆了口氣。她在內心最深處害怕的事情應該不會發生了，元敖總不至於當著閔瀾韜的面……

閔瀾韜有點兒了悟。「妳弟弟又發病了？」

蔚藍點頭，閔瀾韜嗯了一聲，催促道：「快隨我來。」

蔚藍跟在他身後，腳步竟也輕快很多。

「找我來幹什麼？」閔瀾韜一進門就不客氣地問還在伏案書寫的元敖。

步元敖抬頭看了看一塊兒走進來的兩個人，冷冷一笑。「何必明知故問？」

閔瀾韜有點兒揶揄地問：「這次怎麼給得這麼痛快？」

步元敖不理他，伸出左手，眼睛還停留在書函上，冷淡地說：「快些，你現在的話也多起來了。」

閔瀾韜笑了笑，把藥箱放在他書案上，打開，俐落地取血。

蔚藍很緊張地看著，閔瀾韜會遵守約定偷偷取夠一整份血引嗎？

閔瀾韜輕鬆自然地取好血，封好，心照不宣地與蔚藍對視一下，蔚藍放了心，怕元敖起疑，努力使自己看上去沒有異樣。

閔瀾韜向她晃了晃小瓷瓶，蔚藍快步過來接，就在她的手指快碰到瓷瓶的時候，步元敖冷冷地說：「把血放下，閔瀾韜，你先走。」

蔚藍一顫，難道元敖發現了？

閔瀾韜倒也無所謂，把瓷瓶放下，揹起藥箱若無其事地走了。

房間裡只剩她和他，蔚藍緊張地絞著手指。

「什麼時候勾搭上他的？」步元敖提筆蘸了蘸墨，沒有看她。

「沒有。」蔚藍撇開了眼睛，把她往最下賤的地步想，似乎已經成了他的習慣。

「沒有？」步元敖哼了一聲。「就他那脾氣，若不是妳勾引了他，他肯做這樣的事？」

聽他不屑又肯定的口氣，蔚藍突然也犯了倔。

「你說是，就是吧。」無論她怎麼解釋，他都不會相信，而且他根本不需要她解釋。一而再、再而三地輕賤誣衊她，她終於小小地反抗了一下。

步元敖聽了，面無表情地一揮手，書案上的瓷瓶被他掃落在地，嘩啦啦摔得粉碎。

蔚藍尖叫一聲，下意識撲過去想接，哪裡接得住，眼睜睜地看著剛才讓她欣喜若狂的整份血引在瓷瓶的碎片中蔓延開去。

她跪坐在地，顫抖著雙手不知所措，眼淚一下子湧出來，她錯了，她錯了！她不該頂嘴！蔚青痊癒的希望就因為她一時不平全毀了！

她抖著嘴唇，哭都發不出聲音，只瞪大眼睛看著瓷瓶碎片和血污，眼淚大顆大顆地連綿墜落。

現在怎麼辦呢？她怎麼辦呢？

「何必哭得那麼假惺惺？」他好笑地看著她。「為什麼放著捷徑不走，非要繞遠路呢？把妳用在閔灤韜身上的手段施展給我看看，讓我瞧瞧妳為了達成目的到底能夠有多下賤，我看得高興了，說不定會答應妳的要求。」

蔚藍抬起眼直直地看他，就因為這張臉，她總是忘記他已經徹頭徹尾地變成了一個對她毫無情感的陌生人。

「這世上還有不付出代價就能得到的東西嗎？」他被她的眼光看得發煩，明明是個欺騙了他、傷害了他的人，為什麼還會裝出這樣迷惑人心的清澈眼光？他更加殘忍地羞辱她說：「你們蔚家人一旦有求於人的時候一向很賤，妳也學到了吧？」

蔚藍的眉頭微微蹙起，眼神虛無。

「我……還有什麼可以交換？」她說得很輕，不像是在問他，像是在問自己。就連僅剩的人生她都以為奴為婢的方式輸給了他，她還剩下什麼呢？她的身體？

她已經不敢這樣自信了，攸合莊裡多的是像邢芬雪那樣年輕美貌的女子。

步元敖沒有說話，只是譏諷地輕笑了一聲，坐在椅子上雙手閒散地搭在書案，看什麼有趣的事情一樣看著她。

「妳到底能裝到什麼時候？」他恨透了她還批著聖潔的外衣，故作美好。

蔚藍的眼睛更加暗淡了一些，是的，對元敖來說，對她僅剩的興趣，就是她死抓著不肯放的最後一點點尊嚴。

見她遲疑，他嘆息般地一笑。「來人，再拿個小瓷瓶來。」看吧，只要餌下得重，魚還是會上鈎。

下人拿來了瓷瓶，步元敖笑著滴入了半份血引，用眼角瞟著蔚藍，輕蔑而挑釁。

蔚藍一笑，終於還是會走到這一步吧。她苦苦堅持了這麼久，希望守住自己心底最後一點美好，他終於還是什麼都要奪去。

一旦放棄了，似乎也沒有什麼可羞怯害怕的。

蔚藍站起身，一件一件脫下自己的衣服。

步元敖冷笑著看她，每一件衣服都是她的偽裝，她終於撕開純潔的假面，讓他看見最醜惡的內心。

在脫最後一件蔽體的衣物時，她到底沒了勇氣，抓著褻褲的邊緣遲疑著不再繼續。

「妳在我面前脫個精光是為什麼？」他冷笑著明知故問。

「換藥。」她的聲音顫抖。

「為了達成目的，妳什麼都願意拿出來換是嗎？」羞辱她的時候，他覺得那麼痛快。

「是。」蔚藍閉了下眼睛。

步元敖笑起來，聲音仍舊殘忍。「過來，主動點。」

蔚藍沈默了一會兒，剛剛已經停住的眼淚，又流了最後一排。眼淚沖走了她最後的堅持，她脫下僅剩的遮蔽，走到他身邊。

「妳怎麼變得這麼令人敗興？」步元敖坐在椅子裡，努力掩飾自己身體的僵直，他說著刻薄的下流話，像是提醒自己。

她太瘦了，瘦得呼吸的時候隱隱看見了細弱的肋骨。身體單薄得成了一張紙片，下巴尖得像要刺穿皮膚，臉頰早已沒了少女的圓潤和粉緻，蒼白灰敗，嘴唇的形狀再美，因為沒了血色，更添憔悴之感。整張就要瘦沒了的小臉上，唯一觸目的是她烏黑深邃的眼睛，因為沒了焦點，眼神飄渺，越發像兩潭深冥無底的泉水……他突然恨了，是，還像泉水，乾乾淨淨，最該死的，這麼乏味的身體，他竟然還渴望！

他凶狠地抓過她，把她按在書案上。

蔚藍並不害怕，也不羞澀，木然地轉開頭，只要不看他的臉，他的任何暴行……她都不會傷心。

「妳也是這麼報答閔瀾韜的嗎？」他抓著她的雙腿，殘忍地說。

她目無反應，雙拳緊握，上次慘痛的回憶讓她有些顫抖。沒關係，她最擅長的就是忍耐。

他還是很粗暴，刻意折磨她，半分快感也不想給她。

她越是咬牙不出聲，他越是用力懲罰她，沒想到……最後輸的卻是他，他不敢閉眼，生怕一閉眼就沈迷進美好的過去，美好無瑕的她。

他逼迫自己快速，生怕一點點的纏綿，他就要全線潰決，摟住她，安慰她，正中蔚老頭的毒計。

他的恨意似乎比第一次還要強烈，蔚藍捱得更加艱難，好幾次，她覺得自己就此裂開，死去。他帶來了灼痛和一點點的溫暖，在他發洩過後迅速退出，她只覺渾身冰涼，黏膩的感覺讓她覺得自己骯髒無比。

她的確髒了，的確用身體交換了她想要的。

「可以滾了。」他冷聲說，心情相當惡劣。

蔚藍動了動，胳膊撐了好幾下才抖著坐起身，她發了一會兒呆，沈默地穿好衣衫。她知道元敖在用厭惡的眼神看她，可她還是伸手去拿那瓶用尊嚴換得的血引。

這段日子的平靜生活麻痺了她，覺得只要她能挨得住辛苦，就能堅守到底。

怎麼可能呢……

她再也不會感覺羞恥，因為他都說對了。

容謙等得發急，終於看見蔚藍遊魂般走回來一陣高興。

「拿到了？」他接過她手裡的瓷瓶，發現蔚藍正在看他，眼神平靜無波，卻讓他一陣難受，總覺得這死氣沈沈的眼神裡還有一點渴盼。大概還是有點想家，可她不知道，老爺的確已經放棄了她。

夫人曾央求老爺讓他帶點錢給四小姐，老爺都咒罵著拒絕了。

「四小姐，」容謙拿到了血引，想著能夠交差，才有了些安慰蔚藍的心思。「家裡的情況……還好吧。但妳如果可以……也勸勸步爺，別再對蔚家窮追猛打了。」瞧她這副模樣也不像被步元敖寵愛的，這話等於白說。

蔚藍像是沒聽見，容謙嘆了口氣，隨便拱手道別，上馬揚塵而去。

蔚藍看著他漸漸消失，心裡最後一點火苗也熄滅了。
她果然被所有人都拋棄了，包括她自己。

第七章

走回院子，正好是中午擦地打掃的時間。

寒毒被壓服住的唯一好，就是她也開始畏懼熾烈的陽光。中午的太陽放肆地照在精細打磨過的光滑石板上，反射著令人暈眩的光芒，蔚藍覺得眼前白花花的一片。

從井裡提水的時候尤其艱難，身體已經被折磨到了極限。

蔚藍冷笑，現在連她自己都厭棄這副髒污的身體了，她故意漠視一陣強似一陣的頭暈，她就是賤命，靠挺都能熬過去。

她跪在地上用力擦石板，一下一下，陽光怎麼越來越亮了？刺得她的眼睛都睜不開了，終於那白茫茫的一片蓋住了她所能看見的一切地方。

她想自己大概昏過去了，她放棄掙扎，就這樣吧……就這樣死去也不要緊。

漸漸感到了陰涼，炙烤的感覺一消失，她才覺得自己似乎躺到很柔軟的地方，十分舒適。

蔚藍緩緩睜開眼睛，看見了華麗的帳子，能使用這樣昂貴東西的地方……是他的房間。

餘光看見了端坐在床邊椅子上的他，蔚藍止不住地抖了下身子，她已經被他摧毀了心靈，仍舊懼怕他繼續折磨她的身體，太痛苦也太冷酷。

她想坐起來，趕緊逃離這裡，逃回到自己陰暗的小屋去，她已經很疲憊了，再也無力經受一點點的摧殘。起得有些急，她兩眼發黑，身子不受控制地一歪，頭重重撞上床頭厚重的雕花，疼得像是要裂開了。

他坐著沒動，只默默地看著她。

她熬過疼痛和短暫的黑暗，聽見他幽幽地說：「其實……妳可以故技重施，求我對妳好一些。」

蔚藍正準備下床，聽了他的話愣了一愣。

這是個好提議，反正她已經跨過了最後的底線，也沒有什麼值得堅持的了。可是……她有點兒體會到他對她的看法了，明明已經做了最骯髒的交易，可偏偏還是不肯正視自己骯髒的行為。為了弟弟，她放棄了，可若是為了自己能在生活上稍微得到些改善，她卻無法做到。

她已經不必在乎他是怎麼看她的了，可她只要還能堅持，還有選擇，她就不想低賤地哀求他。

她小心翼翼地下了床，想了想，回身扯動那精美的床單。

「妳幹什麼？」他不悅地輕喝。

她垂著頭，謹守下人的本分說：「髒了。」

從相逢他就說她髒，今天開始她也覺得自己髒了。她躺過的床單，他自然嫌棄，何必讓他先說出來，她的心還是會隱隱作痛。

他沒再說話，她抱著換下來的床單，離去時仍施禮向他福了福身。

日子又恢復了往常的模樣，只是蔚藍對待自己更加疏忽，活得更加漠然。

早上她起得更早，半點碰見他的機會都不想有。

天氣越來越冷，天也亮得晚了，蔚藍起來擦地的時候，天還是濛濛亮。

步元敖親自開門出來，讓蔚藍吃了一驚，今天他怎麼起得這麼早？輕微的情緒波動一瞬而逝，她低下頭繼續本分地工作。

他路過時，她看見了華麗的袍角，穿得這麼鄭重又這麼早——是去接什麼重要的人吧。

院子外早有馬弁牽來駿馬，蔚藍直直地看著自己手裡的抹布，還是忍不住用餘光去看他飛身上馬的翩翩風姿，那曾是她最迷戀的畫面，想看……想再看一看。

林婆婆領隊來分發早飯時，她照例識趣地拎桶走開。

「蔚姑娘。」

林婆婆意外的叫住了她，蔚藍放下桶，禮貌地向她微微一笑。

「這個給妳！」林婆婆兩隻手抓了四個饅頭，不容分說地塞進蔚藍手裡。

「林婆婆……」她無意接受這般好意，也怕林婆婆因此而被有心人刁難。

林婆婆瞪了她一眼，有些埋怨，這姑娘越發瘦得可憐。「給妳就拿著！今天殷老爺和殷姑娘要來，晚上大排宴席。我們都要等宴會完了才分發剩下的菜餚當晚飯，還不知道要鬧幾個時辰，妳不吃怎麼熬得住？」

「殷老爺、殷姑娘……是殷薦棠殷老爺和殷佩姝殷姑娘嗎？」她有些疑惑，她知道的商賈裡只有他們姓殷。

「妳認識他們？」林婆婆有點意外。

蔚藍點點頭，她沒得病之前姝姝總是到她家來玩，和蔚青特別合得來，娘還說門當戶對，年紀相仿，要替蔚青說來當媳婦呢！

後來她和蔚青都得了病，這事也就沒再提了，姝姝也很少到她家來玩了。就算來，她也不能見。

「真是三十年河東，三十年河西。」林婆婆有些感慨的看著蔚藍。「當初妳……現在殷家小姐成了爺的未婚妻。」林婆婆嘆氣。「誰讓當初殷老爺對爺有大恩呢！」

手裡的饅頭盡數跌落，滾向四面八方。

他的未婚妻？他又有了未婚妻？

怪不得……他要早早起來迎出很遠。

林婆婆看她更青蒼的臉色，暗暗埋怨自己真是老糊塗了，怎麼對著她說起這話來？

蔚藍艱難地嚥了一口唾沫，開始撿地上的饅頭。

「給妳換幾個吧，髒了。」林婆婆有點內疚地說。

蔚藍笑了笑。「還可以吃的，不用換了。」

她蹲在地上，頭好像要垂到膝蓋，手指輕輕的撣著饅頭皮上的泥土。最近她連話也沒有多說，今天卻想開口問一問。知道很無謂，可她就是想知道。「林婆婆……殷老爺對爺……」她吸了口氣。「有什麼大恩？」

林婆婆看著她參差不齊的頭髮，心裡有些不忍，這孩子還是對爺徹底死了心才好！不然苦的就是她自己。「當初爺去贖回家人……又用來創業的銀子是殷老爺出的。」

她把饅頭慢慢包進手掌，大恩，果然是大恩。

筵席進行到了很晚，整個攸合莊都震動了，就連步元敖住的彌綸館也一反平常的肅穆，丫鬟僕婦三三兩兩有說有笑的來來往往，很是喜慶。

蔚藍默默地坐在自己小屋前的石頭臺階上，一小口一小口的吃著已經變硬的饅頭。還好，中午她沒吃完，還剩了一個，不然這麼晚沒發飯，肯定會餓得難受。

兩個年輕的小丫鬟興高采烈地跑來迎著四個掌燈的丫鬟，她們的聲音也是歡快的，今天是允許放肆的特殊日子。「快走，姊姊們，煙火就要開始放了。」

煙火……

蔚藍的手一緊，饅頭皮上的泥沒去乾淨，小小的沙子硌疼了她的牙，格格的輕微聲響卻好像震動了心，尖銳而悠長的疼痛。

那年她才十三歲吧，他十八，在父兄的羽翼之下，他雖然一副大人氣派，骨子裡還是個剛長大的孩子。

她也是孩子。

只有孩子才會喜歡煙火這種美麗卻極其短暫的奢華。

他來蔚家，爹照例不許他們見面太久，那短短的相處時間，他對她笑著說晚上不要早睡，他有驚喜要送她。

那夜……他命人放了半宿的煙火，整個縣城都轟動了，大家笑著鬧著走出家門，好像過什麼節日。家裡人也都各自在各自的院子裡歡天喜地的望著一天的妖冶絢彩。

她被那連綿如近在咫尺的銀河般耀眼的煙火感動得又哭又笑，是他為她放的呢……那時候的她覺得自己一定會成為天下最幸福的女子，屬於他的女子，他的妻子。

然後……他就偷偷潛進她的院子，五彩變換下，他的眼睛美得讓她沈迷，遣開下人後，他拉著她的手，低聲笑語，說以後只要她高興，他就為她製造這漫天飛花。

他吻了她，她的初吻……

滿天的煙火好像都開放在她的心裡了。

一聲遙遙的響聲，原本深幽的夜空亮起一朵奪目嬌豔的黃色巨大花朵，接著是紅色、綠色……響聲連綿，天空好像完全被照亮了。

蔚藍仰望著美得眩目的一天煙花……和那天一樣的絢麗。只是放煙火的人變了，看煙火的人……也變了。

對她來說，這是她的主人為取悅他年輕的未婚妻用的奢華玩意兒，她不該傷心，沒資格傷心——但淚水還是連綿的滑落，滴在乾澀的饅頭上一下子就不見了。

不想再碰見任何人，蔚藍開始擦地的時間提得更早。

即使這樣，在擦完所有石路時，天還是亮了。

蔚藍把抹布放進木桶，提起，心裡一陣放鬆。早上——平靜地過去了。

「是蔚藍姊？是蔚藍姊嗎？」一個甜美的聲音在院門口無法置信的傳來。

她僵著身子站住，不想碰見，還是碰見了。

殷佩姝已經大步跑過來，驚訝得張大嘴盯著她，表情單純又可愛。確定了真是她，殷佩姝還焦急地去幫她提木桶。

「快放下，快放下，妳的身體怎麼受得了?!」殷佩姝手忙腳亂地嚷嚷。

蔚藍輕輕地閃了閃身，怕桶裡的髒水弄髒了她漂亮的衣服，並把桶子放在離她遠些的地方。

「蔚藍姊……」殷佩姝竟然哭起來了。「妳怎麼成這樣了？妳的頭髮呢？妳……」

蔚藍疼愛地看著殷佩姝，她已經十四歲了，還像個孩子般天真善良。蔚藍想去撫摸她長長柔柔的絲髮，手都伸出來又尷尬地停住，會弄髒她香香的頭髮的。

「蔚藍姊，蔚藍姊……」殷佩姝不管那麼多，攔腰抱住蔚藍。「這幾年我想死妳了。可是爹爹不讓我去看妳，說妳病得很重，不能去打擾妳。妳怎麼會在這裡？怎麼會……」

蔚藍微微笑了，姝姝都快要嫁人了，還是孩子脾氣，動不動就抱人撒嬌。不知道為什麼，姝姝從小就喜歡她，比蔚紫對她還親。她也很喜歡姝姝，把她當成可愛的小妹妹。她扶殷佩姝站好，柔聲說：「讓姊姊看看妳，瞧，都成大姑娘了。」

姝姝的確長成漂亮的少女了。她的眼……那麼清澈，水靈靈的閃著純善的光。有如此眼神的女孩，她的心一定美得沒一點雜質。蔚藍直直看著，有點熟悉，是啊，以前自己的眼睛裡也有過這樣的光的。

現在……都熄滅了。

「蔚藍姊，蔚藍姊！」殷佩姝也看清了她，又急起來了。「快告訴我，這是怎麼回事？」

蔚藍笑了。「傻孩子，不用擔心。」

姝姝太好看了，還像以前那麼真誠，讓她無法疏遠，冷漠地對待。

蔚藍摸了摸她的頭，好美好滑的秀髮。

「蔚家有求於步爺，所以我來了。」蔚藍微笑著說，還是別造成誤會為好。

「步爺？」姝姝又圓又亮的眼睛張了張，彎彎的睫毛忽閃了幾下。「元敖哥哥嗎？」

元敖哥哥……

是啊，她的元敖已經變成了姝姝的元敖。

心毫無預兆地一抽，好像把五臟六腑都緊縮成一團。蔚藍的臉一白，不得不握住拳頭挺過這一陣疼。

「姊姊，有什麼事求他要做這種活兒？」殷佩姝可愛地噘起嘴，就連生氣都看上去那麼俏皮。

蔚藍笑著搖了搖頭。

「說嘛，說嘛，也許我可以幫上忙的！」殷佩姝天真熱忱地說。

「蔚青和我的病都需要步爺的血來解救。」不知道為什麼，當著姝妹說出「步爺」，心像萬針穿刺，可她還是淡淡地笑著，就連心痛也不敢被姝妹看破。

看著嬌俏善良的她，蔚藍知道，無論是殷大叔還是步元敖都不會把血腥殘酷的事告訴她。她能看見的，全是美好，全是幸福。

「蔚藍姊……」帶著小姑娘特有的嬌美，姝妹怯怯地看著她。「妳不怪我嗎？」

「怪？怪妳什麼？」蔚藍看著她，微笑。

殷佩姝低下頭，絞自己纖纖手指，吶吶地說：「原本是妳要嫁給元敖哥哥的……」

蔚藍笑起來，讓殷佩姝有點怔忡地抬頭看她。

「小姝妹一直在為這事擔心嗎？」蔚藍笑，臉上的笑容好像竟能產生巨大的苦澀，直往她心裡湧。「真是小傻瓜。姊姊病了……不能嫁人。好孩子，別胡思亂想。」

「蔚藍姊！」殷佩姝又往她懷裡撲了。

其實蔚藍的藉口很勉強，殷佩姝卻覺得理所應當，絲毫沒有懷疑。

「臭元敖，壞元敖！因為這一點點事就這麼折騰妳，姊姊，我一定替妳罵他！」

再沒有比無心的傷害更疼的了，尤其，還不能喊疼。

蔚藍笑了笑。

說話間，林婆婆已經帶著人和早飯走來了。

殷佩姝在她懷裡撒了一會兒嬌，皺起眉，有所覺察。「那個婆婆怎麼沒給妳留飯？」

蔚藍又笑，她不懂的事還太多太多。還是不懂的好，一輩子都不懂才好。

一直站在她身後的小丫鬟湊過來，把她拉到角落，主僕二人小聲地嘀咕了一會兒。

殷佩姝一臉的俏怒，直接撲向門口用力地拍門，香琴才開了一縫，她就闖進去，把香琴撞了一踉蹌。

院子裡的下人們都掩著嘴笑，大概覺得未來的小主母很衝動很可愛。

「……幹麼讓蔚藍姊幹那活兒？為什麼只給她一頓飯？」

她像質問又像撒嬌的嚷嚷，從步元敖臥房裡傳出來。

聽不見他的聲音，因為殷佩姝不停地在說話。

「……我都知道！你不用瞞我！」

她突然的一句讓蔚藍的心一震，她都知道？

「你就是記恨當初蔚伯伯不還你錢，不幫你才這麼對蔚藍姊的！雖然她嫁不成你，你也不該把對蔚家的氣撒在她頭上，她身體不好呢！臭元敖，壞元敖，小肚雞腸！」

最後一句嚷嚷又讓在外面各幹各活的下人們竊竊發笑，除了蔚藍。

她所知道的「全部」只有這樣吧？

眼眶怎麼又疼了，想哭？蔚藍吸了口氣，好笑，哭什麼？不是終於有人肯替她說話了嗎？她認識的人裡也不全是邢芬雪那樣的，還有人真心對她好的。

這好……卻比邢芬雪的作弄更讓她心疼。

殷佩姝又衝出來了，臉上還掛著淚珠。

恰好下人們送步元敖的早餐來，她不由分說地從一個托盤裡端出一盤小包子，可愛地堅持著，塞到蔚藍手裡。

「姊姊，吃吧！以後我天天來鬧他，直到他答應不再折騰妳為止！」

下人們都用喜愛的眼神看著她。

這麼善良可愛的主人，誰不喜歡呢？

連林婆婆都難得一臉疼愛的表情看著她。

蔚藍托著盤子，好燙……她沒動，燙吧，越疼越好，手疼了，心就不疼了。

「妳別再來鬧我了。」步元敖從屋子裡走出來，臉上也是嬌寵疼愛的無奈神色。「妳說什麼我都答應。」

蔚藍握緊了盤子。

「你不許再欺負蔚藍姊！」殷佩姝噘起嘴，恨恨地說。

「我沒欺負她。」步元敖冷冷地睞了蔚藍一眼。

殷佩姝還想再說，一個丫鬟跑來，嘮嘮叨叨地說：「小姐、宜琴，兩個小祖宗！老爺正找妳們呢！」

「啊？」殷佩姝像個幹壞事被抓住的小孩兒，帶著她的丫鬟慌慌張張地跟著後來的丫鬟跑了。

宜琴？蔚藍看著她的背影，怪不得——他的貼身丫鬟叫香琴了，她還曾以為……

步元敖看著她，冷聲說：「妳不要利用她的天真善良。」

端著一盤姝姝好心給她的吃食，被他冷冷的看著，說著這樣的話，她覺得再沒一種情況能讓她感覺更難堪，比被他凌辱更難堪。

「嗯。」她把包子輕輕放在地上，拎起木桶走出院子。

手掌好疼，被燙起的水泡被木桶的提手壓破，一手黏膩。

她無動於衷地看了看，把雙手都浸入髒水裡，鑽心的刺痛竟讓她不再想哭了。

原來——不讓心痛，不再流淚的秘方是這樣的。她故意用力搓了搓抹布，笑了。

第八章

蔚藍聽見一陣說話的聲音，眉頭輕輕皺了皺。最近怎麼總是碰見不想碰見的人，聽聲音是步元敖和閔瀾韜，中午他們怎麼會回彌綸館呢？

她把頭垂得更低，碰見又如何？

難道會比碰見姝姝更難受嗎？步元敖果然有辦法，從那天開始，姝姝再也沒找她。但她還是擔心得半夜就起來擦地，中午也提心弔膽。得知殷氏父女走了，她真是鬆了一口氣。

聲音更近了。

「……我只是借住在這裡，你就這麼利用我。」閔瀾韜笑著說。

「藥材誰比你更懂？我替你到處蒐羅死屍也頂著不小的壓力呢，你不該報答一下嗎？」步元敖的聲音也是相當輕快愉悅的，不像還記恨那天的事。

「好，好——你還沒賺夠啊？沒你手伸不到的地方了。你該不會告訴我，以後每筆藥材生意我都要去幫忙吧？」

「目前嘛，只能這樣了。我每次進的藥材都一樣，你只要教會管事怎麼辨別那幾味藥的好壞就解脫了。」

蔚藍的手腕一緊，閔瀾韜突然走過來抓住她的手腕，她嚇了一跳，不得不用另一隻手撐地才不至於摔倒，手掌一受力，好疼。還沒等她穩住，撐著地的手也被閔瀾韜抓住，拽到眼前細看。為了姿勢不那麼可笑，她只好順勢站起了身。

「這手怎麼弄的？」閔瀾韜用指尖碰了碰她的掌心。

蔚藍疼得一哆嗦，使勁想收回手，卻被閔瀾韜握得更緊。她只好更低地垂下頭，不去看他和他身邊的步元敖。

「是燙的吧？」閔瀾韜又迎著陽光仔細地看了看。「妳把水泡弄破就直接沾了水。」

蔚藍點了點頭。

「叫人把我的醫藥箱取來。」他這句話是對步元敖說的。

蔚藍又往回收手了。

「沒事的，都快好了。」

「好了?!腫成這樣了，妳沒看見肉都已經發白了嗎？再過幾天，妳繼續碰水、擦地，我只能把妳這雙手截掉了。」

截掉？她抬頭看他，他還在認真地看她的掌心。

「快點！」他催促一直悶不吭聲的步元敖。

「您先去忙吧，回頭我去找您。」蔚藍感覺到步元敖的不熱心，識相地說。

「這種傷隨時有感染的可能，碰見不處理，我會有點惋惜。」

惋惜……

蔚藍輕淺地一笑，這也是他的實驗吧。畢竟燙傷泡水後變成這樣沒處理也很少見，對他也是很好的歷練。

「香琴。」步元敖終於喊人吩咐下去。

香琴派去拿藥箱的小丫鬟一臉菜色，不情願地一步挪不了多遠，看著像讓她下地獄。

蔚藍明白她的感受，閔瀾韜的住處……蔚藍抱歉地一笑，閔瀾韜也抬頭瞪那丫頭，回過眼來正看見蔚藍笑容。想起那天修德苑的事，兩人忍不住相對莞爾。

步元敖看在眼裡，冷冷一哼。

「我得把已經壞了的肉割掉。」閔瀾韜指著她的掌心，直白的說。「割」字讓蔚藍渾身一顫，他就不能換個稍微婉轉點的詞嗎？久病如她，聽見也就罷了，換個人嚇都得被他嚇哭，她微微苦笑。

「會疼。手掌裡面經絡很多，對疼也就最敏感，即使用麻藥，效果也不大，妳要挺住。」

蔚藍點了點頭。

閔瀾韜抬頭看了看一邊冷著臉的步元敖。「你先回房吧，這裡通風，光線又好，我就在這裡處理這傷。你還是別看了，回頭再吃不下飯。」

步元敖冷笑一聲。「什麼醜惡我沒看過？這麼點髒爛又算什麼？」

髒爛？

蔚藍垂下眼，任何能讓她痛苦的場面，他都不會錯過的。

小丫鬟終於拿回了藥箱，閔瀾韜從裡面拿出了一個小瓶，打開是一股濃烈的酒味。

他看了看蔚藍。「忍住，這是烈酒，消毒的時候會疼。」

蔚藍平靜地點點頭。

酒澆在傷口上的時候，蔚藍緊緊地咬住牙，好像被火燒著了，好疼……還好，她忍得住。

閔瀾韜有些意外地看了看她，了然地笑笑。「妳很能忍疼嘛。是不是寒毒發作時練出來的？」

他沒同情心的話卻意外的分散了她的注意，她點了點頭，竟然還擠出了點笑容。

「妳發作的時候應該比妳弟弟要厲害，也更疼。」他一邊說，一邊又把什麼東西撒在她的掌心，她又一陣顫抖。

「嗯。」她竟然還能回應他的話。

閔瀾韜也用酒給自己洗了手，院子裡的丫鬟下人都驚恐萬狀的遠遠躲開，又忍不住偷偷扒著牆角窗縫望著。

「不錯，到現在妳還沒哭。我最討厭治病的時候又哭又嚎，弄得我發煩！一會兒我割肉的時候，妳要疼得受不了，可以出聲。」

「嗯。」

蔚藍臉色發白，看著他苦笑。他也許是個好醫生，卻真不是個瞭解病人的好大夫。他根本不在乎被他治療的人的感受，這麼直接的表達，增加了病人的恐懼，可能還會下意識的對疼痛更敏感的。

刀子不大，也很快，一刀下去，真的痛徹心腑。尤其他把割下來的肉甩在石頭地上發出的「嗒嗒」微響，真是要把她的最後一點理智都拉斷了。她渾身哆嗦，牙關緊咬，太陽下冷汗如雨。

她沒哭，也沒喊……閔瀾韜在救她，而且他說，如果她哭喊，他會很煩。長期的病痛，早就把她練成一個很配合醫生的好病人了。

等他塗好藥，用紗布把她的兩隻手都包起來時，她的頭髮全都被冷汗打濕了，髮梢都往下滴著水。全身顫抖得必須靠在柱子上才能堅持不倒下去，衣服也都濕透了，她聽見自己的牙齒都磕得咯咯作響。

「妳真讓我意外。」閔瀾韜居然還能笑得那麼輕鬆。「妳是我見過最能忍疼的人。」

她也想向他笑一笑，這算是讚許嗎？可是，臉上的肌肉都好像不聽使喚了。

「喂，步爺，她這手至少半個月不能碰水。」閔瀾韜口氣戲謔地回頭對步元敖說。

步元敖冷冷地嗯了一聲，沒再多說什麼。

「這半個月妳來幫我做藥吧，用腳蹬藥刀就好，也方便我隨時觀察妳的傷勢。肉繼續壞的話，還得再割。」

蔚藍又苦笑了，當他的病人真是可憐。

「記住！妳的手再碰一點水，」他威脅地看著她。「就可以直接找我來砍手了。」

「什麼時候出門談那筆生意？出發？」閔瀾韜問步元敖。

「你先去前面等我一起吃飯，我進房方便一下。」步元敖沈著臉快步往房間走。

香琴也從門後一臉驚恐的跑出來跟著他，雖然剛才蔚藍沒出聲，也把她嚇得要命。

「去給我打盆水擦身。」步元敖冷聲吩咐。

香琴偷偷看了他一眼，爺也嚇到了吧，後背的衣服都濕了。

換洗完畢，香琴看著小丫鬟進出收拾。

「嗯……」步元敖哼了一聲。

香琴趕緊請示地看著他，今天爺明顯的不高興，臉沈得都快結冰了。剛才伺候他擦身換衣服的時候，他還摔打東西，也不知道誰又惹了他，她還是小心點好。

「找個伶俐點的丫頭，這半個月伺候她，一定不能讓她的手碰水！」

「是。」香琴當然知道爺說的「她」是誰。

真不明白，明明是句好話，怎麼爺說出來的時候好像在發狠，怪嚇人的。

腳蹬著藥刀來回來去的碾壓著石臼裡的藥材。蔚藍努力地傾聽刀和臼發出的嘰嘎聲，希望這讓人難受的聲響能蓋住閔瀾韜在一牆之隔的後山挖土的聲音。

喀嚓喀嚓……

剛才，當他拿塊大布粗糙地兜著被他肢解零散的屍體，面不改色地從她身邊走過，她渾身僵硬地差點從凳子上摔下來。

她不敢細看他手裡提著的那沈重的一包，只是那無心的一瞥，她已經看見從布裡面飄出來的死人頭髮，渾身的戰慄在陽光下半晌不消。

現在她完全理解為什麼香琴說起修德苑時會毛骨悚然地說起這扇小門，從這門出去就是後山，閔瀾韜用來埋屍體的地方。

她也終於明白為什麼攸合莊這麼多奴才，卻沒有一個願意在這裡伺候閔瀾韜，都把他當成魔鬼一樣又畏又怕。他實在太不在乎別人的感受了，那些平常人覺得恐怖不已的東西，他掩飾都不掩飾地展現出來。那些讓人驚懼的舉動他也不迴避遮掩——就好像她第一次來這裡找他，他竟然毫不避諱地讓她看見他在研究死者的內臟……

來這裡幫他已經兩天了，除了她，沒人願意接近這個院子。送飯的下人恨不能把飯放在院門口轉頭就跑，閔瀾韜則把換下來的髒衣服和吃完的髒碗也扔在院子門口，自會有人來收走，然後把乾淨的送回。

她剛來的時候還不知道後山是什麼地方，還從小門裡往外看了看……都是剛填上的和沒填上的大坑，現在想想都覺得後背一陣陣冒涼氣。肯定是沒人願意幫他掩埋碎屍，所以他才讓步元敖派人先挖好大坑自己填。

閔瀾韜埋好屍體，渾身是汗的回來了。

蔚藍看著穿著短衫，敞著懷，頭髮濕答答貼在後背上的他微微笑了笑。這真是冷漠殘酷、讓人害怕的閔公子嗎？要不是皮膚過於白皙，容貌俊俏，還真像個莊稼漢。

「笑什麼？」他瞪了她一眼。「要不要喝點水？」他拿起迴廊地上放的水壺問她。

蔚藍連連搖頭，能在這裡幫他做藥已經是她的極限，一進這個院子，心裡都發毛，更別提喝他的茶、吃這裡的東西了。中午他自己吃得倒是挺香的，她卻一口都吃不下，忍住不吐都不錯了。

他嗤笑一聲，自顧自拎起壺對嘴直接灌。「步元敖的奴才沒一個管用的，這活兒還得我自己動手。」他有點抱怨。

她牽了牽嘴角，不是沒個管用的，是沒個能受得了的。

「我休息一會兒去，等會兒丫鬟來送衣服，妳叫她再給我拿點茶葉，沒了。」

蔚藍點了點頭，他用袖子搧著風，大步走進房間睡覺去了。她還真是佩服他，也許他已經習慣了，一屋子泡在酒裡的恐怖物件，房後一片片的墳地，可能哪間屋子裡還放著一具他沒「研究」完的屍體……他還吃得香，睡得著。

丫鬟來的時候，蔚藍特意多要了些話梅，因為她發現閔瀾韜喜歡喝紅茶，他都把祁紅隨便用開水泡泡就喝，不是很講究，和他……很不一樣。因為元敖對茶很認真，所以她專門和精通茶道的人略學了一些。

閔瀾韜睡飽出來，太陽已經西斜了。他有些渴，低頭尋找放在地上的茶壺卻不見蹤影，剛皺起眉想高聲喝問，蔚藍已經主動走過來說話了。

「那壺茶時間長了，再喝會壞肚子，我的手沒辦法洗，就交給來送茶葉的丫鬟了。」

「哼，咱倆誰是大夫？」閔瀾韜還是不怎麼高興。

「閔公子，我已經把藥磨好了。給你新煮的茶也晾涼了，晚上您喝那個吧。」蔚藍指了指樹下的石桌。

「妳煮茶？手不想要了？」他還是尋釁找碴。

「我特別小心了，沒碰著傷口。」

「妳沒在茶裡加糖什麼的吧？」閔瀾韜癟著嘴，原來他也是讓丫鬟給他弄茶的，可步家的丫鬟都習慣在紅茶裡放冰糖，而且都會用那些華而不實的小壺裝，他實在受不了了，又懶得總說她們，乾脆自己弄了。

不過，蔚藍倒還是用著大壺，保留了他喝茶的風格。

他又對著茶壺嘴挑剔地吸了一小口，愣了愣。「妳放了什麼在裡面？」

蔚藍有點擔心。「不喜歡嗎？我只是覺得祁紅本身就有些甜，您好像又不喜歡甜的口味才自作主張地放了兩顆話梅……下次不放了。」

閔瀾韜沈默了一會兒，冷聲說：「妳回去吧，明天早些來。嗯……下回還這麼給我煮。」

「蔚藍姊，妳要是能再胖點就更好看了。」丫鬟小夏有些惋惜地替蔚藍擦著臉。

香琴姊派她來照顧傷了手的蔚姑娘，幾天相處，她是真心喜歡上這個溫柔善良的姊姊。雖然蔚姑娘儘量不麻煩人，但自己還是心甘情願地為她做這做那。

「蔚藍姊，以前妳很漂亮吧？」小夏無心地問。

以前……蔚藍淡淡地笑，當然了，現在她和「漂亮」根本沾不上邊兒了吧。

見蔚藍沈默，小夏醒悟自己說錯話了。蔚藍姊以前……還是爺的未婚妻呢！「姊姊，妳不怕閔公子嗎？」她趕緊找了個無關緊要的話題。

「剛開始有些怕……」蔚藍笑了，至於現在，某些時候還是怕的。「其實他也是為了更好的替人治病。」

「這大家都知道，閔公子算得上神醫，可是……反正我寧可離他越遠越好。」小夏哆嗦了一下。

蔚藍想到閔灝韜要是聽了小夏的話，一定又一臉悻悻地責怪人家是無知婦孺，有點想笑。閔灝韜雖然不算好脾氣的人，有時候還有點兒孩子氣，但與他相處非常簡單輕鬆。因此修德苑雖然是個可怕的地方，蔚藍卻越來越喜歡了。

因為小夏今天有點兒拖延，蔚藍去修德苑就有些遲，加快腳步走去，看見的果然是閔灝韜不怎麼高興的臉。

「妳來得越來越晚了！」他冷漠地指控。「回頭我告訴步元敖妳偷懶。」

蔚藍不理他，閔大神醫尋釁的時候，多半是為了發點小脾氣，見怪不怪，他就自敗了。藥都分類碾成粉末，只要按方子用蜂蜜揉成丸子就可以分發給各處的下人家眷。攸合莊人口眾多，下人住的地方又很密集，防病也是非常重要的事務。

「閔公子，我的手不能幫你搓藥，今天我該做點什麼？」蔚藍忽視他的冷眼。

「妳就負責把藥包好，搓藥的事，我找了個幫手。」

話音未落，就聽見院子門口響起竹竿點地的聲音，一個看起來十歲左右的小女孩嬌怯地問：「閔公子在嗎？」

「在，在！剛才我那麼大嗓門說話妳沒聽見嗎？」閔瀾韜不客氣地嚷嚷。「快過來，馬上開始。先把手洗乾淨。」

蔚藍看著閔瀾韜抓著竹竿，把門口那個瞎了眼的小姑娘領到井臺邊，打水給她洗手。

「最近死的人裡面沒有眼睛合適的，妳還得再等。」他一邊洗手一邊說。

蔚藍微微的搖了搖頭，果然看見小姑娘稚嫩的小臉發了白。

「我可再告訴妳一遍，別抱太大希望，我沒什麼把握。失敗的話，妳的眼珠也保不住的。」

小姑娘點了點頭。「閔公子，我知道。我相信你，反正我這眼珠已經看不見了，有一點點的希望，我都想試一試。」

「嗯。」閔瀾韜生硬地應了一聲。一回頭，對蔚藍喊：「妳也過來！」

蔚藍有些意外，還是順從地走過去。他從水桶裡撈出一塊乾淨白布擰乾，拉著蔚藍的手，仔細擦她手露在紗布外的部分。

準備工作完畢，蔚藍有點兒痛苦地看他開始製藥，不得不說……閔瀾韜製藥的樣子……如果病人看見了，吃得下才怪呢！

閔瀾韜像揉麵團一樣用力按著一大團的藥泥，乾淨的面板上全是褐色的藥漬，他的衣服上也濺了不少。蔚藍低著頭偷偷撇了下嘴。閔神醫這是因為怕麻煩，乾脆一次把藥全攪和了，藥泥成了很大一團，他自己也費勁，別人看著他像幹什麼力氣活兒似的搓揉那一團，心裡也覺得怪怪的。

「喂。」他喊了一聲，蔚藍抬頭。「給我擦下汗。」他嚷嚷。

蔚藍為難地四下看，拿什麼給他擦呢？自從來了攸合莊，她就沒隨身帶手帕了，一個下人還裝模作樣的帶著絲帕，邢芬雪她們又要笑的。

「快點！汗都要滴到我眼睛裡去了！」

情急之下蔚藍只好用袖子把他眼睛上的汗水先抹去，再跑進房間去拿乾淨白布。閔瀾韜這裡最多的就是白布。

閔瀾韜微微閃了下神，剛才那陣香氣是蔚藍的味道嗎？見她又匆匆從房間裡跑回來，很自然地又想為他擦汗，閔瀾韜下意識地一躲。那香味……蔚藍是什麼人，他怎麼會對她產生這樣的曖昧感覺？

他其實是生自己的氣，卻發作在蔚藍身上，沈著臉瞪了她一眼。

蔚藍莫名其妙，尷尬地收回手，不知道他又怎麼了。

閔瀾韜甩下藥泥，從她手裡一把抽走白布，自己擦了擦臉。「我弄好了，該妳們倆！小秀揉成小丸子，蔚藍包。」他沈著臉往迴廊石臺上一坐，不再看她們。

蔚藍認真地包著藥，對閔瀾韜的火氣沒多去想，覺得他大概是幹活累了，胡亂發脾氣。

閔瀾韜坐了一會兒就進房看書去了。聽見他的腳步，小秀噗哧一笑。

蔚藍也含笑看了她一眼，其實她真是個清秀的小姑娘，只是眼睛總閉著，讓人心憐。

「笑什麼？」她忍不住想和小秀說說話，從小她就很喜歡小孩子。

「笑閔公子。」小秀一邊揉著藥丸，一邊呵呵笑。

蔚藍也笑了一下，有時候他……確實和外表的冷漠很不一樣。

小秀皺了皺眉，還是別說了，免得閔公子難為情。看不見東西的人耳朵格外靈，離得又近，剛才蔚藍姊替他擦汗的時候，她聽見他的心跳突然好快……閔公子喜歡蔚藍姊吧？

第九章

四個壯碩的家丁氣喘吁吁地抬著一具用蓆子捲住的屍體快步闖進來，蔚藍倒吸了一口冷氣，不自覺地從凳子上站起來。

為首的家丁叫了幾聲，閔瀾韜急匆匆地跑出來，掀開蓆子仔細看，沈聲問：「死了多久？」

「不超過一個時辰。」

閔瀾韜嗯了一聲，示意家丁把屍體放下，自己飛快跑進屋裡，又拿了一個碗，揹著藥箱跑回來。

「小秀，過來。」他顯得有些激動，但不失鎮定。他取了些屍體的血，又取了小秀的血，一起放在碗裡觀察，突然驚喜地叫：「小秀，他合適！」

他興奮地讓家丁把屍體抬進去，自己拉上也是一臉驚喜的小秀往屋裡跑，跑了幾步，回頭瞥一眼臉色發白的蔚藍。「妳也來！」

「我？」蔚藍一愣，她能做什麼……

蔚藍把頭低得快垂進閔瀾韜的工具箱，雖然裡面放了各種讓她看了就一身雞皮疙瘩的器具，總比……總比抬頭看見他在屍體和小秀的眼睛裡輪番又切又割強。就算只盯著自己的手，她還是瞥見他從屍體的眼睛裡揭下了什麼放進小秀的眼睛。

迎面而來的氣味讓她陣陣噁心，她也搞不清楚到底是什麼支撐著她沒有捂著口鼻逃離這裡。

「二號小刀。」閔灦韜冷聲吩咐，他的眼緊緊盯著自己手上的工作，哪怕只是細小的失誤，這個十歲的小女孩都將永遠失去獲得光明的希望。

蔚藍遞上小刀的時候，被他專注的神情震動了。真羨慕他，這一刻他為了心裡的目標傾盡全力的努力著。她瞭解那種為了一個目標不放棄的感受，曾經她也那麼執著過，努力過……

「五號鑷子。」他又吩咐。

「嗯。」她迅速地遞上，心裡突然一片豁然，能盡自己的力量去救助一個絕望的靈魂，這種感受神聖又安詳，讓自己的靈魂都被安慰了似的，心裡的痛也好像被撫平了……她從小秀的希望裡獲取了自己的希望。她喜歡這種感受，她不再只是一個被一味拋棄的人了。

她好像又是一個人了。

當他鬆了一口氣，替已經被麻藥迷昏過去的小秀包紮時，她也笑了，渾身輕鬆。她拿起紗布，微笑著替閔灦韜擦了擦一額頭的汗，他瞥了她一眼，被她溫柔的笑容螫了一下，身體有些僵，卻沒躲開。

「去拿一個乾淨碗。」他說。

了。

蔚藍微笑著點了點頭，拿回來他又支使她去為小秀收拾床鋪，這七天小秀都要留在這裡了。

再回來，她看見他正拿了一碗東西從房間裡走出來，左右看著，似乎拿不定主意要放到哪兒。她無心地看了兩眼。「這是什麼？」

閔瀾韜抿了下嘴，猶疑了會兒終於決定婉轉一點說：「琥珀。」

琥珀？蔚藍仔細的看碗裡的東西，像是一碗豆腐，怎麼也不像是琥珀嘛！「這……不對呀……」她還看。

他忍不住皺眉，就知道婉轉地說了她倒不懂，還細看呢！「人腦子！藥名叫『琥珀』！」

果然，她臉色一白，捂著嘴，轉身就跑。認識她這麼些天，第一次看見她不莊重地發足狂奔……他笑了笑，沒想到，跑得還挺快。

蔚藍覺得胃一陣陣絞痛，因為沒命地跑，喘得難受，眼前都有些發黑了。

「小心！」她聽見有人一喝，才定了定神。原來她慌慌張張往回跑，正趕上步元敖難得回來吃午飯，她差點撞到他身上。跟在他身後的丁管事不得不喊了聲提醒她。

心一冷，倒不慌了。她收斂了一下神情，垂下頭向他弓下腰，做好下人的本分。

步元敖冷眼看了看她，剛才她慌張跑來的小女兒之態……讓他的心莫名一刺！這神情，他已經很多年沒看見了。

「爺，走吧。」丁管事小心地催促了一聲，這麼毒的日頭，爺站這兒不走，後面端著滾湯熱菜的下人們也難受啊。

步元敖撇開眼，繼續前行。他身後送飯的下人們也都暗暗鬆了口氣，跟著他一起往院子裡走。

蔚藍也輕輕地吁了口氣，站直身體，路過她面前的丫鬟雙手端著開胃菜——皮蛋豆腐。

「唔……」蔚藍趕緊轉身跑開幾步，終於吐了出來。

步元敖又停下腳步，回身看了看她瘦弱的背影，皺起了眉。

一進房間，他立刻吩咐。「去把閔瀾韜叫來。」

不一會兒，閔瀾韜悠閒地走進來，看見一桌子飯菜毫不客氣地坐下就吃。步元敖看著他，沒有動筷的意思。

「這幾天……她都在你那裡幫忙吧？」他有些陰沈地問。

「嗯。」閔瀾韜自顧自吃著，明白他說的是誰。

「你看一下她的脈，會不會……懷孕了？」

閔瀾韜停了手，抬起頭看了看他，被他這麼一看，步元敖有點羞惱，卻無可辯駁，只能恨恨地轉開頭。

「你是看見她嘔吐吧？」閔瀾韜嘿嘿笑了幾聲，步元敖瞪著他不吭氣。「她不可能懷孕，寒毒在身無法生育。不然蔚老頭寧可讓兒子生幾個孫子以後去死也不可能來求你，把女兒送來給你糟蹋。」

步元敖還是冷著臉不說話。

閔瀾韜放下筷子，直直地看著他。「就算她能生，你都不該讓她生，你和她……注定是不共戴天的兩個人。」

「蔚藍姊，再過三天，我就能看見天空的顏色了！嗯，還有花的顏色、樹的顏色！」

小秀因為太興奮，說話又快又急，蔚藍微笑著替她梳理頭髮，輕聲應和。

「蔚藍姊，我最最想知道什麼是顏色了！還有……妳的樣子、閔公子的樣子！蔚藍姊，妳很漂亮吧？我覺得妳的聲音是我聽過最好聽的聲音。閔公子呢……他好看嗎？」

蔚藍輕笑，能看見東西對小秀來說實在是太渴望了。

「好看。」她說，閔瀾韜的確算得上一個好看的男人。

「我就是覺得怪，為什麼閔公子的院子裡總有股奇怪的味道。」小秀皺眉，十分疑惑。「而且，我們院子裡的人都不願意來這裡，連送我來都不肯，這裡有什麼可怕的東西嗎？」

蔚藍沈默了一會兒。「沒有什麼東西，可能大家對閔公子用來研究醫術的東西感到害怕吧。」真的很令人害怕，小秀不說她倒忘了，不能讓小秀眼睛好了看見的第一個地方竟然是這麼恐怖的。「妳睡一下吧，這樣眼睛也能好得更快一點。」

聽說對眼睛好，小秀順從地躺下，不一會兒就安心的睡著了。

蔚藍輕輕從她的房間出來，閔瀾韜就在這條走廊盡頭的那間屋子裡，現在打死她，她也不敢貿然走進他的那些房間了。

「閔公子……」她小聲地叫了他幾聲，果然看見他一臉不耐煩地從屋子裡走出來。

「又有什麼事？」

蔚藍咬了咬嘴唇。「閔公子，您能不能在這兩天裡，把您那些泡在酒瓶酒缸裡的『東西』放到比較不顯眼的地方？」

不出意料，他果然又瞪眼了。

蔚藍趕緊解釋。「小秀的眼睛就要拆紗布了，拆了紗布還要在這裡住一段日子，我想……我想……讓孩子看見那些不好，尤其是從來沒看見過東西的孩子。」她小心翼翼地說。

閔瀾韜皺著眉沈吟了一會兒，不情願地哼道：「多事！我哪有什麼『不顯眼』的地方啊?!妳還讓我現挖個地窖不成？」

蔚藍挑了挑嘴角。「只要把那些從長架子上搬到架子下，這裡這麼多白布，我的手已經好了，趕做一些拉簾掛在架子上，不特意找的話，不會注意到架子下還藏著東西呢！」

「那些瓶啊、缸的很重的！」閔瀾韜抗議。

蔚藍低著頭不說話。

「妳把我晚上要用的東西準備好，然後就多拿些布回去！一定要晚上做，明天白天還有其他事呢！」他口氣惡劣地吩咐。

蔚藍點頭，偷偷笑了笑。

蔚藍放下手裡的針線，挺了挺腰背，這都幾更了？都換了兩支蠟燭了。她站起身，腿都已經發僵，她縫了好幾個時辰了。

她輕輕打開門，靜謐的夜空繁星密佈，她忍不住走到院子裡，愣愣地仰頭望著……好美。風有些涼，已經是秋天了，她抱著雙臂，上回看星星……是什麼時候？

以前看星星的時候，她總是在想念他。最亮的那顆星……就好像元敖的眼睛，他溫柔看她的眼睛。現在再望著星空，她卻想不出他的樣子。

眼角一熱，她又哭了嗎？

也許只有在這萬籟俱寂的深夜，只有她的夜空下，她才能偷偷地想起他，不，她的元敖不是睡在前面華麗院落裡，不知哪個女人身邊的步爺。她的他，是永遠也不會再回來的步三少爺。

永遠也不會再回來了……

她倒寧願他已經死了——她還知道去哪兒找他。現在……天上地上，她的步三少爺在哪兒？她找不到了。

輕聲嘆了口氣，奢望！又是奢望！一個活得都喪失尊嚴的人還奢望愛情，真是太可笑了。

她走回房間，一針一線的繼續縫，星空、思緒、他、她……都在密密的針腳裡消失了。

蔚藍瞇著眼，搧著小爐子裡的火，爐子上的鍋裡煮著閔瀾韜的刀刀剪剪。沸騰的水讓金屬的器具不停地發出叮叮噹噹的撞擊輕響，這響聲完全被屋子裡閔瀾韜的抱怨聲掩蓋住了。

蔚藍一邊搧火一邊輕笑，昨天晚上沒閒著的不光是她，他也累壞了吧，把那麼多沈重的罐子和缸都搬下地藏好。因為她不敢接近，他還得親自負責掛簾子，也難怪會怨聲載道了。

中午吃飯的時候閔瀾韜還是一副誰都欠他錢的臭臉，蔚藍自顧自低頭吃飯，隨便他把碗筷摔得一片響。在這裡時間長了，她也能做到眼不見心為靜，能吃得下喝得下，比住在元敖的彌綸館時氣色好多了。

閔瀾韜的午飯是按貴客分例做的，別說他們三個，就是五個人吃也吃不完。蔚藍仔細地挑著魚刺，把魚肉耐心地餵給小秀吃。

閔瀾韜瞥眼看著，突然用筷子敲碗，冷聲冷氣地說：「魚肉是發物，少給她吃。」

「啊？」蔚藍有點慌，趕緊收回筷子，擔心地看著他。「我已經給她吃了不少，傷口不會有事吧？」

「我看著呢！有事早說了！讓她自己吃，這麼大的人還要人餵！」他不是滋味地嚷嚷，也知道自己很無聊，見蔚藍對小秀這麼精心，覺得有點兒發酸。

小秀又抿著嘴笑。「蔚藍姊，妳自己吃吧，我吃得著的。瞎了這麼多年，我早學會了，不然早餓死了。」

蔚藍的心一刺，學會……她何嘗不也在學呢？

「吃肉！」閔灡韜不客氣地把一塊紅燒肉甩進她碗裡。「都瘦成鬼樣子了！」

蔚藍垂著頭，慢慢扒著飯，他給她的是塊有肥有瘦的肉，她不好意思扔出來，只能儘量繞開。

他看了她半天，伸筷子把她碗裡的肉挑出來扔在桌子上。「不吃可以說啊，還挑食！就是步元敖餓妳餓得還不夠狠！」

她的手一僵，慢慢放下碗。

閔灡韜一皺眉，也知道說得太過分了。沈默了一會兒，他略帶尷尬地凶著臉，挾了大大一筷子青菜放進她碗裡。「不吃肉，總吃菜吧?!」

見她還是垂著頭不動，他大喝一聲。「快吃！」

她顯然嚇了一大跳，本能地開始聽從他的吩咐，他得意地撇了下嘴角。她吃飯的樣子……像隻小貓，他從不知道有人吃飯能讓人覺得可愛。

吃完飯，蔚藍收拾好碗筷，在院子裡遲疑了半天，這才心一橫，不去想那些長長布簾下存放的東西，快速衝進那些房間，把所有的窗戶都推開通風。

有些窗子正對著後山，閔灡韜正在那兒掩埋剛「用完」的屍體，看見她開窗就橫眉豎目地嚷嚷。「我的那些東西都是不能被陽光照見的，會壞的！」

蔚藍裝作沒聽見，繼續開窗，放個兩、三天，腐敗的酒味就會消散大半吧。

太陽正好，她壯著膽子從小門來到後山，因為「肥料」充足的關係，後山的野花開得格外好，都入了秋還是鬱鬱蔥蔥一大片一大片。她仔細地採著，紅的要幾朵，黃的要幾朵……顏色，小秀渴望看到的東西，還有渴望的東西……真好。

她望著一堆堆新土，她怕什麼？說不定她也會被送到這裡……然後被閔瀾韜掩埋。她抬眼去看他，卻發現他竟然也在看她，意外的對視，他還故意別開了眼光。

他可會把她也肢解零散，胡亂地扔在坑裡？

「閔公子……」她把手裡的花攏成一束。

「嗯？」他又不耐煩地皺眉了。

「如果將來我也會被送到這裡……你把我埋在那個坑裡好嗎？」她指了指唯一一個在花叢裡的坑。

「少在那兒胡說！」閔瀾韜憤憤一甩手裡的鍬，滿臉怒色地轉身就走。走了幾步頓住身，又惡狠狠地轉回來一把拖起她。

蔚藍被他拖行著，微微苦笑，他也心知肚明的吧？步元敖發洩夠了，就不會再給她治療寒毒，她就會死，他的恨，她體會得太徹底。從一開始，他就沒打算給她活路。

院子裡小秀一臉的莫名其妙，聽見他們回來，她歪著頭問：「閔公子，赤豆和糯米是治什麼病的？剛才那個丫鬟姊姊送了好些來。」

閔瀾韜也是一頭霧水地瞪著眼。

蔚藍輕輕擺脫他的箝制，淡淡一笑。「我知道，是我問她特意要的。」

小秀吃得笑逐顏開。「蔚藍姊，這東西真好吃！」

蔚藍笑了。「赤豆補血提氣，妳吃正好。」

閔瀾韜坐在石臺上瞪了她們半天，終於忍不住冷哼。「我也要吃！」

「甜的。」蔚藍有點意外。閔瀾韜極度不喜歡甜食，她早發現了，所以也沒給他盛。

「快點！」閔瀾韜瞪眼。

蔚藍抿嘴一笑，把鍋子上層涼些的赤豆糯米羹盛在小碗裡送給他。

步元敖走進修德苑時，看見蔚藍正微笑著在鍋子裡舀著什麼，閔瀾韜站在她身後指手畫腳地說：「多給我盛些糯米小丸子！」

旁邊眼睛覆著紗布的小女孩也不甘心地嚷嚷。「我也要，我也要！」

步元敖的臉一冷，拳頭握緊。她的微笑……為什麼她還能笑得這麼溫柔？

第十章

「你來幹什麼？」閔瀾韜有些意外地瞥了一眼站在院門口的步元敖，順手接過蔚藍端在手裡盛滿赤豆羹的碗。

「怎麼，我不能來？」步元敖冷峭地一笑。蔚藍一直垂著頭，對他的到來置若罔聞，他的眸子閃過一絲怒氣，顯得益發幽亮。

閔瀾韜被他的口氣螫了一下，抬起眼直直地對上他的眼瞳，果然看見了他挑釁的眼神。

「當然能，整個攸合莊還有你不能去的地方嗎？」閔瀾韜冷笑。

小秀聽見是主人來了，有些慌亂地放下手裡的碗，垂手站直。

「哪個院的？」步元敖沈著臉看了她幾眼。

小秀沒想到主人會問起她，怯怯地說：「風蘭院，跟吳媽媽的。」

「現在是不是隨便什麼人都能跑這裡來嘻嘻哈哈？」步元敖瞪了小秀一眼。

小秀頓時又怕又委屈地。

閔瀾韜抿嘴冷笑了一下，他當然知道步元敖的火氣為什麼而來，偏偏讓他生氣的那個人根本沒理會他，置若罔聞地拿起鍋子到井臺邊去清洗了，看都沒看他一眼。

「是我讓小秀來的，她的眼睛正好給我練手。你到底來幹麼？」閔瀾韜語氣也不和善。

「明天有藥材交易，辰時去我那裡，準備好了一起出發。」步元敖沈聲說完，轉身就走。

小秀莫名其妙地看著步元敖遠去的背影，很懷疑地說：「主人不是天天很忙嗎？今天就為了這麼句話親自跑來？」

閔瀾韜冷笑一聲。「他的心思誰知道？或許是來看什麼人的。」他不怎麼是滋味地瞟了瞟井邊背對著他的纖瘦身影。

蔚藍仔細地把鍋擦乾淨，來看誰也不可能來看她。這種小女孩的癡心妄想，她早就不再有了。

不甚意外，晚上香琴特意過來告知她不必再去修德苑了。他看見她的手好了，自然以為她還去那裡是為了偷懶吧。可惜……她不能親眼看到小秀拆紗布了。

日子又如初來般平靜了……閔瀾韜、小秀，只是她人生裡小小的驚喜吧，如同煙火，也是一閃而逝。

從閔瀾韜那裡拿的白布還有一些沒有用完，閒暇時，她就為他做些樣式簡單的罩衫。有時候他就穿著面料嬌貴的絲袍「研究」屍體，沾了血污或者其他「東西」，衣服就洗不淨，算是毀掉了……她邊縫邊微微笑了。

來了這裡以後，只有想起修德苑和他……她才能有些笑意，她才能覺得，自己還算得上是一個人。

她把髒水倒掉，看了看不遠處已經開始枯黃的樹籬，又是一個結束了工作的早晨，不知不覺，秋……更深了。

「蔚藍姊！」

水桶掉在地上，她愣愣地轉身，這聲音是——小秀?!

還沒等她看清，小女孩已經撲進她的懷裡。她瞪大眼仔細看懷裡孩子的眼睛——好清澈，好漂亮！

驚喜的淚水滴落，她又因為高興而哭泣了……上一次是多久以前？

「妳看見了?!看見了！」她呼吸都急促了，不知道為什麼自己會這般激動。

「蔚藍姊……妳和我想的一樣漂亮。」小秀也哭了。

「別哭！再哭眼睛又該瞎了。」帶小秀來的閔瀾韜撇著嘴說，明明是想來看她，看見了又沒好話。

蔚藍抬起眼，真摯地看著他。「謝謝你，謝謝你！」

他微微一愣，盯著她的眼睛，輕輕揶揄地笑了笑。「妳謝我什麼？瞎的又不是妳。」

「等等我。」她好像想起了什麼，向自己的小屋跑去。再跑回來的時候，氣喘吁吁地把幾件罩衫雙手捧到閔瀾韜的面前。「以後您『工作』的時候，請穿上這個吧。」

閔瀾韜有些動容地看著針腳細密的罩衫，接過來緊緊攥在胸前，他故意瞪她。「就妳多事！」

小秀看著他倆笑了，蔚藍也笑了。

「妳不是風蘭院的嗎？怎麼隨便跑到這院裡？」質問的聲音打斷了每一個人的笑容。是跟在步元敖身後的丁管事，他正一臉惶恐地瞪著小秀。

「拖下去杖責二十。」步元敖冷著臉走進院子，再不看他們一眼。

「是我帶她來的。」閔瀾韜也冷聲衝他喊。

小秀還是一臉茫然，是要打她嗎？她不過就是來看看蔚藍姊，而且在爺的院子外面啊！

「你以後也少來這裡！」步元敖沒有停住腳步，下巴向丁管事一揚。

丁管事苦著臉，趕緊叫小廝來拖小秀下去。

小秀害怕地哭起來。

蔚藍護住她。「饒……饒了她！」她向步元敖的背影喊，知道這只是徒勞的掙扎，她的話……根本無足輕重。這都怪她，小秀只是想來看她。

步元敖頓了頓，側過臉，她看見他長長睫毛下的眼眸閃過惱恨的冷芒。

「管好妳自己就得了！」他哼了一聲走進房間。

丁管事為難地看了看房門又看了看閔瀾韜，不知如何是好。

香琴從房間裡跑出來，使勁衝小秀揮手，示意她趕快離開。

小秀慌亂地點著頭，飛快地跑走了。

閔瀾韜始終一言未發，他能理解步元敖，卻有些不理解自己了。幾天不見蔚藍，他竟然找藉口想來看看她？步元敖的態度讓他有些驚醒，這不是個好現象。

蔚藍鬆了口氣，抱歉地看向閔瀾韜，不曾想他也正盯著她，眼睛裡有她看不懂的神色。

今天的晚飯遲了很多，因為步元敖突然決定去別的院子過夜。下人們忙亂之餘，自然推遲了吃飯時間。

蔚藍整理著小小的箱子，天氣冷了，她帶的衣服都顯得單薄，總是覺得冷。

攸合莊還沒開始允許下人在房間裡燒炭取暖，入夜，屋子裡有些陰冷。晚上吃了冷掉的飯菜，蔚藍有些胃疼，在屋外的石臺上蜷縮著呼吸新鮮空氣，她覺得舒服一些。

夜越暗，月亮便越耀眼，把周圍照得銀白一片，如同降了一層霜。

同住在這個小小後院的下人們都不知道去哪兒了，大概趁主人不在，都擠到溫暖的前院某處說笑談天。

蔚藍站起身，準備回屋，她不喜歡這種寂靜，有些孤獨。

她聞到了微微的酒氣，無心抬眼卻看見月光下一抹熟悉的身影。她下意識驚懼一退，撞上身後的牆壁……隨即她垂下眼，站直向他福了福身。

他……不是去了別的院子嗎？她垂下頭向屋裡退去，他去哪兒，和哪個女人在一起都不關她的事。

酒氣一濃，她覺得胳膊傳來被箍緊的疼痛，他跨前一步抓住了她。她驚恐地撞進他冷冷的眼眸，又迅速地垂下眼瞼，這雙眼……是她不允許對視的。

「大晚上不睡覺，在想誰？」步元敖譏嘲地冷冷一笑。「閔瀾韜嗎？」

她依舊沈默，無須解釋。

她和他之間，任何解釋都沒有意義，一直……永遠。

「迷惑他有什麼好處？能讓妳吃飽飯不幹活嗎？」不見她回答，他加倍惡毒地說。

這就是他能想出來的理由吧？她抿了下嘴角，輕而堅決地說：「對！」

「賤人！」他怒不可遏地甩開她，轉身揚長而去。

裹挾著恨意的力道把她推倒在地，手肘一陣劇痛，她匍匐在冰冷的石磚上默默忍受著這痛，享受著這痛。

對他來說，她也不過就是個為了吃飽飯不幹活就去迷惑男人的賤女人。真不明白，這樣的她，他何須專程紆尊到這個下人的地方特意侮辱……她又笑了，又自以為是了吧？他怎麼可能是為她而來的呢，大概只是喝多了酒，貪近從這裡路過而已。

清晨的溫度已經很低，蔚藍瑟瑟發抖地對抗著秋天的寒風。

井裡的水……已經寒涼入骨，手伸進去會被冰得又紅又腫，可是她不在乎。

一隻手撐著地，一隻手拿著抹布用力擦拭……昨天夜裡果然降了霜。薄薄的冰絨螫著她的手心有些疼，這疼像蛇一樣，猛然竄入了她的血脈，貫通了她僵直的手臂。

她一驚，嘴唇微微顫抖起來，是寒毒！不可能，離上次她和元敖……才十幾天而已……大概她疏忽了，冷著了自己。

手指已經醜陋地抽緊在一起，胳膊也劇烈地僵直抖動，慌亂中她碰翻了水桶。桶裡灑出來的水頓時浸透了她倒在地上的半邊身體，冰冷的水一下子透過她單薄的衣物刺在她身上。

她嚇壞了……這樣會更加速寒毒發作的。

站起來走已經非常艱難了，腿上的筋也慢慢開始抽緊，她必須趕緊離開這裡，越快越好，越遠越好……如果被他發現了，不是冷眼看她狼狽又醜陋的病態，就是……就是以凌辱她身體的方式幫她「解毒」吧，兩樣她都不願意。

雖然寒毒發作痛不欲生，但被元敖凌辱的感受更讓她無法面對。她只能去找閔瀾韜，而且她也答應過他，讓他研究寒毒發作時的情況。

或許是因為元敖認定她的背叛，她更想做一個信守諾言的人，既然答應了閔瀾韜，她再痛苦也要走去、爬去修德苑。如果閔瀾韜弄懂了寒毒的病理，就算已經救不了她，還可以救蔚青，救其他也受這種折磨的人。

腿也開始抽筋了，她無法伸直，蜷縮成很醜惡的樣子趴在地上……離修德苑還有好遠，遠得她都有些絕望。現在還太早，根本沒有下人路過，她連個求助的人都沒有。

又一陣新的、更劇烈的抽搐，她咬緊嘴唇，手指摳進路邊的泥土中……眼前的一切開始模糊、昏暗，太疼了，她還能堅持多久？堅持不下去，她也不回頭！

有人把她扶坐起來了，她燃起了一絲希望。

「送……送我去修德苑。」她轉動著沒有焦點的眼睛低聲請求。

「修德苑？閔瀾韜能救妳?!」

聽見低低的、憤怒又諷刺的語調，她極為艱難地集中了眼神，真的……是元敖。

第一個感受是自慚形穢。

三年來每次寒毒發作，她都暗自慶幸他看不到她醜陋的樣子……幾乎成了習慣。

現在，她已經不用在乎了，他看見了又如何？比這更醜陋的場面他也目睹了。

已經疼得一片空白的心，還是本能地感覺到了恐懼，她不知道哪兒來的力氣，推開他，向前爬了幾步。

步元敖瞪著她，原來……寒毒發作竟然是這般恐怖的。這三年，她是怎麼熬過來的？

她又是一陣抽動，然後……她竟然嗚嗚地哭了。

他跨前一步，抱起她。

「跟我回去。」她一定很疼……閔瀾韜見過的最能忍疼的人，竟然哭了。

到了這地步，她還搖頭，還推他！

「好！我帶妳去修德苑，我倒要看看閔瀾韜怎麼救妳！」他氣，他恨！

記憶裡柔順的她什麼時候變得這麼拗?!除了欺騙他，就是拒絕他！她還能怎麼惹火他?!

閔瀾韜剛梳洗過，拿了幾件髒衣服準備扔進院子外的竹簍裡讓丫鬟拿去洗。

步元敖抱著蔚藍衝進來，氣急敗壞地把她甩進他懷裡時，他踉蹌著後退了幾步，差點跌倒。

衣服撒了滿地，閔瀾韜審視著懷裡的她……她已經面無人色，嘴唇咬破了，一直劃到下巴的血線格外刺眼，淚水散亂地爬了滿臉。

「救啊！你救啊！」步元敖凶狠地瞪著他，太陽穴的青筋爆突出來。

顧不上他的怒氣，閔瀾韜抱著蔚藍衝進房間，把蔚藍放在長案上。

「閔……閔……」她流著淚，乞求地看著他。

聽著她吶吶地斷續著低語，他不確定她的意識是否清醒。

面對病人……他第一次慌亂了，執著銀針的手竟然顫抖起來。

唰然扯開她的衣裳，他望著她抽動僵直的身體，竟然無從下手，心……亂成一片。

「你幹什麼?!」跟進來的步元敖怒吼著推開他，蠻橫地掩起她的衣衫。

閔瀾韜也惱了，衝過來也推了他一把。「不脫衣服，我怎麼看穴道下針?!」

「閔……閔……」她又混亂地囈語了。

閔瀾韜慌亂地下針，扎入她肩頭的穴道……沒有緩解。再扎上臂的穴位，還是沒有緩解。她嗚嗚地哭起來，疼到極處。

閔瀾韜恨恨地拔下所有的銀針，不試了，不試了，他無法在她的痛苦中繼續試探什麼狗屁方法。抓過步元敖的手，閔瀾韜慌不擇法地執起小刀一劃，將鮮血滴進她的喉嚨，她長長地吁了一口氣……表情一緩，人卻筋疲力盡地暈過去了。

揉捏著她慢慢鬆下來的四肢，閔瀾韜抿緊嘴，管他什麼寒毒、什麼穴位……只要她不再疼了，他都放棄！

步元敖眯著眼冷酷地看著他，緊握的拳頭扯開了手指的傷口，拳心一片濕濡黏膩。一把推開閔瀾韜，他把她抱在懷中……這個女人就算死，也容不得別的男人覬覦！

「以後……不許你再見她！」他似威脅般沈聲說。

「可能嗎？」閔瀾韜也冷冷地回看他。

第十一章

躺在柔軟的被褥裡，腳下還放了暖暖的湯爐，熱呼呼的感覺從腳底蔓延到了全身，好舒服。

蔚藍閉著眼，每次寒毒發作都會消耗她很多的體力，舒展放鬆的四肢被厚厚的被子覆蓋，她覺得自己輕飄飄的像一枝飄忽的羽毛，想睜眼，又不忍睜眼。

一雙手在被子裡揉捏著她的四肢，讓她的經脈更加放鬆。她想睜眼看，卻無力睜開，她並沒太堅持，繼續享受著酥軟的感覺。

漸漸……她想起來了，步元敖把她送去了閔瀾韜那裡，是閔瀾韜替她解了寒毒？後來的事她渾渾噩噩的根本想不起來。

「謝謝你……閔公子。」蔚藍低低地說，他終於把她從苦痛裡解救出來。

揉捏胳膊的手無端一緊，好疼，那雙手從被子裡退出去，留下的空隙沒有掩好，對寒冷很敏感的她立刻顫抖了起來。

「冷……」她皺眉，身體動不了，她乞求地囈語。「冷……」

被子終於又掩緊了，溫暖的感受讓她表情一緩……還是累，她昏昏沈沈地睡過去了。

不知道過了多久，她聽見屋裡有響動，緩緩睜開眼，她看見的竟是香琴！她受了驚嚇般惶然四顧，果然是步元敖的房間。

「醒了？」香琴有些驚喜地走過來看著她。「睡了整整三天！我都擔心妳會渴死餓死。」

三天……她苦笑，最長一次她昏睡過五天，醒過來的時候內臟都像被火燒過般乾渴。元敖的房間讓她無端就感到窒息，不想留在這裡。

「妳幹什麼……」看她要起來，香琴趕緊按住她。

「這裡……是爺的房間。」這個房間帶給她的記憶全部都那麼痛苦灰暗，她黯了眼神。

「放心躺著吧，爺吩咐過了，以後妳就睡在這裡。」香琴的語調有些古怪。

蔚藍一激靈，渾身發冷，睡在這裡……以後？

不堪的回憶讓她對這裡，元敖對她的侮辱，對她的粗暴，如今的她與元敖單獨相處，除了恐懼還是恐懼。她不怕冷，不怕簡陋，她怕這裡，怕這張床！

「渴了吧？」香琴回身，從桌子上盛了一碗紅棗雪耳湯，伸手想餵她。

「我自己來吧。」蔚藍趕緊接過來，感激地看了看她。「可是……」她端著碗，吃了主人的東西，會不會又連累香琴受罰？

香琴明白她的意思，淡淡一笑。「喝吧，爺吩咐過的。」

甜甜暖暖，喉嚨和胃腸都滋潤舒坦了。蔚藍慢慢喝著，這是她最喜歡的甜湯……今天正好也給他做了這個嗎？她看了看天色，這個時辰他不是在前院嗎，怎麼會有溫熱的甜湯在屋裡？

「喝過湯水，就再用些粥，餓了吧？」

蔚藍抬眼看了看香琴，覺察香琴對她的態度變了。有點憐憫，還有點疏遠，總好像有話藏在心裡不肯對她說似的。或許……

蔚藍端著碗的手放在腿上，香琴覺得她能得到這樣的待遇是用了什麼卑賤的手段，心裡看不起她，又礙著步元敖不能表現出來吧。

精緻的粥也端上來了，她真的懷疑這一切是專門為她準備的，都是熱的……而且，都是她喜歡吃的。

有些疑惑……他怎麼了？突然改變這麼大，是因為看見她寒毒發作可憐她嗎？他還會可憐她嗎？或者……他打算換個方式折磨她？她想不出來，也無心去想了。

有個丫鬟在門口小聲的呼喚香琴，靜默中她聽見那小丫鬟對香琴說，有個蔚夫人要見她。

蔚夫人？

蔚藍皺眉，是娘？不可能！娘怎麼會親自來這裡找她？或許……娘太擔心她了？

香琴已經返回來默默看著她了，低聲問：「要見嗎？」

蔚藍點了點頭。要下床她才又碰見了一個難題，她要穿什麼？如果真是娘來看她……

「我來伺候妳梳洗吧。」香琴像剛才那樣讓她不怎麼舒服的淡笑了。

蔚藍沈默地讓香琴幫她洗臉穿衣，肯定有什麼不對的地方了。小丫鬟們送進來的衣物都很華貴，上好的面料，鑲滾著昂貴的皮毛……為什麼，他肯讓她穿這麼好的衣服？

幸好吃了些東西，發軟的四肢緩緩行走了一會兒漸漸都聽了使喚。

西小門外，來的真的是娘！

蔚藍有些意外，更加驚喜。撲進娘的懷裡，她忍不住嗚嗚哭了……她有太多的辛酸，想在這副溫暖的懷抱裡得到撫慰。娘也哭了，拍著她的後背。

哭過了蔚藍覺得蹊蹺，娘穿得還是很考究，卻沒帶僕從，只一個人孤單單的走來，甚至沒有坐車。難道是背著爹來看她？她一陣心疼，娘終究還是最疼她的人。

蔚夫人也淚眼汪汪地看著她，上下打量以後突然欣喜地說：「步元敖對妳很好吧？」

蔚藍一愣，看了看身上華貴的打扮，點了點頭，別讓娘替她擔心了。

「太好了！」娘的一聲大呼嚇了她一跳，蔚藍愣愣地看她。「妳快去跟他說，放過蔚家一馬吧！」

蔚藍一凜，想起容謙說過的話，元敖在對蔚家窮追猛打。「蔚家出了什麼事？」

「妳不知道？」蔚夫人有些不信。

蔚藍點了點頭，心裡有些猜到發生什麼事。他……怎麼可能只折磨折磨她就解恨了？她只不過是開胃的小菜，蔚家的破敗才是他的正餐。

「步元敖已經讓我們無路可走了！妳爹的生意紛紛失敗，欠了好多人債還不起！」

蔚藍垂下眼，果然……

「妳爹不得不連祖宅都變賣了，那些可惡的生意人，見我們落魄，故意把價錢壓得很低！對蔚家的情況杯水車薪，現在我們全家都只好搬到離這裡十里外的小鎮子上來找妳。」

蔚夫人哭哭啼啼。

「找我？」蔚藍吶吶地說。

「蔚家的僕人都散了，就連容謙都不肯留下。我現在身邊只有兩個老嬤嬤，妳弟弟妹妹都不夠人伺候了啊！妳弟弟一著急，又發了寒毒，真是雪上加霜！」蔚夫人越說哭得越厲害。

蔚藍有點兒想不通。「爹為什麼不去找姊夫們？三姊夫關係不算好除外，大姊夫、二姊夫沒道理袖手旁觀，任由蔚家淪落到這地步啊！」

蔚夫人擦了下眼淚，恨恨道：「步元敖放出話來，誰幫蔚家，誰就跟著倒楣！現在他財大勢大，誰能和他對著幹？妳大姊夫二姊夫平時說得好聽，現在早躲得遠遠的，連我們派去的人都避而不見。」

蔚藍聽了，覺得有些諷刺，娘在怨罵女婿的時候可曾想到，當年作為親家，他們對步家何止是袖手旁觀避而遠之呢？

「藍兒，所以我們來找妳。現在能救蔚家的只有妳了！步元敖對妳還有情，妳和他好好說說，過去的事畢竟過去了，他現在到底還算蔚家的女婿，何必……」

蔚藍忍不住發出一陣笑，笑得滿嘴苦澀。「娘……到了現在這地步，妳怎麼還會這麼想？」

蔚家的女婿？蔚家的女婿步元敖早在五年前就被他們親手砍死了！

「怎麼？妳也打算獨善其身？」蔚夫人冷眼打量著蔚藍華貴的衣飾，不是滋味地說。「妳可是我最疼愛的女兒，這時候不會只圖自己過好日子，扔下我們不管吧？」

蔚藍看著母親，她的眼神、她的語氣都讓自己感覺陌生又心寒。

誰扔下了誰不管呢？

這幾個月苦澀的煎熬，她這個「最受娘疼愛」的女兒，連一句擔心的話都沒從家裡人這邊聽到。

「娘，步元敖對我……就像妳說的，過去的事都過去了。他已經有了新的未婚妻，而我……只是他的奴婢。」

「妳騙誰？」蔚夫人這輩子第一次尖著嗓子質問女兒，蔚藍詫異地看著她。「哪個奴婢穿成妳這樣？讓妳去幫蔚家說幾句好話，也不是讓妳去死，何必如此推托！」

蔚藍瞇了瞇眼，明白了，她終於明白步元敖這麼對她的用意了。他早料到蔚家人會來找她，所以給她吃好的、穿好的，好像很寵她……讓她的娘都指責她只顧自己享受。呵，真是好享受呢！

蔚藍看著一臉不快的娘，真沒想到這輩子還會聽到娘這樣對她說話。

這五年，步元敖的進步超過她的期待，他對仇人沒有絲毫的疏忽，樣樣摧毀到極致。她苦苦一笑。

「娘，連妳也不信我？僅是拿到血引，我已經……竭盡全力了。」她沒有說謊，娘知不知道她是怎樣得到那半份血引的？

蔚夫人挑了挑嘴角，顯得相當失望。

蔚藍知道，就連娘也認為她打定主意對蔚家置之不理了。

「既然妳勸不住步元敖，就把當初妳來攸合莊的時候我給妳的銀票還給我吧。現在家裡只剩幾十兩散碎銀子，妳弟弟妹妹是吃不得苦的。」

蔚藍為難地皺眉，小聲道：「我用掉了……」她沒想到會有這麼一天，全給了香鈴。

蔚夫人抬起眼，冷冷的看了她一會兒。「蔚藍，我真沒想到，妳居然也會這麼對我、對家裡人！」

蔚藍被她看得木然一退，這是娘的眼神？

「妳一直是乖巧又溫柔的孩子，姊妹裡，我最疼妳、最愛妳！妳有病了，娘是怎麼照顧妳、呵護妳的？現在，妳的爹娘破了產，弟弟又病躺在床上，連照顧的下人都僱不起。妳妹妹的婆家……哼！也落井下石，解除了婚約。現在妳穿得光光鮮鮮，吃好住好，卻對我說根本幫不上蔚家的忙！就連我拿回蔚家給妳的東西，妳都不肯！蔚藍，妳怎麼會變成這樣？」

蔚藍靠著牆，淚眼婆娑的看著娘，每一句話都扎在她的心上。

「娘……當初你們把我送來這裡，就算定步元敖會對我好，給我吃好的穿好的嗎？」她噙下淚水，忍不住反問。誰來指責她，質問她……她的家人不應該吧？

蔚夫人果然沈默了，低著頭不說話。

「蔚藍……妳是在記恨這個嗎？」蔚夫人緩了口氣，低低的說，滿是無奈。「當初爹和娘也實在是無奈啊！也許步元敖會報復妳，可他畢竟曾經喜歡過妳，要娶妳的人，妳來，總比蔚紫要好得多吧？妳來了，不僅能救妳弟弟，也能救妳自己吧？還有什麼痛苦是比寒毒發作更難受的？」

蔚藍笑了，還有什麼痛苦是比寒毒更難過的？愛了五年的人變了心，冷冷的、狠恨的蹂躪她的心、她的身體。她連抱怨他都不能，因為她的家人害得他家破人亡。那個曾經愛著她、要娶她的人，把她變成了最下賤的奴僕，就連她看他，叫他名字都成為一種罪過！

來了就能救她自己？

來了這裡……她就沒救了。

「蔚藍……現在說這些還有什麼用？」蔚夫人也哭了。「妳總不能眼睜睜看著妳爹娘、妳弟妹餓死窮死吧？妳大姊我是指望不上了，妳二姊得病早夭，二姊夫就等於是個陌生人，三姊……唉，別說她，不是自己生的就是不行，躲得比誰都快。蔚藍……現在娘能指望的，只有妳了。救救我們，救救妳弟弟吧。」

蔚藍舔了一下驟然乾燥的嘴唇，眼睛沒有焦點地看著地。

「娘……不管妳信不信，做到今天這步，我已經盡力了……兩天後，您在這裡等我，銀票我確實用完了，妳給我的首飾還在，都拿去吧，應該還能賣不少銀子。這次的血引……我也儘量拿來……」

蔚夫人皺了皺眉，雖然有些懷疑蔚藍的話，但她說了要給首飾和解藥，暫時先這樣吧，總比什麼都不管的強。

回到自己的小屋，蔚藍仔細地換下華貴衣裙，穿上自己微有些舊的衣服。步元敖要她穿著這漂亮衣服的目的已經達到，她該還給他的，她已經不適應穿這麼好的衣服了。襟口的毛皮上還沾著她的眼淚，她用袖子去擦，眼淚……從今以後，誰還會在乎她的眼淚？就連娘，也不在乎了。

一路走去修德苑，她甚至已經不悲傷了。也許，她早知道會有這麼一天，他會摧毀她的所有。只是沒想到，竟然這麼快，這麼徹底……當娘懷疑地看著她時，她竟然有些佩服他，算計得太精準！她心裡最後一塊碎片，他也毫不費力的踩成齏粉。

當閔灡韜告訴她，他並沒研究出什麼方法，解了她寒毒的還是步元敖的血時，她只點了點頭。

失望？絕望？更絕望？

她笑了笑，她好像已經體會不出這些感受了。她聽到了他的答案，對她來說，只是一個結果而已。就算閔公子能解寒毒，只是免除了步元敖的凌辱，解脫？除了死，她解脫不了了，家、親人、一切，就算她解脫了，又如何？

她向閔瀾韜福身告退，寒毒沒有其他辦法解除，那……就算死，她也解脫不了！她死了，爹娘還是要責罵她不救弟弟，她還是一個貪圖自己舒服的壞女兒。

「蔚藍……」她的表情讓他痛了，可當她木然地回過身來望著他，等他說話，似凝視又似飄忽的眼神，讓他分辨不出她到底看沒看著他，他又能說什麼？又能為她做什麼？只能緊緊握起拳，只能讓她再回到步元敖的身邊。

把衣服還給香琴時，香琴有些意外。她看著一身薄衣的蔚藍，蠕動了下嘴唇，憐憫的情緒在心底泛起，可卻不知道該說什麼。畢竟她只是個下人，爺的心意她也無法揣測，這幾天，他是真心對蔚藍好，還是……

「香琴姊，給我洗個澡吧。」蔚藍悠悠地說，甜美的嗓音卻瀰漫著一股讓人一凜的死氣。

香琴忍不住仔細地看了看她，去見了一趟家人，她好像有點不對勁，居然──在微笑，可那笑，倒寧可看她原來假裝倔強的樣子。這笑容，讓人莫名有些心酸。

等了多長時間？

蔚藍終於轉了轉眼珠，天什麼時候黑了？她竟沒察覺到。香琴進來點過燈，她沈默地坐在床上沒說話，香琴也沒說話，她在等什麼，她們心裡都明白吧？

「先吃晚飯吧。」香琴領著幾個小丫鬟走進房間，擺上飯菜。「爺和幾個管事有事沒處理完，在前院吃了。」

蔚藍搖了搖頭，她吃不下，不知道一會兒元敖還要怎麼嘲諷侮辱她，緊張得都有些胃痛。

終於，她聽見了他的腳步聲。

她……還是能在那麼多雜遝的腳步聲中分辨出他的來。聽出來——又如何？早做準備？等了這麼久，準備了這麼久，他真的來了，她還是害怕，手和腳、身體還是不自主地顫抖起來。

步元敖進了門，瞟了眼床上的她沒說話，又看了看桌上沒動的飯菜。

「過來吃飯。」他冷聲命令。

蔚藍沒動，她以為自己已經積攢了足夠的勇氣，見到他的瞬間都消散了，就連開口應他一聲都那麼困難。

見她沒動，他皺了皺眉，冷冷抬起眼。

僵持了一會兒，蔚藍垂下眼，輕而又輕地嘆了口氣，躲不過又何須再拖？這樣的煎熬還是越早結束越好。

步元敖聽到了她的嘆息，神情微頓，蔚藍也抬起眼回看他，眼神讓他很不舒服，簡直令他煩躁不堪。

蔚藍緩緩地跪坐起身，姿態嫻雅優美，這是她不會被任何際遇磨滅的韻致。步元敖看著，一時陷入恍惚，這樣的蔚藍……始終印在他的心底。

但是，她竟然開始脫衣服了，毫無表情，連羞怯都沒有，只是麻木地脫盡全部。

步元敖皺眉，竟然不知道該怎麼辦。

這樣的蔚藍……也是他逼出來的。

見他沒動，蔚藍眼睛閃過了一絲然的微光。他早已不是被她吸引了，他就是要看盡她所有屈辱的神態。於是她下了床，走到他身旁，他還是一動不動一言不發，蔚藍有些無措，呆呆地站在他身邊，露出迷茫的神情。

「爺，可還吃些……哎呀！」香琴推門進來，被眼前這幕羞臊得一臉紫脹，一掩面跑了出去。

步元敖不知道自己為什麼會首先看蔚藍的表情，她光裸著身子站在那兒，似乎根本不在乎被香琴看見了這一幕，她的麻木讓他勃然大怒。

或許這就是他想要的，可她真的成了這樣……

惱怒！除了惱怒就是惱怒！

他恨不能一巴掌劈死她！她竟然用這種麻木的態度對他，用這種空洞的毫無情感的眼神看他，錯了，她根本不看他！

她的眼睛明明盯著他看，可步元敖知道，她再也沒把他看進心裡！

步元敖抬手揮開她。「妳能不能別這麼賤?!解藥是吧？我給！」

蔚藍有些愣，他已經用刀劃開手指，血迅速地積攢了半碗。她怔忡地抬眼，他也在瞪她，他的眼神厭惡、憤怒……她也看不懂了。

或許，他是看見她寒毒發作的樣子，連她這麼做都嫌惡了吧？

她又看那半碗血……如釋重負。

有了這血，明天對娘就有交代了。

「妳！」

她的心裡只有這碗血引了是吧？步元敖看著她鬆了口氣的神情更加暴怒，他衝過去抓起她，手指都陷入她手臂的肉裡。她竟然好像感覺不到疼，只是略有戒備地擋著桌上的那一小碗血，生怕他又反悔打碎。

他抓著她的時間長得有些不正常，蔚藍愣愣地抬眼看了看他。

果然，他皺著眉，心情惡劣地看著她。

蔚藍嘴角浮起一絲淡淡的笑容，這樣馴服下賤的她，讓元敖很不滿意吧？當她再也感受不到屈辱，他就失去了施暴的快感。

步元敖被她的笑容刺得渾身一顫，誰許她這樣無喜無悲？誰許她還能用了然超脫的眼神看他？

步元敖重重甩開她，現在他只想去一個見不到這個女人的地方！

因為無論這個女人的任何情緒都讓他憤恨。她說愛他，他憤恨；當她一副徹底死了心的樣子，他更憤恨！

蔚藍看著大開的門，陣陣冷風吹撞進來，她只覺得一陣輕鬆——這次竟然這樣順利地應付過去了。

第十二章

香琴苦著臉裹緊了衣襟，打了個哈欠開門出來。原本以為爺昨晚會歇在別的院裡，沒想到居然半夜又跑回來，還不睡覺，坐在案邊辦公，她只好也陪著伺候，快天亮才抽空打了個盹兒。

一地白霜——香琴皺了下眉，蔚藍沒有來擦地。

昨天……她有些臉紅，一想起那場面就覺得尷尬。林婆婆皺著眉從小門走過來，也看著無人打掃的甬路。

「去看看蔚姑娘吧，會不會病了？」香琴讓林婆婆去找她，看見了蔚藍和爺……她倒不好意思起來。

林婆婆點點頭，從蔚藍負責這差使還是第一次出這情況呢，可能是真熬不住了。她向下人小院走，有點擔心。

香琴剛想抽身回屋，聽見林婆婆在旁邊的小院裡直聲大嚷，聲音惶恐慌亂至極。她皺眉，一時沒聽清喊什麼，肯定出了大事，林婆婆慌張成這樣倒是少見。

仔細聽了會兒，她才聽明白，林婆婆嚷嚷的是：「蔚姑娘自盡了。」她一慌神，剛想跑去看，身邊的風一帶，她差點踉蹌跌倒，爺已經快步衝過去了。香琴定了定神，趕緊跟上。

蔚藍的小屋門大開著，門外已經聚集了很多議論紛紛的下人，大家都指指點點，卻沒人敢再進去。

香琴一皺眉，爺已經不管不顧地衝進去了，她再害怕也不能袖著手在外邊站著看哪！壯著膽子一進屋，就看見地上的血跡。

順著血的方向看去——這血是從蔚藍的小窄床上滴下來的。那床上鋪的褥子極薄，吸附不了多少血液，所以從她身上淌出來的血都流到地上。

爺正掀開她的被子查找傷口，香琴趕緊上前幫忙，蔚藍的身子冰涼，皮膚也是毫無血色的蒼白，可她幫著爺脫她衣服的時候，摸到她微弱的脈搏，她還活著！香琴鬆了口氣，不再恐懼。

手上沒有傷口，身上腿上也沒有！那這麼多血是從哪兒流出來的？香琴心一動，想去脫蔚藍的褲子，又猛醒地瞥了步元敖一眼，有些瑟縮地停住手。

步元敖也明白她在懷疑什麼，見她停手，喝了一聲。「趕緊看！」

香琴一哆嗦，俐落地脫下蔚藍的褲子，她呀了一聲。「爺，真的是癸水！可這麼多……應該是血崩了。」

「快去叫閔瀾韜來！」步元敖冷喝了一聲，外邊有人應了一聲。

「爺，別動她。」香琴見步元敖竟然去抱起蔚藍，趕緊出聲阻止。香琴一愣，爺根本不聽她的，已經抱起下身還在滴血的蔚藍向主屋跑去。

「熱水！厚被！」他一邊快走，一邊吩咐。「多拿些白紗布！」

香琴趕緊指揮下人操辦，自己快跑幾步先進房鋪床。剛弄好，爺已經抱著蔚藍跑進來了，熱水和紗布也隨後送進來。香琴有些手足無措地杵在那兒，眼巴巴看著他把蔚藍身上被血污沾濕的衣服都扯落扔下，她想上前，卻插不上手。

蔚藍的血還在不斷地湧出來，乾淨的被子上很快就被浸濕一片，她的臉色也更白了。

香琴身體一僵，爺……爺……他竟然親自把紗布用熱水絞乾，去按蔚藍出血的下身。紗布很快被血染紅，他暴躁地換一塊再按，地上很快積起一堆刺眼的血布。雖然事出緊急，一個大男人這麼做還是讓香琴一陣羞臊——可他是爺呀！

她回過神，搶上前去。「爺，我來吧。」

她被步元敖用手肘重重地擋開，他瞪她的那一眼讓她的心都快裂開了。「還不快去看看閔灡韜怎麼還沒來！混帳！」

香琴簡直是手腳並用著跑出屋子的，還好，一出門就看見閔灡韜迅速跑來，替他揹著藥箱的小丫鬟氣喘吁吁地被他落下一大段距離。

「閔……」她還想對他說什麼，卻被他不耐煩地推到一邊，香琴顧不上疼，也趕緊爬起來跑回房間。

香琴嚇得一聲尖叫，閔公子居然把爺打了。重重的一拳搗在爺的臉上，顴骨立刻紅腫，嘴角也迸濺出血來。爺沒防備，這一拳挨得實在，身體一晃，後退著撞翻了書案，唏哩嘩啦一陣大響。

「你又折磨她！你又折磨她！」閔瀾韜恨恨地瞪著頹然跌坐在一片狼藉中的步元敖吼。

香琴張著嘴傻傻地看著，閔公子竟會有這麼激動的時候？而爺……就那麼坐在地上任他罵?!

「你要真這麼恨她，就馬上要她命！誰欠你，蔚藍也不欠你！就算她欠過你，她也遲早會還的！別折磨她了，與其這樣……我現在就讓她還你！」

閔瀾韜眼神一凶，揹著藥箱的小丫鬟正好也跑進來，他一把搶過，從裡面拿出一把快刀，回身向躺在床上的蔚藍就刺。

「不！」坐在地上的步元敖尖厲地吼著，一個挺身撲過來推開他。

巨大的力道讓閔瀾韜向旁邊一趔，手上的刀劃破步元敖的上臂，血一下子染紅了袖子。

閔瀾韜也紅了眼，撲回身。「別拖了！再拖下去對誰都殘忍！」

「不！」步元敖狂亂地擋在床前不讓他靠近。

「不?!」閔瀾韜冷笑，眼神譏諷。「從頭至尾，最矛盾、最假惺惺的人不就是你嗎？你捨得已經到手的榮華富貴嗎？捨得你那些嬌妻美妾嗎？你遲早還是會要她的命！」

「是！」步元敖怨毒地笑了。「我想活下去只能要了她的命！可我現在還做不到！做不到！」

閔瀾韜一愣，表情終於緩下來。「現在做不到……你就不怕以後更做不到嗎？」

「我不管！」步元敖凶橫地一皺眉。「救她！馬上！」

閔瀾韜嘆了一口氣。「你們倆的結局是老天爺早就定好的，既然這樣，在她最後的這段日子，你就對她好一些吧。」

「少廢話！救她！」步元敖瞪起眼，揪住閔瀾韜的胸襟一把把他甩到床沿邊。

順著閔瀾韜的目光，步元敖伸手拉過被子，羞惱地蓋住蔚藍最隱晦的私密處。

「你讓開。」閔瀾韜冷著臉說，從箱子裡拿出銀針。

步元敖咬了咬牙，終於微微後退了一步。見閔瀾韜霍地又掀開被子，她的一切暴露在他眼中時，步元敖憤恨地張了張嘴，想大喝一聲，又想一拳打死閔瀾韜……可是，他能做的，只是緊緊咬著牙，死命握住拳頭站在一邊。

閔瀾韜下針的部位……步元敖覺得胳膊一陣劇痛，拳頭握得太緊，連上臂的傷口都牽動了。

「爺……」香琴灰著臉，哆嗦地還想替他包紮一下傷口，卻被他冷冷地吼了一聲——

「滾！」

幾針下去，紗布被血染紅的速度明顯放緩，他鬆了口氣，卻高興不起來。

「來人！」閔瀾韜皺著眉招呼。「極濃的糖水和鹽水各一大碗！」

下人端來了兩大碗水，閔瀾韜拿起一碗，半坐上床，托起蔚藍的頭往她嘴裡灌。蔚藍昏沈沈根本嚥不下去，糖水沿著嘴角淌下。

閔瀾韜正在遲疑，一直站在床邊冷眼看著的步元敖逕自從他手裡奪過碗，就著他的托抬，一口一口把糖水和鹽水餵進她的嘴裡，每一口都緊緊地吻住她，逼她不自覺地吞嚥。

閔瀾韜皺著眉，什麼都沒說，看他的眼神竟然是憐憫。

喝下了糖水和鹽水，蔚藍的臉色緩和了些許。

閔瀾韜把她輕輕放置妥當，默默看了一會兒。「把她抬到修德苑去。」他沒看步元敖，也不是徵求他的意見，他說的是一個決定。

「不，她就在這兒。」步元敖的語調沒有起伏，他說的也是決定。

閔瀾韜終於抬眼看著他，步元敖卻死死盯著蔚藍瘦削卻不失清麗的小臉，一絲眼風也不接他的。

「她這病……」閔瀾韜冷淡地一笑。「是因為吃不好、勞累、寒涼造成的。」他看見步元敖輕輕一顫，表情沒變，胳膊上的傷口卻又湧出血來。

「更是因為勞心、擔憂、緊張。她現在最需要的並不是補藥，而是安心平靜。她在這裡……」他又譏刺地一笑。「能嗎？再來這麼一回，神仙也救不回來。」

步元敖半天沒說話。

終於他沈著聲吩咐香琴。「收拾一下她的東西，和她一起送到修德苑！」

閔瀾韜看著他，輕輕地嘆了口氣。步元敖的無可奈何……他懂得。蔚藍的存在──就是步元敖最大的無奈！

香琴趕緊招呼下人們小心搬動蔚藍，步元敖再次叫住了她，疲憊地吩咐道：「給她準備加厚的被褥，加緊再給她做幾身厚實的衣服。」

香琴連連點頭，安頓好蔚藍後，一一辦妥。

蔚藍艱難地睜開了眼睛，這裡……她辨認了一會兒，是修德苑？她怎麼會在這裡？她瑟縮了下肩膀，汲取被子的溫暖，她有些奇怪，她記得……昨晚她躺在床上好冷，冷得渾身哆嗦。

是被凍病了嗎？

床邊放了一把椅子，椅子邊的小几上放著一大疊白紗布。

下腹一絞，熱呼呼的一股黏膩奔湧而出。她一驚，微微掀被子審視——她竟然一絲不掛，雙腿間厚厚地墊著白紗布。

還沒等她細想清楚，閔瀾韜已經推門進來，蔚藍驚慌地緊緊裹住自己，臉脹得好像腫了幾倍，心也狂跳起來，讓呼吸都急促了。

閔瀾韜一愣，有些驚喜。「醒了？」

蔚藍恨不得用被子捂住臉，沒穿衣服，月事又來了——當著他，原來……她還是做不到什麼都不在乎。

閔瀾韜瞪了眼她微微抖動的頭髮，她都快整個人鑽進被窩了。「幹什麼?!不想喘氣了？」

她不動。

「該看的都看過了。我都沒不好意思，妳就當自己是個病人，還怕什麼羞！」他沒心沒肺地說。「妳的病可大可小，如果吃好睡好，仔細調養，下次經水正常，那就不算大病。如果再來一次大量湧血，那問題就大了。這次幸虧發現及時，不然妳也未必能活。」

她聽了這番話渾身僵硬……真想不到一個大男人會坦然自若地對她說經水的事，還……尤其是他那句「該看的都看過了」。

或許，她的羞澀是太多餘了，如果這次她死了……還不得全部都暴露在他面前嗎？

唰！他惱火地掀被子，再這麼悶著不又得暈過去嗎？掀得大了，她細滑光潔的胸部無遮無掩地呈現在他眼中，他一愣。

她沒有遮掩，只是默默地側過頭。任何的抗拒，對她來說——都徒勞了。這副身子……或許離被他剖離肢解已經不遠了。

閔瀾韜反倒有些失措，慌忙又為她掩上被子。

「對……對不起。」他羞惱地說。

蔚藍的身子一顫，淚水一下子湧出眼底……對不起？這麼多天來，經歷了這麼多事，她沒想過，居然還會有人跟她說對不起……

閔瀾韜有些煩躁地一屁股坐在床邊的椅子裡，望著她微微抽動的後背。

「哭啦?」他明知故問。

蔚藍吸了下鼻子,搖了搖頭。「沒……沒有。」她不想讓他誤會,她沒嬌貴到僅僅是被他看到身體就哭了。

「妳一定要保持心情平靜。」他強作冷漠地說。

她點了點頭,閔瀾韜一如平常的態度反而安慰了她。

「躺了三天,既然醒了,就趕緊吃點東西。」

「三天?!」她驚駭地猛然翻回身看他。「我暈了三天?!」她急起來,掩著被子想起身,一動,腿間又是一陣潮湧。

「幹什麼?!」閔瀾韜站起來按住她,瞪了她一眼。

「我娘……我娘在西小門外等我……」她眼神一黯,原本已經停住的眼淚又冒出來。娘——本來就懷疑她只顧自己,她答應把首飾和藥給她又沒準時去,娘更要誤會了。

「找妳拿血引啊?」閔瀾韜撇了下嘴。「我替妳送去不就得了,哭什麼?」

蔚藍擔憂又煩惱地看著他。「可是我和娘約好三天前見面的……現在,我怕她已經走了。」

「妳家搬哪兒去了?」閔瀾韜無心地問。

蔚藍一愣,他也知道蔚家搬家了?爹娘破產……大概她又是最後一個知道的。她微微苦笑,緩緩低下頭。

閔瀾韜皺了皺眉，嚥了下口水，他也不是故意想隱瞞她，只是對她說出來於事無補吧。

「該不會妳也不知道搬哪兒了吧？」

「十里外的小鎮，實際是在哪兒……我不知道。」蔚藍喃喃地低聲說。

「嗯。」閔瀾韜點點頭。「那鎮子很小，一打聽就知道了。」

「你真的要幫我去找他們？」蔚藍愣愣地看著他，突然得到幫助……她竟茫然了，不知何時，她已經習慣無助和絕望了。

「嗯。」

她看著他，想說些感謝的話卻好像十分艱難，她怕她的話顯得不懇切，反而侮辱了他的好意。

「還有什麼話要我帶到嗎？」閔瀾韜一笑，心情變好了些。

「血……還在我的房間裡。」她猶豫了一下，還是說了出口，對她來說，也許這是唯一的機會——他是唯一能幫她的人了。「我的首飾都已經裝好放在窗前的小桌子上了，閔公子……請你幫我帶給他們。」

她能做的只有這些了，話……她竟然無話可讓他帶。

閔瀾韜點點頭，慢慢凝著眉，不知道在想什麼。

閔瀾韜走後，蔚藍把換下來的白紗布包成一團，偷偷藏在腳邊的被子裡。沒有衣服不能下地，她有些困窘。閔瀾韜走了，就再也沒人來，她連要套衣服都沒指望。

門被推開，她期待地望過去，因為盼望來人而亮起來的眼睛一僵，變為怔忡，是他？她收斂了目光，低下頭。

步元敖沒帶下人，瞟了她一眼沒說話，駕輕就熟地走過來坐在椅子上。

「紗布換過了嗎？」他冷著聲問。

她一噎，呼吸亂了……她竟然還會在他面前害羞？她輕輕地吸了一口氣，點了點頭。

他站起身走了出去——

蔚藍緩緩抬起眼，有的時候……他有些讓她疑惑。她不相信他還會關心她，至多是憐憫——憐憫?!那也不可能！怕她死得太早？似乎……又是錯覺吧？在他那樣對她之後，她怎麼還會覺得他沒那麼狠心。

當他和送飯的下人一起回來的時候，她的心無預兆地一揪。

蔚藍垂下眼，忽視這種痛，來自他的心痛——她只能默默吞下。

「吃！」他盛了一碗熱粥給她，簡單的命令道。

「衣……衣服。」她儘量平靜地說，卻無法抬起眼看他。

步元敖沈默了一下，終於還是起身出去了，過了一會兒帶回了一套內衣褲，扔在她的床畔，卻沒說話。

蔚藍垂著眼，從被子裡伸出手拿過上衣，遲疑了一下，她轉向床裡，背對著他起身迅速披衣穿起。她聽見了他低低的嗤笑。她無動於衷地穿著衣服，是好笑，她都能對他做出那種事，卻無法堂而皇之的在他面前穿衣，可她……真的做不到。

步元敖喝完第二碗粥，放下碗瞥了眼靠在床頭半躺的蔚藍，她還只吃了半碗。挑食、吃東西慢，這毛病她到死也改不了了，到死？他煩躁地皺了下眉。她還沒到死的時候！

一把奪過她手上的碗，她一驚，大大的眼睛猛地抬起，又迅速低下，躲避得太刻意。

「涼了。」其實他不想解釋的，卻受不了她瞬間抬眼時閃過的那抹憂傷。他把她的粥倒進自己的碗裡，又重新替她盛了些熱的。

把碗塞在她手上，她就悶不吭聲地吃，不看他，也不說話。

他一陣心煩，索性也不再理她。

蔚藍忍不住看了眼坐在椅子裡的步元敖……他不打算離開嗎？下人收走了碗碟也不見他走，還遣人拿來了些公文就坐在那兒看。她閉上眼……她早已不再癡心妄想了，雖然不知道他到底想幹什麼，她也不必知道了——他和她已經變成了仇人，他也有了新的未婚妻，他帶給她的……只有傷害，只能是傷害。

對他還有奢望，到頭來……只能更傷！那痛，她是經不住了，因為她還想活到蔚青好的那一天。

天色越來越晚了，她有些不安，閔灡韜去了一整天。他沒找到？還是出了什麼意外？她忍不住仔細聽院子裡的動靜，總忍不住抬眼看門。

「在等人？」他冷笑。「閔灡韜嗎？」

天擦了黑，閔瀾韜才回來了。

蔚藍聽見院子裡的聲音以後就直直地望著門口，他回來了？他會帶回怎樣的消息？

閔瀾韜進了房間先看見的是步元敖冷漠得近乎挑釁的眼光，沒搭理他，閔瀾韜對他身後雙眸水亮的蔚藍使了個安撫的眼神。

蔚藍點了點頭，當著步元敖不能說起這事，但他的眼神至少讓她放下一半的心，至少他沒有出意外，安全地回來了。

步元敖冷哼了一聲。「有話就說吧，何必眉來眼去的！」他站起身，甩門而去。

心——又無預兆地刺痛了，元敖憤然而去的身影，讓她又想起那個屬於她的步三少爺。

閔瀾韜看著她……他的心居然也刺痛了，他是不信命的，現在卻對命運感到了無奈。再也沒有比愛上不能愛的人更無奈的了。

所以他理解了步元敖。

「他們……好嗎？」蔚藍看著自己的手，她必須說點什麼，想點其他的。

「嗯，比妳想的要好。」閔瀾韜也樂於開口說點別的。「妳弟弟的病我也看了看，恢復的情況不錯，」他頓了下。「半年之內痊癒應該不成問題。」

蔚藍真誠地感謝他，看他的時候居然眼睛裡湧起水光。「謝謝你……」知道這一句話說出來太微薄，可她由衷而發。

「離得不遠，等妳好了，我可以帶妳去看的。」

去看……

她的心竟然瞬間閃過一絲畏縮。去看破敗的家，貧苦的家人——她又想起娘看她的眼神。負擔，都是她的負擔，可她放不下。

沈默了一會兒，她還是點了點頭，如果可能，她還是想去看他們……畢竟他們是她的親人，他們再抱怨她，再誤會她，她也無法逃避不見。她從小就疼愛的蔚青，她走的時候他還說將來要接她回去——將來？她還會有什麼將來？只要他能好，父母就有了依靠，她……也安心了。

院子裡響起一陣雜遝的腳步聲，好像來了很多人。

閔瀾韜挑著嘴角一笑，何苦？步元敖這是何苦？「我吃飯去了，妳回去要好好休息。」

回去？蔚藍的心被他的話和門外的腳步聲攪亂了。

林婆婆帶著幾個下人走進來，四十幾歲的人了，看閔瀾韜的眼神還是有些恐懼，她只好直直看著蔚藍。

「爺派我們來接妳回去。」

蔚藍默默抱膝坐在床上出神，穿上了衣服，讓她增添了微薄的安全感。果然……她又被安置在步元敖的房間裡了。

她真的不知道他到底要幹什麼了？在傷透了她的心以後……再對她的一絲絲好，其實，都如同在那些已經快要被她遺忘的傷口上撒鹽，那些已經被她習慣的痛又都重新劇烈起來。

他沐浴後回房，身上帶著溫熱的水氣……她垂著眼不看他，卻聞見了屬於他的氣息。曾經——她是如此迷戀這清新的淡淡幽香，每次聞見她都會不自覺地閉起眼，然後就好像看見最明媚陽光下綿延到天邊的無際草原。

她緊緊閉起眼，不是想沈迷於記憶，而是抿住那不願意流出的淚水。記憶……是的，這香味，他，都只是記憶！為記憶而流的眼淚，無用又可笑，卻會讓她的心很疼。

他也不和她說話，只是逕自躺上床，背對著她。

她有些驚慌，這種情況她倒不是害怕他強要她，而是……她沒想過要和他同榻而眠。在這張床上……和他……她又如何還能合上眼睛？

「睡覺！」他突然說，不用看，她那柔柔弱弱卻又倔強的樣子也在他心裡。

「髒。」她說。

他沒動，嗤笑一聲。「妳更髒的時候我也見過。」

她的臉更白了一些，是的，在他面前，她一次比一次髒。她沒躺下，他也沒再說話。蠟燭燒到頭，便熄滅了，一室昏暗。

不知什麼時候她也陷入昏暗……是睡著了嗎？她從膝蓋上抬起頭，脖子好疼，腰也好痠……胳膊和腿都有些麻。什麼都看不清，只是床外緣一團黑黑的暗影。

她試著直一下腰，僵硬的肌肉卻迫使她發出微弱的呻吟。

床外的影子倏地動了，猛地起身，嚇了她一大跳。黑暗中他慌亂地掀開她的被子，摸索她腿間下的床單，是乾爽的，他吁了口氣，下床點了蠟燭。

他拿著燭檯轉回身來的時候，她突然哭了……那眼眸、那焦急的神色——是步三少爺的。

她比他還明白，步三少爺已經消失了，眼前的步爺又何苦時不時叫他回來一下呢？只是這屬於步三少爺的瞬間……傷她至深。看見了這樣的眼眸，她的心，原本以為不會更痛的心——更痛！

「爺……」她無聲地哭著看他，乞求，真心實意的乞求。「就一直當我的爺吧，放過我……」

她第一次向他求了饒，他的好、他的溫柔……她實在承受不起。

第十三章

蔚藍呆呆地看著她小屋桌子上的首飾盒，閔瀾韜沒幫她帶回家去嗎？不應該是忘了，放在盒子邊的血被他拿走了，不可能反而落下這麼大個盒子。

步元敖雖然免除了她的工作，卻不許她走出彌綸館，比起之前，她反而更加不自由。除非閔瀾韜來找她，她是不可能去修德苑問清原委的。

她有些著急，上回娘說家裡只剩很少的銀子，又處處要用錢，也許這些首飾是可以解爹娘的燃眉之急的。

沈吟了一會兒，她走出自己的小屋，她得找香琴幫忙。

香琴有些猶豫地看著她，其實蔚藍要見閔瀾韜也很正常，她的病剛好，或許有什麼不適想要再問問。但是……做下人久了，就很會看主人的臉色。爺、閔公子和蔚藍之間總有些說不出的糾葛，她也弄不清楚，只知道有關蔚藍的事就會讓爺很暴躁，而且還和閔公子打了架。雖然她很同情蔚藍，但發現爺對蔚藍的異常以後，便謹慎地與她保持了距離，反而不像她初來時那麼坦然相助了，畢竟也不想把自己捲入麻煩當中。

「香琴姊，我只是想見一下閔公子，請妳派個人找他來就好。爺在前院辦公，我……我只是想問閔公子一些事，一定會在爺回來之前說完，不會給妳惹麻煩的。」見她猶豫，蔚藍懇求著，有些著急，甚至有些結巴了。

香琴無奈地看著她……蔚姑娘真的很漂亮，嬌柔得讓人忍不住憐愛她。尤其她大大的眼睛哀愁地注視的時候，誰會忍心不答應她的請求——爺……也許爺也是被她這雙清澈美麗的眼睛看得心軟，想恨又恨不起來，只好自己發脾氣。

「好吧。」她嘆了口氣。

閔瀾韜走進院子的時候，蔚藍感到自己甚至有些激動，見他一面——也成了一件為難的事。

「閔公子……」她焦急地迎向他，想說，香琴又在一邊憂心忡忡的看著。她尷尬地看了香琴一眼，香琴看明白了她的眼神，默默地走開了，眉頭卻皺得更緊了，蔚藍和閔公子有什麼不能當著她面說的秘密嗎？

「小心！」閔瀾韜扶住她的手臂，她走得太快，都有些微喘，他瞪她一眼，現在的她還是要好好調養的，尤其不能劇烈活動。

蔚藍抓住他的胳膊。「閔公子……我的首飾您沒帶給我的家人嗎？」

「沒有。」

蔚藍一愣，沒想到他回答得那麼乾脆。

「我給了他們一些銀票。」閔瀾韜有些尷尬，冷著臉看向旁邊的樹。

「銀票？」蔚藍晃了晃他的胳膊，更迷惑了。「哪來的銀票？」

閔瀾韜轉回眼瞪了她一下。「就步元敖有錢嗎？妳的首飾自己收好，也不值幾個錢，我沒拿。」

蔚藍心煩意亂地看著他，他拿自己的錢救濟了她的家人？當初她只是想讓他幫著跑下腿，沒想到……事情讓她弄複雜了！現在……她要如何償還他的錢、他的情？

「您……您給了他們多少錢？」

「一千兩。」

一千兩?!蔚藍吸了口冷氣，如今的她，如何能湊起一千兩還他？

「閔公子……」她突然又絕望了，雖然他幫助了她，他的好意卻讓她陷入更深的無助。「這筆錢……」她想說她會想辦法還給他，可是，她想什麼辦法？她有什麼辦法？不還？就說幾句感謝的話？不，她也做不到……

「哼！」閔瀾韜看出她的心思，生氣了。「我沒想讓妳還！我每年義診送藥、接濟窮人的銀兩都遠遠不止這個數！就當我施捨給妳那一家老老小小了。」他甩開她的手，轉身就走。

施捨？

她微微苦笑，是的，施捨。她、她的家人現在全靠施捨而活。靠步元敖含著惡意的施捨解藥，靠閔瀾韜一片仁慈的施捨金錢。

「閔公子……」她追上去拉住了他的袖子，他又轉回身瞪她了。

「謝謝您。」淚水無奈又悲哀的流下，她卻笑了。

卑微如她，沒有談「償還」的資格——她只能學著接受施捨……或許，她又苦苦笑了，她該慶幸，還有人願意施捨給她。

閔瀾韜皺起眉，也許他真的太莽撞，把事情想得太簡單了，而且，剛才他那話……她帶著淚的笑，她掙扎的感激，居然讓他內疚。

「不是想見他們嗎？明天我有空，我來彌綸館接妳。」他頓了一下，莫名其妙地接著說：「明天步元敖召集幾個大掌櫃商議事情，時間很充裕的。」

話說出口，他也一愣，為什麼他會不由自主的加上這麼句話？

蔚藍滿腹心事的點著頭，明天……她就能看見家人了嗎？他們會歡迎她還是責罵她？

這天，邢芬雪起得格外早，只帶了貼身的丫鬟便匆匆趕往彌綸館，迎面而來的寒風讓她在心裡抱怨不已。元敖都半個月沒來找她了，更讓她惱怒不堪的是，聽下人們說，蔚藍一直住在元敖的房間裡。

她不相信！元敖從來不讓她們住進他的房間，他高興起來就去她們的院子住下。他不可能讓蔚藍那個病秧子又是仇家女住在他房間裡的！不管如何，她要去親眼看看。

剛彎過枯萎的花籬，邢芬雪就看見了閔瀾韜，他穿著出門的衣服，披著厚厚的披風，顯然在等什麼人。

心念一閃，邢芬雪趕緊閃回花籬之後，對跟著她的丫鬟做了一個噤聲的手勢。她蹲下身，直直地窺伺著。

果然……閔瀾韜等的真是蔚藍！

閔瀾韜打量了她一下，說了些什麼，還把披風脫下來不顧她的推避硬是給她穿上了。

邢芬雪冷笑，果然這兩個人是有姦情的，光看閔瀾韜的表情眼神就知道了。猛地，她注意到蔚藍還捧了很大的一個首飾盒，兩個人一路躲避著行人，鬼鬼祟祟地向一直沒什麼人用的東二門走去，上了一輛馬車。

「快！去裕實樓！」邢芬雪欣喜若狂，有了勁頭，也不怕冷了。

閔瀾韜趕著馬車，悠閒地看著滿路秋意，心情卻意外的好。

車簾被掀開了，他微微側過頭，便看見了她清麗無匹的小臉。這些天……步元敖對她好多了吧，至少她的氣色好多了，不那麼死白死白的了。

「閔公子，給您。」她一臉嬌美的固執，把披風捧還給他。

「穿上，我不冷，妳穿得太少了。」他皺眉。

「我在車裡不冷。」她堅持著，看著他凍紅的手，感激又不忍。

「那誰也別穿了。」他又發孩子脾氣了。

她看著他撇開的臉，心一橫，展開披風為他披上，閔瀾韜一愣，下意識地一拉韁繩，馬車都停下了。

「閔公子……您再這樣，我會更加愧疚的。」她誠懇地說，她欠他的越來越多了。

任由她細心地為他繫好披風的帶子他都沒掙扎，久久不語。

馬蹄聲來得又快又急，似乎剛剛入耳，人已經到了跟前。

蔚藍和閔瀾韜都意外地看著，來的……竟然是步元敖！下人們被他遠遠甩在後面，他的眼神讓蔚藍渾身不由自主地一抖。

步元敖冷冷盯著兩人，他看明白了！徹底看明白了！她帶著細軟上了閔瀾韜的馬車，還……還親親密密地為他繫著披風的帶子，兩個人的身體幾乎貼到一起。

「你想幹什麼？」閔瀾韜戒備地跳下馬車，不客氣地回看步元敖，步元敖已經凍結到眼眸深處的雙瞳只惡狠狠地瞪著臉色慘白的蔚藍。

為什麼每次他心軟的時候她都會毫不顧忌地捅上一刀！

他從馬上俯下身來一把抓住她已經剪短的頭髮，所有的怨恨、氣憤、痛楚都爆發了。他扯著她的頭髮，生生把她拖下馬車。

蔚藍疼得直冒冷汗，卻不出聲，雙手死死扯著接近頭皮的髮絲，徒勞地想減緩疼痛。

「你想幹什麼？」閔瀾韜也火了，繞過馬車撲向步元敖，被他無情地一鞭子揮在肩頭，披風「唰」的裂開了一道大口，血也從長衫裡滲了出來。

「不！」蔚藍慘叫一聲，她又連累了閔公子！

她的這一聲喊，讓步元敖徹底瘋狂了，他抓著她的頭髮，把她拖行了幾步。

蔚藍疼得一臉眼淚。

他扔掉馬鞭，掐住她的下頷，把她提到他的面前，好！好！這個女人除了欺騙就是背叛！

步元敖的雙手掐住她細細的頸子。

蔚藍覺得血都被逼進腦袋，臉好脹，胸膛劇烈地起伏著卻呼吸不到半點空氣。

他怨恨的看著她，鄙夷、厭惡……她的喉嚨發出咯咯的響聲，青筋也從皮膚下浮了起來。

她笑了，這種死法——很適合她。

閔瀾韜只遠遠的看著，突然哈哈大笑。「好！好！步元敖，你趕緊掐死她，這樣我們就都解脫了！」

解脫？蔚藍的眼前已經漆黑一片，卻努力地笑了，解脫……她終於解脫了！

睜眼看見的還是步元敖的房間時，蔚藍輕輕的嘆口氣。不失望，似乎她早就知道命運對她不會那麼仁慈。她愣愣地看著頂棚，沒有表情，不知道該有什麼表情。

她嚥了口唾沫，好疼，喉嚨乾澀腫脹，她咳了幾聲，更疼，好像還有點腥甜。

聽見響動，門簾被掀開了，進來了一個丫鬟。「要喝些水嗎？」

蔚藍轉過臉來看她，有些眼熟，但叫不上名字，點了點頭。

那丫鬟仔細地倒了半盞熱茶，扶蔚藍起身，眼睛在蔚藍脖子上停了一會兒，蔚藍知道，脖子一定留下了印痕……為什麼他還要她活下來呢？她垂下眼，緩慢地握住茶杯，躺得太久了，手有些使不上力。

丫鬟推扶著她，卻不說話，刻意疏遠她，又不想得罪她的樣子。

蔚藍一凜，突然想通了什麼，她還是不死心地最後確認。「香琴呢？」

丫鬟把頭垂得更低，猶豫了一會兒才說：「被爺罰到廚房當粗使下人了。」

蔚藍的手一抖，險些握不住茶杯，幸好丫鬟眼疾手快一把接過。

她又連累了一個人，和她沾邊兒的人……都被她害了！閔公子……她倒不擔心步元敖會傷害他，畢竟他救過元敖，兩個人還算是朋友。只是，也許因為她，閔公子會在攸合莊待不下去。香琴……她的嘴唇顫抖了，自從她來了這裡，香琴一直那麼照顧她，到底因為她受苦了。

也難怪這丫頭會用這麼怪異的眼光看她了。

「去吧，我想再躺一會兒。」她低聲說。

丫鬟像得到特赦般扶她躺好，頭也不回快步出去了。

不久……她就聽見了他的腳步聲，門簾掀動，步元敖走進房間。

蔚藍躺在床上直直看他，平靜、柔和。她也不知道為什麼，又可以抬眼看他了，看他的眉、他的眼……她的心還是一片平靜，毫無起伏。
他……總是不相信她的吧，對他來說，她只是一個背叛了他的女人，永遠是。
他偶爾的心軟，終究敵不過對她的厭惡和懷疑。
她不再怕他了，心裡最後一道迷障也消散了。以前她總是問自己，他還能怎麼傷害她？現在她不用再問了，她知道，他再也不能傷害她了。
他也許沒有掐死她的人，卻已經徹底掐死她的心。
步元敖被她的眼神看得一陣惱怒。
走到床邊一把拽起她，她還是直直地、沒有表情地看著他，沒有避開眼。他討厭她這種眼神，比之前她那個該死的微笑還討厭！
她只是看著他，什麼話都沒說。
步元敖瞪了她一會兒，又恨又嫌地把她甩回床上，她的頭撞上床欄，咚的一響，蔚藍皺了皺眉，還是不出聲。
她永遠不向他解釋嗎？
雖然他已經從閔瀾韜那裡知道了事情的原委，可他想聽她說，聽她親口對他說。
「就那麼想跟閔瀾韜走?!」他冷笑，極盡嘲諷。心，一陣自厭……他竟然只是想逼她解釋！他憤恨，他也無奈。
「嗯。」她想也不想地回答了他，眼睛甚至眨都不眨。

他說什麼是什麼，他怎麼想就怎麼想，誰讓——他是爺呢，她何須解釋？說了他就會信嗎？她又何須替別人求饒？她求了，他就會答應嗎？

原來……這才算真正的死心。

「妳！」他抓她的領口，把她從床上半提起來，她看著他已經舉高的手，不掙扎，不驚恐，想打就打吧。

他氣得眉眼微微掀動，突然冷然一笑。「裝死人是吧？我有的是辦法讓妳活過來！」

他飛身上床，幾下剝除她的衣服……她動都沒動，甚至還能一直看著他。他氣瘋了！他寧可她像以前一樣退避害怕！

她細弱嬌嫩的身子……他毫無慾念，他只想折磨她，只想……讓她動情，讓她熱起來。

他的長指挑逗的插入她的柔嫩，且進且旋……很好，他盯著她的表情，她終於有些反應了。他抽出手指，放在她眼前逼她細看上面的汁液，低低在她耳邊揶揄地說：「已經濕了……」

她咬著嘴唇，不語。

他當然知道，雖然她已經破了身，但情慾的滋味……她還沒嚐到過。他冷笑，萬念俱灰？哪那麼容易？

沾著汁液的手指又探向她敏感的腿間，帶著虐意，帶著挑逗，他或輕或重地揉捏她的珍珠……她還強忍著不出聲，但蒼白的臉上浮起陣陣紅暈……好美，真美！他一隻手指搓揉著，另一隻手指插入她已經濕潤的花道慢慢抽動。

「嗯……」她的眼睛迷濛起來，這陌生的迷亂是她無法想像，不能承受的。

他俯下身，舔吸著她並不豐滿的胸房……她的呼吸亂了，他的何嘗不是？如果這是懲罰，受罰的倒像是他，他的身體脹痛得就要爆炸了。如果這是挑逗，她迷亂的神情……陷入瘋狂的倒像是他！

蔚藍低低哭起來了，被身體裡的情潮逼迫得就快瘋了，他折磨的地方為什麼越來越緊，然後是一陣讓她昏沈的痙攣……心臟好像在喉嚨裡跳動，耳邊一片細細的樂聲，她聽見了自己嗚咽的喊聲。

步元敖的汗水滴在她的胸膛上，還沒感覺到熱已經涼了……她死死咬住嘴唇，再也不想發出那麼羞人的聲音了。

眼睛不知道是不能睜開還是不想睜開……她劇烈呼吸著，像是上了天堂又像是下了地獄。

她聽見了他同樣急促的呼吸，然後原本灼熱的腿間一冷，他捏得她的雙腿有些疼，接著那花汁外溢的緊小入口被他的炙灼充塞了，有些脹，還有些疼……被他貫穿的痛苦記憶浮現出來，可她覺得已經癲狂的身體竟然盼望著那撕裂的痛。

他並不急著進入，只是隱忍著輕淺地在入口來回摩擦，他在等她無法忍耐後的邀請，而這等待更痛苦的是他，漸漸她的表情渴望起來。

「要嗎？」他邪惡地問，稍稍撐開了她。「要嗎？」

她緊閉著眼，小臉一片春意的脹紅著，白白的貝齒咬著嫣紅的嘴唇……她簡直要他的命！

「要嗎？」他退了出來，頂著卻不進入。

她的身體顫抖起來，無法自控地向下蠕動，喉嚨裡嗚嗚咽咽終於發出了微弱的一聲嗯。

他如釋重負，終於等到了她的邀請，他狂猛地進入了她，一徑到底。

充實地撐開感，有些痛，可炙熱的身體竟被這疼送入了又一陣水深火熱。她尖叫起來，雙手盲目地伸直，不知道想要抓住什麼，卻被他一把握住，十指絞纏。

他瘋狂了，陷入了前所未有的興奮。很快他就發現了她敏感的那點，折磨地反覆猛撞，果然她被催逼得叫喊起來……她好像也被自己的叫喊嚇到了，最癲狂的一陣過去，她緊咬著嘴唇咿呀著不肯再喊出來。

他喜歡聽她的喊聲，這個讓他痛、讓他恨、讓他無可奈何的女人也有被他弄得沈淪迷亂的時候……他覺得自己沒那麼狼狽了。

「叫我……叫我……」他用力貫穿她，深撞她，狂亂中他甚至發現自己是在祈求。

她的身體又是一陣劇烈的痙攣，她包裹他的柔嫩強勁癲狂地吸緊他，他也叫起來了，用最後的強硬撞進她的心。

「叫我……」他大喊，渾身一鬆。

「元……元……敖……」她也癱軟下來，昏了過去。

他望著臂彎裡沈睡的她……心亂了……命運跟他開的這個玩笑太殘忍。

動了動，她長長的睫毛忽閃了幾下，一瞬間，他竟希望她睜開眼能向他微笑……就像五年前，她的笑原本是他的天堂，現在卻是他的地獄。不管是什麼吧，他盯著她……他還是渴盼著。

但那星星一樣美麗的眸子完全睜開後，還是一片死寂。她還是那麼看他，沒有任何表情。

他只能蠱惑她的身體，卻蠱惑不了她的心。

他惱了，恨了！

「我能讓妳痛，也能讓妳快樂，在我沒玩夠妳之前，別急著跟別的男人走。」他必須讓她也痛，也恨！

「嗯。」她看著他。「在我死之前，能從我這兒拿走什麼就拿走什麼吧。」她平靜地說。

他一凜，死，他真的想讓她死！

第十四章

丫鬟錦雲忙得一身熱汗，招呼幾個小廝往外抬箱子，又看著手上的行李單子仔細核對丫鬟們捧過來的物品，準備裝箱。

房間裡有些凌亂，下人們進進出出，個個笑容滿面。為了方便行走，門口的棉簾子始終掀開著搭在門上，蔚藍輕輕的移動了一下暖椅，更靠近炭盆。風吹進來，有些冷。

主人要出遠門，對下人們來說絕對是個好消息，尤其像步元敖那麼壞脾氣的主人。對她來說……他在，她也是吃飯睡覺；他不在，她還是吃飯睡覺。除了活下去必須的事，其他……都無所謂了。

沒有人和她說話，甚至沒有人向她看一眼，這熱鬧的場面裡，她，和她所在的這一角，像是被所有人忽略了，遺忘了。

自從香琴的事情以後，他們對她都是敬而遠之的，甚至開始討厭她。蔚藍知道的，他們是在怪她沒有去救香琴……怪就怪吧，她看著赤紅的炭火，有很多事……她真的無能為力。

「下雪了！」不知道誰在外面驚喜地叫了一聲。

所有人停下手裡的活兒，說笑張望，這是今年冬天的第一場雪。

雪？

蔚藍的眼睛也緩緩移向窗戶，除了陰暗的天色，什麼都看不清。

她一直喜歡雪，特別特別喜歡。病中三年，每逢下雪她都失望得想哭，她不能去看，那會誘發寒毒，她只能縮在厚厚的被子裡，癡癡地望著窗外……什麼都看不見。

她站起身走向門外，她想看雪，想摸摸那羽毛般的冰冷。

所有人似乎對她的舉動都有些意外，說笑停止了，沈默了一會兒又都低下頭各做各的活兒。

她有多久沒到院子裡來了？蔚藍望著又低又厚的烏雲，冬天裡，只有孕育了雪的烏雲才會讓人感覺溫暖。一開始零星細弱的雪花已經垂落成一幕迷濛的羽簾，潮濕的地面也漸漸積累上潔白的一層。

蔚藍仰起臉，讓雪拂在她臉上，剛一涼就化成水珠，有幾片落在她的唇上，她有些頑皮地去舔……沒有味道。她終於又可以看雪了呢！她蹲下身，用手去摸地上的雪毯。

她怎麼會這麼喜歡雪呢？

那是她幾歲？十一還是十二，記不清了……他來蔚家的時候正好下了第一場雪，他背著手微笑的走到她面前，把藏在後面的小玩意兒送到她眼前，是一個長著一雙黑圍棋眼睛的小雪人……她看著，笑起來，發現白雪映襯下，他的眼睛比小雪人的還烏亮。

那拳頭大的兩團雪，在他手裡好像有了生命，那是她見過的最可愛的雪人，最漂亮的雪……

指間一燙，她不自覺地握起一團雪，握得久了，全化成水從指縫間流溢出來，她深吸一口氣，記憶！又是記憶！怎麼才能讓這些記憶從她腦子裡永遠消失？現在，只有記憶還偶爾讓她心痛。

她舒展開手掌，看水珠滴落指間……絕望不起來，這也是一件她無可奈何的事。能被遺忘的……就不是記憶了。

混亂的腳步聲和嘰嘰喳喳的說話聲迅速靠近了院門。這一陣哄鬧裡，蔚藍清楚的聽見邢芬雪尖利著急地催促。「快點！快點！不然她又該回房裡了！」

來得果然快，話還沒說完，人已經進了院子，奔了過來，圍住她。

的確是很多人，眼熟的、陌生的……都是他的妾室。她們真的很年輕，又健康，十六、七的芙蓉面，即使不打扮也好看。蔚藍平靜地看著她們，甚至有些羨慕。

她們帶著各自的丫鬟，聲勢就更浩大了。錦雲聽見嘈雜和彌綸館的下人從房間裡出來時，姨奶奶們的丫鬟默契無間地擋了過去，顯然是早就計劃好了的。

被蔚藍平靜的目光鎮住，姑娘們互相使眼色，都在催促對方先發難。僵持了一下，還是邢芬雪先喝罵了起來。「賤女人！病秧子！整天就知道裝可憐欺騙元敖！」

有人帶了頭，她們都發作了，各自施展起來。扯她胳膊，拉她頭髮，掐，擰，怎麼都不解恨。

一個耳光打下來，臉上一燙，腦袋嗡嗡響。蔚藍垂著眼，連是誰打了她都沒想看。

「又老，又醜，她憑什麼住在元敖房間裡？憑什麼讓元敖對她好?!」

這位妾室到底還小，說著還哭了。

她不恨她們，不怪她們，她也不知道為什麼他還會糾纏她這副乏味的身體。又是兩個耳光，她索性閉起眼，如果她十六歲的時候有人搶走了元敖，她也會這麼恨吧？

下人們也鬼哭狼嚎的撕扯成一團，彌綸館到底人多，女孩子們見要頂不住，加緊折磨蔚藍。

身子一涼，衣服從頭扯到尾，她輕輕顫抖起來，因為冷。她再也不會因為身體的折磨而顫抖了。又被誰狠狠的推倒，內衣裡，內褲裡被她們邊罵邊塞進好多雪。

「奶子那麼小，幾乎就是什麼都沒有嘛！」

「這裡也不怎麼樣！」一隻腳厭惡地踢了她腿間一下，轉而踩住了她的臉。

赤裸的身體、臉、耳朵、眼睛都陷入雪裡，嘴巴裡除了雪還有被雪潤濕的泥土。冰冷，污穢……她笑了，這就是她二十歲時的雪。這下──她不用再喜歡雪了吧？

突然很安靜……一切聲音都突然中斷了。

蔚藍只覺得被人從雪裡直直地拉坐起來，被他拉住的胳膊很疼。

「看著我！」步元敖說，冷酷但是憤怒。「看著我！」

她抬起眼看他……白雪中，他的眼睛還是那麼黑那麼亮，她看清了他眼中的自己，果然很醜。

「看我！」他又再強調一遍，她才把目光從自己的影子上微微移開，看他發青的臉色，太陽穴甚至都看到跳動的血脈。

「妳要我怎麼處理這事？」他問，不自覺地更收緊手指。他要她說，只要她親口說出來，把她們都殺了他也願意！

但她只是搖了搖頭，用流血的嘴唇淡淡地說：「算了。」

算了？

他的肺腑瞬間被怒火燒成灰燼！他一把甩開她，她又倒在落雪中了。「好！那就算了！」他抬眼掃過院子裡所有的人，他的目光讓所有人渾身哆嗦。

「滾，都滾。」步元敖低低地說，但這隱抑的腔調比他大吼大叫都讓人害怕。姑娘們、下人都慘白著臉，悶不吭聲地躡腳快走，宛如在魔鬼身邊走過般屏住呼吸。

跟姑娘們的下人都走光了，彌綸館的下人們都垂首恭立渾身哆嗦，暗暗羨慕那些可以溜走的人。

步元敖不吭聲地站在那兒，他的沈默讓所有人更加緊張。終於他說話了，還是那低低的，有些殘酷卻沒起伏的腔調。「丁管事，給這院裡所有的下人發兩個月的月例，然後都給我捲包袱滾蛋，包括你。」

丁管事一愣，蒼老鬆弛的面頰簌簌抖了幾下，躬下背，顫抖著說：「是——」

下人們面面相覷，紛紛跪倒求饒，步元敖看都不看，逕自進房。

蔚藍看著他冷酷卻漂亮的側臉，她該試一下嗎？如果因為她說算了，他就輕鬆放過那些來鬧事的姑娘們，那她若為彌綸館的下人們求情呢？

她伸出手一抓，只抓到他的下襬。

「饒了他們，好嗎？」她說，又不敢看他的表情了。

他停住腳步，沒有立刻回答。下人都期待的呆呆看他，期待著他的答案。

他沈默了太長的時間，蔚藍看著地上的雪，果然……他放過姑娘們只是因為他不想處罰她們吧？她又不自量力了，也罷，至少她還是盡了自己的一分力的。

「起來，都滾！」他說。

蔚藍鬆開他的下襬，怎麼會又不死心呢？她到底還要傻多少次？

「以後我的院子誰也不許進來！一群廢物！這是最後一次！再有人敢到這裡放肆，不管是誰，給我亂棍打出去！」他有些懊惱地緩了口氣。「散了吧，各做各的去。」

院子裡傳出各種鬆一口氣的聲音。

「把她收拾乾淨！」他瞪了跪在門口的錦雲一眼，錦雲立刻跌跌撞撞地爬起身撲到蔚藍身邊，把她架扶進房。

「丁管事，去前面把我書房裡的大箱子搬上車，小箱子抬來這裡。」

蔚藍洗過澡，錦雲小心翼翼地用雞蛋在她紅腫的臉上來回揉著。她穿著步元敖送來的衣服，有點恍惚，披風和貂皮手籠還放在箱子裡……這都是出門才穿的衣服。

他掀簾子進來，把手裡拿的一個精緻的小手爐扔在床上，自己也坐在床沿上冷冷看著。

錦雲想向他行禮，被他不耐煩地一揮手，示意繼續。他默默看了一會兒，突然說：「下去！」

錦雲如驚弓之鳥，反應過度地一哆嗦，慌慌張張地退下去了。

房間裡又一陣沈默。

「真的不恨？」到底還是他沈不住氣了，盯著她結痂的嘴角，臉色雖然沒變，只覺得胸口發堵。

她點點頭。恨？如果受了傷就會恨……她該多恨他？不恨，誰都不恨。

他又火起來，走過來一把掐住她的下巴。「妳少給我裝這副半死不活的樣子！有話就說，說，說呀！」

他已經恨透了她的沈默！

她的眉微微動了動，說？可以說嗎？

他盯著她，盯著她細微的表情。

「饒……饒了香琴。」

他吸了一口氣，握緊拳，牙關都咬緊了，終於忍住了掐死她的衝動，他冷冷地拋下話。

「準備一下，跟我出門！」

她一愣，他真要帶她出門？

看明白她的意外，他冷笑。「留妳在家幹什麼？讓妳和閔瀾韜給我做綠帽子戴嗎？」

閔公子……還在攸合莊？

馬車有些顛簸，車廂底墊了很厚的褥子，又軟又暖，離她最遠的角落裡還焊了一個小小的薰爐，最上好的炭燃燒著，並不讓她覺得氣悶。蔚藍還是忍不住掀開厚厚的窗簾向外看，大地一片雪白，江南的冬是不斷綠的，被壓上雪的樹木還能看見悅目的深青。

從小……她就盼望著能自由自在的暢行天地之間。也許因為她總是被牢牢困在家裡吧，她做過最遠的旅行就是從家到另一個縣的別院，看見過最遼闊的天就是爬上家裡的假山從高牆望到目之所及。

生病以後，她見過很多有名的醫者，她最喜歡聽他們遊歷四方行醫治病的見聞趣事。她還和娘說過，希望將來能和元敖一起遊遍美麗山水，能走得多遠就走多遠。

當時她不明白娘長長的沈默是什麼意思——現在懂了。

娘對她說，不會有男人喜歡帶女人出遠門的，因為太麻煩。她很失望，也無奈……的確，帶著她這樣一個的女人出門是太麻煩了。

如同作夢，她現在……現在正在旅途中啊！不管他出於什麼目的帶上她，她又再次感覺到了興奮，就算……就算了卻她的一份宿願吧。

馬車微微停了停，他便進了車廂。

瞟了她一眼，他一把撥開她舉著窗簾的手，窗簾垂落，又密密的掩住。

「冷！急什麼？有的是妳看的時候！」他一屁股坐在她身邊，也許這癡纏到最後都會變成冤孽，他也貪戀！就算是劇毒的鴆酒，他也要大口喝下……他和她的時間已經不多了，他管不了那麼多了！

換了天地，好像能把很多煩惱都暫時拋在原來那方窒悶的空間裡。她的臉上終於又有了些生氣，她的眼睛又亮了，當她好奇又脆弱的從窗子張望車外的天地時……他的心，他皺了下眉，管那是苦還是甜呢？她終於不再純然是副活死人的樣子了。

他伸手去焐她手裡的暖爐，碰到了她的手……熱從手傳進了心，很好，他終於摸到了她的溫度。

棄車登船的時候天又下起了微雪。

蔚藍站在船頭，下雪天就不那麼冷了，她直直地看著沿岸的景色和行人……都說江南的雨美，雪更美。

船駛入一條並不太寬的支流，應該是進入運河的必由之路，河道、岸上都一片喧囂。步元敖看下人們安置妥當也走上船頭……對新鮮事物渴望地看著的她，有些像當年那個嫻靜又偶爾頑皮的她了。

接近傍晚，船泊在河邊的碼頭準備休息一下，明天就可以進入運河了。

運河口的碼頭是最繁華喧鬧的地方，尤其是夜晚，很多船都歇在這裡，久而久之就形成了遠近聞名的夜市。

蔚藍聽著越來越熱鬧的人聲，有些嚮往。旅途讓很多事都變得簡單了，心……好像也輕鬆了些。陌生的地方，新鮮的事物，讓一些痛苦被壓抑住了。

步元敖走進船艙，在隨身的行李箱中翻找東西，甩出了一套不怎麼惹眼的厚實衣物，背對著她說：「穿上，去集市。」

她的心一晃，是驚喜嗎？他竟然要帶她去熱鬧的集市嗎？

她都有些不敢相信自己的耳朵和眼睛了。

她想去！非常想！即使是和他一起。

第十五章

冬天黑得早，還沒吃晚飯天已黑透了，蔚藍站在船頭看岸上照亮了半邊夜空的燈火和攢動的人影。她從沒看見過這麼多燈、這麼多人……她遙遙張望的五光十色熱鬧喧嘩的地方好像只是一個幻象，華麗得不太真實。

步元敖囑咐了管事幾句，從船舷邊走了過來，看了她一眼。

「晚飯去集市上吃。」他說。

她默默地看了他一眼，第一次……成為步爺的他用幾乎算得上親切的語氣對她說話。

他跳上岸，回身向她伸出手。

她遲疑了一下，燈、人影、笑語……和親切的他，都是幻象吧？就算是吧！突然，她想甩開一切，想放縱自己一次。傷害，痛苦，仇恨……今夜，就是她畢生盼望的全部美夢。她微微一笑，就算是夢吧，就算明天他要她死，她不在乎了……就讓她今夜忘記所有沈迷下去吧，就算這淡淡的甜來自脆弱至極的夢境，就算嘗過了夢裡的甜醒來後的現實會更苦……就算陷入地獄的最底層，今夜，她只想牢牢抓住這夢！

她向他伸出手，被他一把握住，只輕輕一拉，她便踏上了碼頭的石臺，眼睛被他身後驟然出現的燈光晃得微微瞇起……

「走吧。」他拉著她的手走向那一片絢爛的繁華，她覺得……她已經沈入夢中了，腳步似乎都虛浮起來。

靠近水面是一座座華麗的樓臺，進入集市先要路過這些異常豔麗的門庭。一些穿著她見都沒見過款式衣裙的姑娘，她們站在一排排成串的紅燈籠下搔首弄姿，紅色的燈光照在她們臉上，一派迷亂妖豔。樓裡傳出或歡快或悠緩的樂聲，她們便和著節拍把肩臂上的綢帶揮拂在過路男人的身上臉上，待他們去看，卻是一雙雙含嬌帶媚的盈盈水目……

蔚藍呆呆地看著，簡直是被步元敖拖著走。如同每個良家女子一樣，她也對她們產生了強烈的好奇，她們的表情，她們的放肆……她們笑臉後的絕望，她看得太入迷，生平第一次忘記禮貌的迴避，只是瞪大眼睛直直的看。

她遲緩的腳步也拖慢了他的速度，在門口攬客的姑娘們像是發現了珍寶一樣湧過來圍住他，越來越多，在風月場上久了，看見這麼俊俏的少年郎，又一副尊貴氣派，她們本能的渴望，宛如窒悶的人突然大口呼吸到一縷清新的空氣。

嬌媚的身子水蛇一樣纏繞過來，還假作無心地使勁擠開蔚藍。蔚藍被她們撞得離元敖越來越遠，不知道為什麼，她緊緊的抓住他的手，死死不肯鬆開，胳膊已經拉扯到極限，關節都有些疼。

「都滾！」步元敖終於冷冷大喝一聲，妓女們一愣神，微微閃開，他乘機一把攬她入懷，似宣告又似威脅地掃了她們一眼。

妓女們發出長長的失望嘆息，散開繼續勾攬路過的男人。

快步走到安全地帶，他瞪了她一眼。「都是妳！她們有什麼好看的！」

她看著他羞惱的臉色，回想剛才他被妓女們團團圍住的狼狽，忍不住微微一笑。

他黑黑的眸子一閃，她……笑了。

離開水邊那片華麗樓閣才是真正的集市，粗糙簡陋的燈籠，明晃晃的火把連綿起來反而把夜照得更亮。

來回遊走的小販，各種各樣她想都沒想到過的吃食，廉價的布料首飾……蔚藍的眼睛瞪得越來越大，步元敖拉著她的手儘量放緩腳步，當她看見一位大娘直著嗓子和賣簪花的小販討價還價時，他還停下腳步，讓她張著嘴看了個夠。

隔了幾個攤位，他不得不又停下來，因為她的眼裡又流露出好奇又歡喜的神色。她直直地看著，看得太認真了，不自覺地咬著自己的嘴唇。他也直直的看著她，重逢以後他看見過無數次她咬嘴唇的樣子，只是……這回好可愛。

是個老頭子在捏糖人，各種顏色的糖放在碗裡，火把的映襯下，他靈巧的手指捏出來的小人兒異常生動。女孩子穿著紅裙子，小夥子穿著綠長袍……她喜愛地看著，渾然忘我。

「夫人，喜歡這個？」老頭抬眼看見蔚藍凝視著稻草捆成的架子上插放的仙女，摘下來送到她面前。

蔚藍垂下眼，搖了搖頭……她沒有錢。

步元敖瞥了她一眼，從老頭手裡接過那個糖人，不怎麼客氣的塞進她手裡，她怔怔抬眼看他，這回，他卻避開了眼光。

「這個也拿上！」他掏出一塊碎銀子扔給老頭，逕自拿下架子上的那個糖人少年。自己拿上了又覺得有點幼稚可笑，板著臉塞進她的另一隻手。

「這位爺……這銀子我找不開。」老頭為難地說。

「剩下的賞你了。」他轉回眼，看見她把兩個糖人握在一隻手裡，姑娘和小夥兒緊貼著，好像手拉手。

這回她沒有笑……他和她正如這糖人，本是來自同一塊糖，一旦捏成了形，就再也不能連成一體了。

「走！吃餛飩去！」他拉起她的手大步向前，害得她一個踉蹌，險些撞到他背上。

她抿了抿嘴……再大的悲傷都留給明天吧，她跟上了他的腳步。

老闆娘端上一碗餛飩先放在步元敖面前，他拿起勺子把浮在湯麵上的蔥花都撈起扔掉，再把那碗餛飩推到蔚藍面前。

老闆娘又上餛飩時看到了，竊竊地掩嘴笑。

步元敖瞪了老闆娘一眼，嘴角微微抿了抿，被她笑得有點火兒。

蔚藍看著面前沒有蔥花的湯碗……他還記得她不愛吃蔥花？好像什麼情緒要衝破已經冰凍的心，她嚥了口唾沫，故意忽略那種痛，一旦凍結的心被融化……剩給她的不過是湮沒靈魂的劇痛。她舀起一個餛飩大口吃，突然被放任的快感鼓舞了，就算這夢要她付出再大的代價……她也覺得值！

「真好吃……」她說了今晚第一句話。「我還想吃一碗。」

他也露出了今晚第一抹笑容。「先吃完這碗再說，貪心！」

在餛飩攤子對面的胡同口有一個小小的身影蹲坐著，冬天的寒風把掛在牆上的殘破燈籠吹得來回搖擺，微弱的一團光時不時從那孩子身上晃過。

蔚藍看清那是個只有三、四歲的小男孩，身上的衣服襤褸污穢，根本不能禦寒，他的臉太髒了，眼睛卻在灰暗的泥污裡顯得異常明亮。

步元敖順著她的眼光看過去，也蹙起眉頭。

他叫老闆娘上四個熱饅頭，然後向盯著餛飩攤子看的小孩子招了招手。孩子很遲疑，步元敖不得不拿起一個饅頭向他示意。

孩子跳起身衝了過來，蔚藍的鼻子驟然一酸……他好小，站起來的他瘦弱得好像經不住一陣風。年紀太小，走路都有些蹣跚。

小小的孩子根本無法一下拿走四個饅頭，老闆娘好心的拿來油紙替他包好。孩子眨動清澈卻絕望的眼睛看著放在桌子上的兩個糖人……那麼小，他已經知道不奢求，只是看，卻不敢渴望擁有。

蔚藍的心一刺，絕望練就的不貪心她太懂。拿起糖人，她看了看，把仙女遞給了孩子……另一個，就留給她吧。孩子還是怯怯地不敢接，她執起他的手，好冷的小手，只有她的一半大。

當他抓住糖人的棍子時，只剩骨頭的小手卻握得那麼緊，好像抓住了一個自己都無法置信的夢。

老闆娘也包好了饅頭塞進孩子的懷裡，孩子被隔著紙的熱氣振奮了，不急著吃，卻轉身就跑。胡同裡漆黑一片，他跑進去，嘈雜中仍清楚地聽見他不脫稚氣的聲音——

「奶，奶，饅頭。」

沒有回答。

他再喊。

然後大家聽見他尖銳的哭聲。

老闆娘搖頭嘆氣，用圍裙擦眼淚。「婆婆去了，這孩子可怎麼辦……」

蔚藍走過去，這祖孫在此地要飯已久，聽見孩子的哭聲，周圍的一些小販舉著火把燈籠圍過來，她便看清躺在胡同牆下薄薄被褥裡的老人……這麼亮，她仍無法看清老婆婆的相貌，只看見花白髒亂的頭髮，很深深塌陷的緊閉眼瞼。

孩子太小，平常又不總說話，他的語調顯得異常生澀，他把糖人塞進老婆婆已經沒有熱氣的嘴裡。「糖……糖……吃了……醒過來。」他對他生平的第一塊糖抱著無限的希望，覺得這夢寐以求的東西有無比神奇的力量。

奶奶沒有醒過來，他哭了，他並不懂什麼是死，只是不知道奶奶不理他了，他該怎麼辦？

步元敖一直默默地看著，蔚藍側過臉來看他時，竟然發現他眼角微微的水光……她一僵。他面無表情地看著撲在奶奶身上哭的孩子，她的心又猛地襲上一陣痛，太痛了，不得不緊緊捂住，甚至微微彎下腰。

他……一定是想起自己失去所有親人時的情形。

他緊緊地抿著嘴，眼睛冷冷的，可那麼冷漠的眼睛裡……有淚光。

步元敖……也是失去了所有親人才長大的，也是孤獨無助的成為步爺的。

糖人的把柄都快刺破掌心……她覺得自己是個可憐的人，他呢？她默默懷念那個微笑溫柔的步三少爺……也許他也懷念。那也是他人生裡最溫暖的一段歲月，家、家人、她……

有時候他對她的溫柔讓她迷惑，現在她懂了，那也是他的迷障，畢竟，這個世界上，她是他和那段美好歲月最後的、也是唯一的聯繫。

正如她想沈迷在夢裡，他偶爾也想……

她直起腰，夢終歸是夢，他和她就如同老婆婆嘴裡的糖，太遲了，已經嚐不到甜味了。他和她的結局……命運早已經給出答案。

他拿出碎銀問誰願意去他船上找人來，很多人應聲，他隨便的把銀子拋給一個。很快，管事和夥計就聞訊趕來，幫助老婆婆料理後事。

「爺，孩子怎麼辦？」

步元敖沈吟了一下。「把他領回鋪子裡養活吧。」

蔚藍含著淚笑了，她是他的美夢，也是他的噩夢……等她離開了，消失了，他從死抓著不放的又愛又恨的迷夢中醒來時，步爺，也是天下最最好的男人。

炭在大銅盆裡燃燒著，時不時發出噼啪的一聲微響。

船艙的板壁再緻密也是木頭，點再多的炭火還是有些冷。

蔚藍背對著步元敖躺著，一動不動。船悠然晃動著，如同搖籃，他以為她睡著了，把腳下的湯爐踢得更靠近她，他翻了個身，發出輕而長的一聲嘆息。

淚水從緊閉的眼中驀然畫過，打濕枕頭。曾經她怕他的好、他的溫柔……那是沒有希望的天堂，可望不可即。現在，她比他還明白，對她的每一分好，更痛的是他，只要她還在，愛和恨的火永遠會灼烤著他。

他愛她嗎？

她緩緩睜開眼，即使他的愛偶爾戰勝對蔚家人的恨，如同此刻，那也是他的錯覺，他以為自己還愛著年少時愛過的姑娘，畢竟……她也是他的初戀。

她又把眼閉起，笑了。他和她可能都沒辜負對方的一片情，是命運辜負了。

她聽見艙外的風吹過樹梢，發出哨子一樣的尖銳呼嘯……這一刻，她的心真正平靜了。

他折磨她的時候，她知道自己不該恨他，因為蔚家欠他，可是，再掩飾、再壓制，她也怨他。五年的癡等，她理直氣壯地認為是他辜負了她，不管什麼原因。

現在，她真的不恨了，不怨了。

他和她……都已經改變了，時間不可能倒流，也不可能人為的再現。她和他最好的結局，就是再別用對昔日的執妄折磨彼此。

蔚青好了，她能解脫了自己的時候……也就解脫了他，不管最後是用何種方式。

腳步聲來得快速且沈重，在艙門外頓了頓才輕輕地叩了叩。

步元敖動了動，翻身坐起下床，門外的人又加重力道敲了敲，步元敖低低地嗯了一聲，回身為她掖好被子才披衣開門。

她聽見來人小小聲的說話。「殷老爺昨天突然病故，爺，快做打算。」

殷叔叔過世了？蔚藍坐起身，姝姝會難過成什麼樣子？她披衣下床點了燈，默默地聽他們說話。

步元敖沈默了一會兒，低沈果斷地吩咐。「立刻準備馬車，你們繼續北上，按計劃進行。我處理好家事，立刻追上你們。」

他轉回身，看著坐在床上默默出神的她。

「妳……」他顯然在猶豫。「跟我一起去。」

蔚藍一愣，不解地抬眼看他，帶著她不僅會拖慢行程，而且……姝姝現在需要的是他，只是他。

步元敖煩躁地皺著眉，顯然不想解釋，可他還是不怎麼耐煩地說：「她一直把妳當姊姊，有妳在更好一些。」

「爺……我還是回去好了。」她說，女人的心，她當然明白，可他——似乎不懂！

「少廢話，馬上收拾行李！」他又冷聲大喝了。

第十六章

一走三天，日夜兼程，她的體力已經接近底限，但她默默地堅持著。

他的焦急，她懂。脆弱的姝姝現在一定哭得渾身發抖，渴盼著他去把她從悲痛中解救出來。

一路上，他沒有和她再說一句話，她也明白，他從夢中醒了，覺得對她的好是對姝姝的背叛。放她回去，又怕她做出背叛他的事，他始終還是不信她的。

她甚至能微微笑著承受這一切，理解……比任何其他感受都更能毀滅愛情。

在他以後漫長的歲月裡，應該有姝姝那麼個美好善良的姑娘愛著他、陪著他。他們能相愛得毫無芥蒂，毫無掛礙……他，會幸福的。

他騎馬速度快，她到達殷家時，他已經快步地跑進靈堂了。她進入靈堂的時候，看見姝姝正撲在他懷裡哭。他的手憐惜又輕柔地拂著姝姝的背，他的手臂緊緊地環攬著她，而她小小的身體完全陷入了他的懷抱。

蔚藍聽見姝姝一邊嗚咽一邊喃喃低語。「……元敖……我只剩下你了……我只有你了……」

姝姝沒有兄弟姊妹，母親又早早亡故，父女二人相依為命，殷大叔死了……他的確成為她的全部了。

姝姝終於發現了惻然站在門口的蔚藍，失去唯一的親人讓她變得敏感又激烈，她驟然推開步元敖，眼睛裡射出冰一樣的刀光。

「為什麼帶她來？你什麼意思？你還是愛著她對吧？想在這時候解除和我的婚約拋下我對吧？」姝姝有些瘋狂了，衝過來推倒了蔚藍。

「姝姝！」步元敖一臉焦急。「我不是這個意思！殷大叔對我有恩有義，我怎麼會拋下妳！我帶她來，是以為妳喜歡她，能安慰妳，陪著妳。」

姝姝哭得渾身打抖。「除了你，我誰也不想看見，尤其你的任何一個女人！」她又撲到步元敖的身上，用小小的拳頭捶打他的胸膛，似怨似悲。「元敖，我只要你！你只是我的！元敖！」

他任由她捶著，失去親人的痛他當然比誰都明白，可怕的孤獨感會讓人瘋狂地抓住現有的任何一份溫情。

「嗯……我只是妳的。」他輕輕地哄著她，她越捶越輕了，終於伏在他的胸膛上低低哭泣，他摟緊她。「別哭了，我來了，我來了……」

蔚藍沈默的站起身，輕輕地扶著牆，儘量不發出任何聲音，這一刻她實在是個多餘的人。他難道不明白嗎？能安慰姝姝的，只有他。姝姝是把她當姊姊，可現在……自己在姝姝眼裡不過是一個和她搶奪他的人，曾經和他有過婚約的人，而這樣一個女人的出現是對姝姝的傷害。

等待、哭泣和情緒的發洩都消耗了姝姝的體力，步元敖抱著她坐在椅子裡，不一會兒她便在他懷裡沈沈睡去，時不時還在夢中哭泣出聲，他輕輕地拍著她。

準備把她抱回房，他才看見一直貼著牆壁站著的蔚藍，眼神一黯。「妳……去妳大姊家吧。」

她點了點頭，還向他笑了笑……她也不知道自己為什麼要笑，或許是想表示一下自己真的不介意，她本來就不該來，雖然錯了，但還能看看同在一個縣城的大姊，她也很高興。

她的笑讓他的表情一冷，有些殘酷。

大姊家和殷家相隔不過幾條街，一眨眼的功夫已經到了。大姊夫符敦義做木器家具買賣，生意興隆，幾年沒見，府第修建得更是華麗考究。

聽見消息，大姊夫、大姊、兩個外甥一個小甥女都跑出來迎接她。

蔚藍驚喜地看著十歲的外甥，無法置信地用眼睛詢問著姊姊，這真是原來那兩個話都說不清楚的小傢伙嗎？都快成小夥子模樣了！小甥女她是第一次見，好可愛！

「四姨，四姨！」孩子們圍著她歡呼跳躍，四歲的小甥女還撒嬌著嚷嚷讓姨抱。

大人就沒孩子那麼單純的為重逢而高興了，符敦義和妻子交換了一下眼神，心疼地看蔚藍瘦弱的身體，尖削的下巴，以及過度蒼白的臉色和她短短的頭髮……這孩子，蔚紅趁蔚藍不注意趕緊擦去湧出來的眼淚，太可憐了。
蔚藍太喜歡漂亮的小甥女了，伸手去抱，雙臂一使力，人卻眼前一黑。
躺在床上睡了整整兩天，蔚藍半合著眼長長吐了口氣……原來，看不見他是件這麼輕鬆的事，她該高興嗎？
姊姊在門外向丫鬟低低詢問她的情況，不甚清晰的對答讓她的心柔柔暖暖的，她又在親人身邊了，這是一種很踏實的感受。
姊姊推門進來，蔚藍看著她微微一笑。
蔚紅快走幾步到床邊摸了摸她的額頭。「妳真嚇死我了。」她憐愛地抱怨。「是因為趕路累的嗎？」
蔚藍點了點頭。
蔚紅看著她，一陣沈默。
蔚藍垂下眼……她變了很多吧？
「藍兒，妳受苦了。」蔚紅說著一下子哭出來。
蔚藍趕緊拉住她的手，反而安慰地輕拍著，寬心的話卻實在說不出口。
「他……他對妳到底怎麼樣？」蔚紅擦著眼淚，有些疑惑，看妹妹的樣子，絕對談不上好，但步元敖能帶著她出門，還讓她來看親戚，又似乎算不得不好。

她要怎麼回答？好……不好？還是只能沈默。

蔚藍蹙了蹙眉，一來就病倒，最重要的話還沒顧上和姊姊說。

「大姊，爹和娘還有蔚青、蔚紫，他們……」殷實的大姊家的確是父母最後的希望了。

蔚紅的眼淚又來了，一臉愧色。「藍兒，不是姊姊狠心。步元敖早就已經放過話了，妳姊夫有今天不容易，我們還有三個孩子，我們要和他作對，真是以卵擊石。」

蔚藍點了點頭，這種自身難保的感受她明白的，姊姊也是母親，她也想保護好自己的孩子，更何況，大姊夫實在不是步元敖的對手，步元敖想弄垮他也許都不用親自出馬。

「蔚藍，我也正想和妳說這事。我準備了些錢，妳帶去給爹娘吧，只千萬別讓步元敖知道是我給的就好。」

蔚藍重重頷首，剛想再說什麼，就看見小甥女吃著手指扒著門瞪大眼看著她。

蔚藍向小甥女笑著招招手，她便蹣跚著跑過來拉蔚藍的手，奶聲奶氣地說：「姨姨陪我玩。」

蔚紅瞪了她一眼。「四姨的病才好，不能勞累。」

蔚藍向姊姊搖搖頭，把小甥女抱上床攬在懷裡，微笑著放柔聲音說：「四姨給妳講故事可好？」

小女孩歡呼雀躍起來，一直躲在門外的兩個男孩也跑進來，生恐落後的嚷嚷著：「我也要聽，我也要聽。」

蔚藍讓他們全坐在自己身邊。「四姨想一想，講什麼好呢？」她完全沈醉在被人單純的需要和喜歡裡了，這種感受讓她自己的心也溫暖柔和起來。

不知道為什麼，看著微笑給孩子們講故事的妹妹，蔚紅鼻子一酸，眼淚又成串湧出來。曾經她以為這個美麗又溫柔的妹妹會是姊妹裡嫁得最好，過得最幸福的一個。

這天，蔚藍帶著孩子們在暖閣裡玩耍，她好像忘記了所有煩惱，當看到姊姊一臉憂鬱地走進來欲言又止，她愣了愣，是他來了吧？五天了，她知足了。

廳裡，他的身邊坐著還是一身縞素的妹妹，蔚藍的手被小甥女和外甥們緊緊拉著不肯鬆開，一時不知道該行禮還是問好，只是僵僵地站著。

她看見妹妹乖巧地看了他一眼，他微微點了點頭，妹妹便咬著嘴唇，鼓足勇氣站起身向蔚藍走來，她看著蔚藍的眼睛，誠懇地說：「蔚藍姊，那天的事對不起。我……我也不知道是怎麼了，腦子好像只想著一件事。」

一件事？盼著他來吧……

蔚藍看著她搖了搖頭，笑了。「妹妹，姊姊怎麼會怪妳呢？我知道妳是太傷心了。」

小甥女好像也很喜歡漂亮的妹妹，主動拉她的手，邀請道：「姨姨，姨姨……也一起玩。」

孩子們拉著妹妹和蔚藍出去了。

廳裡只剩下符家夫婦和步元敖，步元敖沈著臉，沒有攀談的意思。

符敦義咳了一下，看了看老婆，蔚紅鼓勵地點了點頭，於是他有些尷尬地開了口。「元敖……」被步元敖冷冷地一瞟，他不自覺地吶吶改口說：「步爺……」

步元敖還是不答腔。

「步爺，我知道蔚家、我們都欠了你很多。」符敦義終於說出心裡的話，語氣反而懇切流暢了。「你怪誰，也不能怪蔚藍！當初……當初……」還是說不出口。「那件事蔚藍是真的不知情，她是真的準備和你走的。我岳母一直騙她說你不忍心帶她去吃苦，所以獨自去創業。她就癡癡等你，身體好的時候就一針一線的繡自己的嫁衣。步爺，你見過她發寒毒嗎？」符敦義說著都鼻子一酸。

步元敖的臉色更加森冷，緊緊握著椅子的扶手，雖然沒說話，嘴角卻微微抽動。

「她發作起來比蔚青厲害好幾倍，我們都不知道那麼柔弱的她是怎麼熬過來的。她疼極了，就一遍一遍喊你的名字。」

蔚紅終於抽泣出聲。

「剛開始我們是不忍心告訴她你的情況，後來是沒人敢告訴她，怕她斷了最後的念想，就熬不過去了……」

「夠了！」步元敖惱怒地拍了一下扶手。「我不想聽，我不是答應治好她和蔚青了嗎？」

蔚紅終於忍無可忍地站起身。「元敖！就算看在她對你的一片癡情，你別再折磨她了好嗎？放她一條活路！」

步元敖不說話，放她一條活路？那……他怎麼辦？

孩子們在梅花樹下跑跳笑鬧，把片片紅梅搖晃得如雪般飛落。

殷佩姝看著微笑望向孩子們的蔚藍，遲疑著皺起眉，咬了半天嘴唇，到底還是問出口。

「姊姊……」

「嗯？」蔚藍轉過臉來看她，也疼愛地看著她。

「妳還喜歡元敖嗎？」頓了頓，才問了最想問的一句。「元敖還喜歡妳嗎？」

有時候，他真的讓她很疑惑。

知道這麼問很傻，可是，除了蔚藍姊，她已經無人可問，無人可以說女兒家最最隱密的心事了。可笑，卻無奈。為什麼，偏偏和元敖有那麼多過去的人是蔚藍姊呢？為什麼，和元敖共同擁有未來的是她呢？

蔚藍一愣，慢慢拉起她的手。「姝姝，我和步爺……已經不可能了。」

「為什麼？」

蔚藍搖了搖頭。「姝姝，我現在還不能走，可我遲早是要離開的。步爺……元敖……」叫出這個名字她淡淡的笑了笑。「其實他也是個很可憐的人，這個世界上，他和妳一樣，再沒別的親人了。姝姝，將來……」鼻子很酸，卻沒有眼淚，她屬於過去，而姝姝是他的將來。「妳不僅要把他當愛人、當丈夫，更要把他當親人，你們會幸福的。妳是天下最善良、最美麗的姑娘，他也會喜歡妳、疼妳、愛妳的，妳不要再懷疑了。」

「蔚藍姊！」姝姝撲進她的懷裡。「姊姊！妳不要離開！一直陪著我，即使……即使把元敖分給妳一些，我也想讓妳一直在我身邊。」

蔚藍笑了，撫著她又柔又滑的長髮。「傻瓜，妳長大了，不能總像個孩子似的說傻話了。」

「姊姊……妳離開後打算去哪裡？」

蔚藍看著孩子們的笑臉和梅花雪。「這次出門我看到了那麼廣闊的天地……我和蔚青的病好了，我想……」她也笑了。「陪在我父母身邊，靠自己的力量好好生活，和人們快樂的相處。有了多餘的錢就去漂亮的地方遊歷，做一個自由自在的人！」

吃飯的時候蔚藍被孩子們左右圍住，誰也不願意和四姨隔開坐，蔚藍只好把小甥女抱坐在腿上，讓兩個外甥分別挨著坐。

符敦義有些尷尬地向步元敖伸了伸手，客套地布菜。步元敖看都不看他，為身邊的妹妹挾了一筷子菜。

蔚紅忍不住偷偷看妹妹的表情，蔚藍居然還能置若罔聞地微笑著餵小女孩吃飯……她的心，怕是已經傷透了。

最大的外甥符榮徽頗有敵意的看著步元敖，假作大人口氣地問：「你是來接四姨走的嗎？」

步元敖沒抬頭，只冷聲「嗯」了一下。

「那你是四姨夫嗎？」

一陣沈默。

蔚藍愛責地看了他一眼。「小榮徽，又說傻話了。這位爺是這個漂亮阿姨的相公呢！」

她指了指對面的妹妹。

「那他為什麼要接妳走？」

沒人回答這個問題。

蔚藍垂著眼，為他挾菜。「……好了，快吃飯。」

「姨姨，飯不好吃！」懷裡的小甥女抱怨。「我要吃姨姨做的春捲。」

「我也要！」

「我也要！」

妹妹的提議受到了哥哥們的熱烈響應，蔚藍有點為難，看了看步元敖。

步元敖沒有回看她，只是冷冷地說：「給他們做完了再走。」

蔚藍向孩子們笑。「四姨這就給你們做。」

孩子們在門口急切又歡喜的等待，她圍著圍裙在廚房裡忙著，香味飄浮在空氣中，第一盤春捲出鍋，孩子們笑起來……步元敖遠遠地看著，很久以前，他似乎作過這樣的夢。

姝姝一直好奇又羨慕地看著她忙碌，將來她也想像蔚藍姊一樣，能做出那麼多好吃的東西……而且，她忙著為家人做食物的樣子好美，她把一小盤春捲遞給她的時候，那個甜美的微笑……好美。

有時候，她覺得有點對不起蔚藍姊，可是……無論如何，她不願把元敖分給任何人！

春捲真的很好吃，元敖一定也很喜歡吧，雖然他不說話，但他眼睛裡閃爍的柔光讓她的心微微一刺，他是喜歡春捲的味道……還是做春捲的人呢？

離開的時候，符家人哭成一片，符敦義和妻子哭得比較含蓄，孩子們卻哭得驚天動地，還死死拖住蔚藍的手、衣服不放。

步元敖被這個好像生離死別的場面弄得有些煩躁。「妳就再多住幾天吧，我和姝姝先回攸合莊，到時候派人來接妳。」

蔚藍點了點頭。

望著他拉著姝姝遠去的背影，一瞬間，只有一瞬間，她希望他回頭看她一眼，可是他沒有，他留給她的……只能是背影。她明白的，他不該回頭，不能回頭……希望有一天，她笑了，也能讓他看見她瀟灑離去的背影。

第十七章

蔚藍看著已經在望的攸合莊，徐緩地嘆了口氣，終於還是要回來。

不知是他的仁慈還是遺忘，她在大姊家過了二十幾天快樂的日子……她不得不回來了，因為寒毒可能又快發作。

聽說她回來，姝姝跑來接她，身後還跟著攸合莊的大掌櫃柴霖。

姝姝一邊跑過來，一邊像小孩子逃避功課似的碎唸著：「就讓我休息一會兒嘛，我頭都疼了！」

柴霖四十幾歲的人了，哪如姝姝年輕靈便，無奈又苦惱地追著她。「不行啊，爺吩咐的，您必須把這些鋪子的情況徹底弄清，記熟！」

說著兩個人已經到了她的面前，蔚藍有些意外，柴霖是步元敖的大掌櫃，總攬攸合莊的各項生意，平時很少到內院來，蔚藍也只見過他一、兩面。元敖竟然讓他教姝姝生意上的事？

「蔚藍姊，妳可回來了！」姝姝撒嬌地撲進她懷裡。「我早就想去接妳的，可是他不讓！」她向站在那兒的柴霖一指，有些抱怨。

「我也是聽爺的。」柴霖一臉痛苦，想來這些天調皮的姝姝也把他折磨得夠嗆了。

蔚藍微笑，卻不知道說什麼好。

「嗯……」姝姝轉動水靈的眼珠，像是想到了什麼好主意，她看著柴霖笑，柴霖不寒而慄，不知道她又異想天開些什麼。「蔚藍姊回來了，我想讓她陪我一起學。」

「不行！」老柴臉一沈，鄭重地拒絕。「鋪子的帳本，每天流水的銀票都是外人碰不得的。」

「蔚藍姊不是外人……」

姝姝還想強辯，卻被蔚藍拉住手，向她搖了搖頭，老柴說得對，那些步家的秘密不是她該知道的。

「姝姝，去吧，好好學，晚上再說。」她鼓勵地向姝姝笑了笑。

「那個……」姝姝想說什麼，又有些為難似地頓了頓。「一會兒妳看見那個人可別太驚訝。」

蔚藍不解地看著她，姝姝還是忍不住說出來。「蔚紫。」

蔚藍一驚，蔚紫?!她何止驚訝……

她又被領回原本的小屋，是啊……姝姝已經來了，她再住在元敖的房間太不合適，一直就不合適。小屋已經重新被收拾過，放了一個特別大的炭盆，被褥也是嶄新又厚實的。

有人推門進來，蔚藍茫然抬眼，竟是香琴，她回來了?

香琴看見她，似乎有許多話，又什麼都說不出，只默默地愣在門口。

「對不起……」蔚藍抱歉地看著她，一直給她帶來苦難，真的很對不起她。

「不！不！」香琴慌亂地搖搖手，看見蔚藍傷感的神色，她又不知該說什麼了，感謝或者安慰？她都說不出口。

蔚藍猶疑了一下，除了香琴她真的不知道該問誰。

「我妹妹……」蔚藍的神情有些茫然。「是爺接她來的嗎？」她真是越來越不理解元敖到底想幹什麼了！妹妹已經來了，他怎麼可能還要蔚紫來呢？不可能僅僅是為了侮辱她或者是蔚家。

香琴有些鄙夷地哼了一聲，突然又意識到那個女人到底是蔚藍的妹妹，收斂了一下臉色說：「她是自己來的！」

蔚藍渾身一顫，越來越糊塗了，蔚紫自己來的？

香琴皺了皺眉，她已經去過廚房那種最苦最累的地方了，本來不想再多嘴惹事，但關於蔚家五小姐，她還是想對蔚藍原原本本地說一說。太令人生氣了！都是蔚家的女兒，簡直天差地別！相比之下越發覺得蔚藍好。

「妳那個妹妹！」香琴忍了忍。「居然在爺面前說自己姊姊的壞話，說妳當年告密害爺，說妳因為有病才沒找新婆家……就算那些都是真的吧，妹妹這麼說姊姊也真讓人寒心！」

蔚藍站不住，頹然坐在床上。

「爺……也不知道怎麼想的，還收她做姨奶奶，還分了院子給她住。」

蔚藍空洞地看著她，好像沒聽懂似的。

「她和邢姨奶奶……」

「姊姊，妳回來了？」

香琴還想說，被門外俏生生的聲音打斷了，人也豔光四射的走了進來。

蔚藍愣愣地看蔚紫，這麼多天沒見，她更漂亮了，妹妹一直就比她俏麗。

蔚紫用眼角冷冷地瞟著香琴。「多嘴的奴才！等元敖回來，還得讓妳去燒火做飯！」

元敖？她記得以前蔚紫總是半開玩笑、半調皮的叫他「四姊夫」。

香琴隱忍地沈著臉走出去，蔚紫陰冷地一直瞥著她的背影。

蔚紫……哪裡不一樣了？

以前蔚紫的個性是尖銳刻薄了些，總還不失少女的活潑開朗，她還一直羨慕蔚紫有那麼激烈的性子。可是，現在……少女的活潑全變成婦人的凌厲，眼睛裡爽朗的神色也被一種讓人心寒的算計代替了。

蔚紫又轉回眼看她了，嘴角那抹柔媚卻森冷的笑幾乎讓蔚藍害怕，她怎麼了？

「姊姊……」蔚紫笑得更媚了一些。「我來了才知道，妳也許沒有對娘說謊。」她俏生生的大眼睛嘲諷地在簡薄的小屋裡轉了一圈。「妳怎麼搞的？也算是他的舊情人吧，就弄成這樣？」

蔚藍直直看蔚紫，像完全不認識這個妹妹了，人生的際遇永遠難以猜測，越來越多極為熟悉的人慢慢變成令她害怕的陌生人。

「妳要在自己身上找找原因了，姊姊。別以為是因為爹，因為蔚家，他才這麼對妳的！」蔚紫驕傲地轉了個圈，一身華貴。「妳看看我，妳再去看看我的院子，我的下人！我也是個蔚家人，元敖卻對我這麼好。」她滿足地笑。「我算是來對了！苦日子我已經過夠了，真的是夠了！」她的眼睛裡又閃著那種怨恨又恐懼的光了，那是對貧窮的極度厭惡。

蔚藍終於深吸了一口氣。「蔚紫……在這裡，妳高興嗎？」

「高興！高興得要命！」蔚紫冷酷又滿足地說。「自從爹沒了錢，我又被該死的孔家退了婚，真是天天生不如死！現在可好了，哼，我讓元敖下次叫孔家人來攸合莊作客，他們一定巴不得來和元敖套近乎，我可要好好報報仇了。」

蔚藍認真地聽，原來蔚紫是因為這些才跑到攸合莊來，那她的確是來對了。

「既然妳心甘情願，那我……就可以離開了。」蔚藍笑了笑，早知是這樣的結果，當初爹爹何必選她來呢？

「妳肯走？」蔚紫倒是有些驚喜，隨即她別有深意地一笑。「也對，妳留下也沒什麼意思，妳有病，連個孩子都不能給元敖生，看看我，這個月的月事就沒來，也不知道是不是……」她掩嘴笑，似乎很害羞。

蔚紫很瞭解四姊，不管她現在對步元敖是什麼感覺，但姊妹共事一夫，蔚藍是絕對受不了的。只消小小的撒這麼個謊，就可以讓這個礙事的姊姊永遠離開，真是再好沒有了。

蔚藍沈默……什麼都說不出來。

「妳放心，」蔚紫的眼睛裡閃過一絲狡詐的光。「妳和蔚青的藥，我會負責送回家的，也算對妳的一點補償。」

補償？蔚藍的唇邊浮起一抹極淡的笑，蔚紫沒有虧欠她，如果蔚紫真的對這裡的生活感到高興，而他……似乎也對蔚紫不錯，誰說這不是一個好的結局呢？

姝姝沈默地坐在蔚藍身邊，原本少不更事的漂亮小臉終於也蒙上一層複雜的憂愁。

「姊姊，真的要走？」

蔚藍點點頭，她這聲姊姊叫得比蔚紫還要真摯，真有些諷刺。

「等元敖回來吧……」姝姝明亮的眼睛黯了黯，如果蔚藍姊就這麼走了，他回來也許要生她的氣。

蔚藍看懂了她的顧慮，拉起她的手握在自己手中。「姝姝，還記得蔚藍姊和妳說過的話嗎？」

姝姝的心……其實敏感又脆弱，太善良了就沒那麼自信。小小年紀的姝姝，在邢芬雪和……和蔚紫那樣尖刻的女子面前，恐怕難有當家主母的威勢。當然，這都不是她該操心的，姝姝——有元敖，他會保護好她的。她能做的，就是鼓勵姝姝，消除姝姝對她和元敖那些往事的猶疑。

「姊姊現在很高興！」她儘量讓自己的笑容看起來明朗，其實她真的該高興的。「妹妹要和元敖幸福的生活，我也要幸福的生活。」

「嗯。」妹妹也被她的笑容感染了，重重點頭。笑過了……還是那抹淡淡的憂傷。「姊姊，教我做春捲吧。」希望有一天，元敖吃她做的春捲時，也會有那麼柔和的表情和那麼深情的眼神。

蔚藍一愣，點了點頭。

天終於亮了……蔚藍一直在等。

提起隨身小小的包袱，蔚藍最後環視一下這間小屋。來的時候她是那麼雀躍，以為等待她的是最甜蜜的幸福，走的時候……她也要充滿希望，這樣的分別，對誰都是一個不錯的開始。

最後一件事──就是去見閔公子。

修德苑一如往昔的死寂，她卻感覺到一絲溫馨……這段不堪回首的記憶裡，唯有這裡，唯有他，以後她還願意稍稍想起。

她還是不敢走進閔公子工作的房間，她笑了，心底又是一陣似有若無的溫暖。

閔瀾韜聽見她的叫聲，走了出來，腳步比以前任何時候都沈重，他看見了她揹在肩上的包袱，緊皺著眉別開了眼光。明知她不可能走得成，但他竟有瞬間的渴盼，他想帶她一同離去。

「閔公子，」蔚藍向他微笑，如果可以，她希望他能記得她笑的樣子。「我要離開了。」

他不說話，眼睛愣愣的盯著虛無縹緲的一點。

「我大姊給了我一筆錢，我可以把銀子還您了。」這是她最後一件心事。

「步元敖不會讓妳走的！」

他突然轉回眼光盯著她，凌厲得讓她幾乎一哆嗦。

蔚藍知道，閔瀾韜什麼都明白，雖然他的立場很飄忽，但他最終還是要站到步元敖的那一方吧。

「我要走！」閔瀾韜的態度引發了她的固執，蔚紫已經來了，她為什麼不能走？不是只要有個蔚家的女兒留在攸合莊就可以了嗎？

閔瀾韜冷笑。「妳以為……步元敖是因為還喜歡妳才不讓妳走的嗎？妳以為……他是舊情復燃才對妳好一些的嗎？」閔瀾韜猶豫了一下，要不要把話說得太明白，可事到如今，還不把真相告訴蔚藍，誰都很悲慘，包括他自己！

蔚藍一顫，多可笑，剛才電光石火的一瞬間，她真的是這麼想的，或者是自欺欺人這麼想的。畢竟，她看到了他的矛盾，就算那只是他對往昔的迷戀……

蔚藍詫異地看著閔瀾韜，他怎麼會有這麼殘酷的表情，這都不像他了。雖然他不是好脾氣的人，但她知道，他絕對不是個心硬的人。

「蔚藍，我想，是到了該把秘密說出來的時候了。」閔瀾韜有些譏嘲地笑笑，笑步元敖，也笑他自己。他們都知道這個秘密，這已經注定好的淒涼結局，還是把自己陷了進去。

「秘密？」蔚藍愣愣地重複，還有什麼秘密要由閔瀾韜來說呢？

「嗯。」閔瀾韜點了點頭。

自從殷佩姝來了攸合莊，他就知道距離揭開這個秘密的時間已經不久了。以蔚藍的脾氣，看著元敖另娶，心裡假作再不介意，也絕對熬不了多久。而且聽說蔚藍的妹妹主動來了，元敖還收留了她，閔瀾韜就知道，連元敖都下了決心。

「這還要從妳的體質說起。」閔瀾韜挑了挑嘴角，或許這就是真相最醜陋的地方，當年善名遠播的步老爺和步夫人，為了兒子竟佈下這麼殘忍的局。「妳和妳弟弟都是難得一見的純陰體質，因為妳是女人，陰寒得尤其純粹，更為稀罕。這也是你們那麼容易就染上寒毒的原因。」

蔚藍愣愣地聽，有些莫名其妙。

「當年元敖的父母想必為了尋找妳這樣的體質費盡千辛萬苦，終於讓他們找到了妳，立刻與妳家定了親。妳爹娘還真以為是妳的好吸引了步家夫妻嗎？他們是為了給兒子續命。」

「續命？」蔚藍更聽不懂了。

「元敖流的是九陽玄血，也就是極陽體質，這並不是好事，因為這樣體質的男子根本活不過三十歲。當身體到了三十歲鼎盛之時，血裡的陽毒便會發作，五臟無法承受熱力，人便會瞬間七竅流血暴斃。」

蔚藍微張著嘴看著閔瀾韜，像是聽懂了又像是更糊塗了。

「他唯一的生機就是純陰女體裡最乾淨的血，也就是妳心臟裡的血。」

蔚藍雙腿一軟，跌坐在石磚地上，石頭的冰涼讓她的心都好像結凍了。

「妳和元敖的婚事，一開始就是個陷阱，步家二老對妳的好，不過是他們對自己良心的補償，他們早就計劃為了自己的兒子而犧牲妳。」閔瀾韜深深吸了口氣，是他的私心也好，是他希望蔚藍不再活得那麼糊塗也好，他生怕她還存有幻想。

蔚藍沈默了很久，突然問：「元敖一開始就知道這個秘密嗎？」

閔瀾韜一愣，他想說謊，終於還是沒忍心。「不，是他父親臨終才告訴他的，當時因為元敖受傷了，我陪他一起所以知道。」

還好，還好！蔚藍雙眼瞬間湧出串串眼淚。

當年元敖對她的好、對她的愛戀都是真的，而不是為了活命的欺騙，或者犧牲她的補償。

只要那份支撐著她活到現在的愛戀還是真的，她就滿足了。

她的一切幾乎都被玷辱了，只有那份回憶，那份已經逝去卻永遠存在的愛情還是乾淨的。她把它視為唯一的陪葬，幸好還是珍貴的。

不管她和元敖的命運開始於這樣的陰謀，結束於怎樣的淒涼，她真心真意地愛過他，他——步元敖的愛也是真心真意的，這就夠了，夠了……

閔瀾韜皺眉看著她，為什麼她竟然含著眼淚微笑了？是得知真相氣得瘋了嗎？

「不管元敖過去如何，這次他叫妳來，可是打著同他父母一樣的算盤。妳不怪他嗎？」閔瀾韜知道自己可恥，但他總希望能給自己留下一絲機會，哪怕渺茫於無。如果他能救得回她……她可願意與他一同離去？

蔚藍搖了搖頭說：「不怪。」

就像她疼愛蔚青，希望他能活下去一樣，元敖的父母不惜一切地希望兒子能活著。

「元敖那麼對妳，妳也不怪嗎？」閔瀾韜的聲音不可抑制地拔高。

蔚藍笑了，知道了這個秘密，她突然懂了元敖。

「真不懂妳到底是怎麼想的！」閔瀾韜發了脾氣，步元敖對她就這麼重要，賠上性命也不怨恨嗎？

蔚藍看了他一眼。「你不懂……是你還沒真正喜歡過一個人。」

第十八章

安靜的修德苑外傳來陣陣吵鬧聲，顯得格外刺耳。

閔瀾韜煩躁地皺眉，低低地咒罵了一句。看這架勢莫不是步元敖又提前回來了，發現蔚藍要走，以為他們倆又要私奔，大張旗鼓地追來了吧？

蔚藍似乎也這麼想，靜靜地看著修德苑的門口。

知道了這麼多事，她真的很想見元敖，但她心裡又明明知道元敖不應該在這個時候回來。

吵鬧的源頭出現了，果然不是元敖，而是邢芬雪。她張牙舞爪地招呼著很多人，一臉憤恨不平，像是來伸張正義的。

蔚藍的眼睛無法置信地瞪了瞪，蔚紫竟然也在人群之中，閃縮著毫無維護之意。

閔瀾韜心情正極度敗壞，看見邢芬雪這樣囂張地衝到修德苑來，臉色頓時冷上加冷，上前一步，擋在蔚藍前面。

很顯然，這個討人厭的邢姨奶奶是衝著蔚藍來的。

柴霖跟在邢芬雪身後，雖然邢芬雪大呼小叫，跟著來的家丁僕人還都是看柴霖的眼色行事，邢芬雪也知道，所以她拉著柴霖的胳膊，像抓到什麼確鑿證據一樣指著蔚藍和閔瀾韜。

「大掌櫃，你看，我說的沒錯吧！蔚藍毒害了殷小姐，現在攜款要同閔瀾韜私逃呢！」

柴霖面色猶豫，顯然不太相信邢芬雪的話，但眼前這一幕又似乎避不了嫌疑，只能支吾了一下，很焦急地說：「這些容後再說，先讓閔公子解了殷小姐的毒吧。」

毒？妹妹中毒了？蔚藍駭然。

「怎麼還能讓閔瀾韜給殷小姐解毒？」邢芬雪氣得跳腳，尖聲大叫。「搞不好毒藥就是他配的，讓蔚藍伺機放在殷小姐的食物裡！」

閔瀾韜聽明白了大概，剛才還一副怒容，現在反而變得冷漠，譏嘲地哼了一聲，說：「既然我的嫌疑這麼大，還真不便管了！」

柴霖也遲疑著不說話。

邢芬雪很奮勇地衝向蔚藍，閔瀾韜想攔卻慢了一步，邢芬雪已經把蔚藍的包袱扯散，裡面厚厚一遝銀票掉了出來。邢芬雪一個箭步衝過去撿起來，閔瀾韜冷眼看著她的醜態，不屑開口罵她，只把險些被她拽倒的蔚藍扶好。

「這就是證據！」邢芬雪得意地抖著那遝銀票，還塞在柴霖的手裡。「大掌櫃，殷小姐中毒暈倒後，她的房間也被盜了，你點點，是不是這個數？」

柴霖匆匆看了幾眼，沈默不語，數目的確相合。

蔚藍有些著急，懇切地向柴霖解釋。「大掌櫃，這是個誤會！這錢是我大姊給我的。而且……我也不會逃走，我和閔公子是清白的，請你一定要讓閔公子先救回妹妹啊！」

閔瀾韜冷笑。「妳倒求著他們了？我還不願意去救呢！」

柴霖焦躁又無奈地說：「兩位別怪我以小人之心待人，如今爺不在莊裡，萬事交託我打理，偏偏又出了這麼大個事。無論哪方出了閃失，我都沒法交代。閔公子，請您務必先救救殷小姐吧，無論這事誰對誰錯，她是最無辜的。」

閔瀾韜的臉色有些緩和，蔚藍也連連點頭。「請您一定要相信閔公子，我願意作為人質，閔公子若是救不回姝姝，怎麼處置我都願意。」

閔瀾韜雙眉一挑，又不怎麼高興了。「妳倒對我有信心，萬一是回天乏術的劇毒呢？」

柴霖聽了蔚藍的話，很合心意，再沒了顧慮，只催著閔瀾韜。「閔爺，快請移步吧，情勢緊急啊！」

閔瀾韜被蔚藍眼巴巴的哀求眼神看得心軟，只悻悻地說：「拿上我的藥箱！」

柴霖連聲答應，差心腹下人找來閔瀾韜的藥箱，心急火燎地同閔瀾韜一起走了，只吩咐手下的王泰留下善後。

「不能對這個女人太大意！」邢芬雪見柴霖走了，立刻又張狂起來，指手畫腳道：「她也說了，她是人質，不看好了，萬一跑了，閔瀾韜肯定不再盡心救治殷小姐！來人哪，把蔚藍給我押到地庫去！」

王泰為難，有些拿不定主意，一來是大掌櫃沒有明確吩咐，二來邢姨奶奶他也不敢得罪，只能支支吾吾地不肯發話。

「你還愣著幹什麼呀？」跟著邢芬雪來的兩個姨奶奶也跟著叫嚷起來。「你要是輕放了偷盜下毒的賊人，爺回來肯定會重重罰你！」

幾個女人吵得王泰頭昏，邢芬雪已經吩咐幾個壯碩的家丁。「快把這女人押進地庫，誰也不得探視！」

王泰只得點了點頭，看著大漢們把默不作聲的蔚藍拖走。

蔚藍沒有掙扎，她並不擔心，閔瀾韜會把一切都解釋清楚的。她的心裡有太多的事情要想，都太重要了，一時都顧不得自己陷入何等惡劣的環境。

蔚藍躺在地庫的枯草堆裡，簡陋的木柵門外只點了盞昏黃的油燈，總好像要熄滅，她的頭有些疼，五年來以及到了攸合莊後的一幕一幕不停地浮現，她有些累，不想再想了，卻停不下來，終於全想通了，人也筋疲力盡。

地庫的石階響起腳步聲，很輕，是個女人。

那女人提了盞很亮的燈，晃得蔚藍眼前一片白，索性也不去看是誰了。能進這地庫的，無非也就是邢芬雪一夥。

「四姊。」

聽見蔚紫的聲音，蔚藍慢慢睜開眼睛，還是什麼都看不清，似乎仍舊在無限的黑暗中。

「四姊，我知道不是妳下的毒，可我說的話邢芬雪她們全都不信，一口咬定是妳！」蔚紫哭泣起來。

蔚藍輕而又輕地笑了笑，自從蔚紫主動要來攸合莊，她就開始有些疑惑，蔚紫一直就是這樣，還是生活把她逼迫成這樣？

蔚紫繼續哭訴道：「妳放心，元敖回來了，我一定替妳求情。」

蔚藍不忍聽她再繼續撒謊，心中的妹妹始終還是善良可愛的，不應該如此滿嘴謊言。

「邢芬雪怎麼知道我有三千兩銀票？」她問，示意蔚紫她已經什麼都猜到了。

蔚紫愣了一下，神色閃過一絲倉皇。「那我就不知道了，姊姊，妳好好保重，一有消息我就會來告訴妳。」說完轉身離去，走得比來時快很多。

蔚藍又苦澀地笑了，這個讓她好好保重的妹妹，竟連一口水都沒帶來給她喝。

邢芬雪和蔚紫畢竟年輕，還想不出太過周全的毒計，所以她們的計劃很直接，想用一石二鳥之計，一下子除掉她和妹妹。誣衊她和閔瀾韜是同夥而阻止閔瀾韜救治妹妹。

幸好元敖出門前留下了柴霖，不然妹妹恐怕真的難逃這一劫。

現在只要閔瀾韜肯出手，妹妹應該安然無恙，她相信閔瀾韜的醫術。而且……如果他失敗了，此刻她早就會被邢芬雪等人藉機除之而後快了。

相比之下，元敖的計劃就周密得多了。

蔚藍笑了，一直以為她的步三少爺丟了，原來他一直都還在，而且一直都沒變。壞脾氣，但心很軟，總想裝出很霸道冷酷的樣子，卻總是對自己束手無策。

知道真相的他，重振聲威後沒有立刻來找她，還是不忍心了吧，想拖一年是一年，他並不願意面對這場老天爺安排好的惡作劇。

等她爹爹找他索要血引，他才不得不接受這個宿命的結果。她來攸合莊後的一切，不過是他想恨她，也想讓她恨他，露出他想看見的「醜惡」一面，這樣他才能忍心用她的生命交換自己的生存吧？

她一直以為自己輸了，輸得一無所有，沒想到，她才是最大贏家。

她從未失去過元敖的心，他最終的決定……竟是捨棄自己而成全她吧？

他留下蔚紫，就是想逼她離開，然後在她毫不知情的未來默默死去。

他努力掙來的家業，他錦繡光耀的將來，甚至妹妹的心意，為了她，他都放棄了。

元敖……

蔚藍笑了，發自內心地感到幸福，這個陰暗恐怖的地庫，對她來說算不得桎梏，她的心已經飛到他的身邊，前所未有的輕快而甜蜜。

蔚藍不知道已經過了幾天，地庫裡沒日沒夜，油燈熄滅後便是純粹的黑暗。竟然連送食水的人都沒有，蔚藍知道，邢芬雪是想盡了辦法，要在元敖趕回來之前讓她「自然死亡」。

因為心裡有了希望，蔚藍等得很耐心，她一定要活下去，她的生命被元敖如此珍視，便是全天下最珍貴的東西，就連她自己都不能隨意放棄。

她也很安心，閔瀾韜就算被邢芬雪逼得無法進入地庫，也會以最快的速度去找元敖回來，所以她只要堅持下去就好。

久沒響起過聲音的石階傳來腳步聲，蔚藍滿懷期待想轉頭去看，都沒了力氣。腳步很凌亂，蔚藍輕輕皺眉，不是元敖。

「姊姊，四姊?!」蔚紫仍舊點了盞很亮的燈籠，蔚藍很久沒看見光亮，不得不緊緊閉起眼才不至於眼睛被刺痛。

蔚紫站在木柵外，沒有靠近，顯然也不確定她是不是還活著，又試探地喊了幾聲，明顯減低了音量。

蔚藍嗯了一聲。

蔚紫愣了一下才故作驚喜地說：「妳還活著，真是太好了！我有多擔心哪！可是邢芬雪讓她院子裡的家丁日夜守著入口，我根本沒辦法靠近啊，她連柴大掌櫃的話都不聽呢！現在好了，元敖回來了。」

蔚藍不想揭穿她拙劣的謊言，也沒力氣揭穿，只默默地聽，心裡的滋味很苦澀，這就是她一直喜歡的天真活潑的妹妹嗎？

「四姊……」蔚紫沈吟了一下，明知時間不多，元敖剛進門應該已經直奔這裡，她不能再繞圈子了。「妳不要怪我，我……我只是不想得罪邢芬雪她們，我只是想好好在攸合莊過點兒衣食無憂的日子。」蔚紫煩惱地眨了眨眼，也覺得這個理由很沒有說服力，乾脆哀求起來。「四姊，妳原諒我吧，別在元敖面前說起我。」

地庫的入口傳來很多人聲，兩扇木門被很用力地全都推開，吱吱嘎嘎響成一片。

蔚藍再也沒心思聽蔚紫說話，渴盼地望向石階，他來了……她知道。

「燈籠不要提進來！」步元敖厲聲說，人已經匆匆跑下臺階。

蔚紫還在發愣，步元敖已經氣惱不堪地一下子把她的燈籠揮甩在地，幾腳踩滅了，喝問道：「妳想晃瞎她的眼睛嗎?!」

蔚紫被他嚇壞了，怯怯地閃在一邊。

王泰在柴霖的催促下，捧著小油燈親自來開木柵欄，不太明亮的光線讓蔚藍舒服多了。

「水！」步元敖又用凶狠的口氣說話了。

周圍的人噤若寒蟬，蔚藍也第一次見他發這樣大的火，之前再怎麼生氣也沒這樣失態過。

她覺得被他輕輕扶起頭，紗布吸著溫熱的水小心翼翼地擦著她乾裂的嘴唇。

蔚藍太渴了，只是覺得眼睛痠疼卻沒有眼淚，貪婪地吸取著嘴上的濕意。

這個口口聲聲說恨她的人，為她顧及到每一個需求，而她的親妹妹卻只是來哀求她幫著隱瞞陰謀。

「蔚藍……」他的聲音有些怪，像是強忍哽咽。「暫且還不能給妳吃東西，妳緊緊閉上眼，外面還是傍晚，還有陽光，免得傷眼。我這就抱妳出去……」

「嗯。」蔚藍輕聲應答，聽從地緊閉雙眼。

他走得很快，卻很小心，很多人在喊他，也有喊她的，有閔瀾韜和姝姝，蔚藍勉強地笑了笑，示意她還好。

在閔瀾韜的指示下，丫鬟們慢慢給她餵了水和粥，一直折磨她的飢渴消失了，蔚藍舒坦得有些昏沈，一直撐著等元敖回來真的很辛苦。被極為小心地洗過澡，蔚藍整個人都輕鬆起來，覺得這才真正地活過來。

她睜開眼，自己躺在元敖的床上，不過這次再也沒了害怕和屈辱的感覺，很放心，很安適。

元敖坐在床頭，慢慢地為她擦著頭髮，看她醒轉也沒說話。

姝姝從外面走進來，顯得有些虛弱，丫鬟宜琴攙扶著她。姝姝很擔心地問：「蔚藍姊好些了嗎？」

當她看清元敖的動作時，便不再說話了。那麼溫柔的擦拭，那麼沈痛的眼神，姝姝驟然覺得自己在這兩個人面前永遠是無法靠近的第三者。

蔚藍看見了姝姝眼睛裡的失落，想阻止元敖，把自己的頭髮從他手中抽出來，他卻先她一步，輕輕地放下了她的頭髮。

「閔公子沒在嗎？」姝姝想說點兒什麼，慌張地開口。

元敖看了她一眼，淡淡地說：「他三天來不眠不休地找我回來，看了蔚藍沒事，就去休息了，他也累得不輕。」

姝姝有些侷促，這些她都知道的，怎麼還問起元敖來了。

蔚紫在外面喊姊姊，被丫鬟們攔住，姝姝在房間裡聽見，厭惡地皺起眉。雖然這幾天她一直在清毒，被折磨得不輕，也隱約聽柴霖說起蔚紫幫著邢芬雪阻擋任何人進入地庫，很多壞主意邢芬雪想不到，八成都是蔚紫出的。

姝姝以為元敖會讓人趕蔚紫走，因為他臉上掠過嫌惡的神情，可是他還是吩咐丫鬟讓她進來。姝姝有點兒疑惑，不知道元敖到底在想什麼。

蔚紫一進來便開始哭，撲到床邊向蔚藍訴說自己這幾天有多擔心、多著急，面對邢芬雪的阻撓，她想了多少辦法接近地庫都失敗了，只在元敖回莊，邢芬雪慌亂之時才找到機會去地庫看姊姊。

房間裡沒有人應她，因為實在說得太假。

蔚紫邊哭邊偷偷打量元敖的神色，雖然不高興也沒有動怒的跡象，於是她說：「四姊、姝姝，既然妳們兩個都沒大礙，我們還是不要把邢芬雪送去官府吧，我也是為了元敖的臉面著想。這事傳出去，丟的是元敖的人啊。」

姝姝不服氣地哼了一聲，蔚紫果然是來給邢芬雪求饒的，當然了，一夥的。「這可不是臉面不臉面的問題了，邢芬雪犯下的是投毒偷盜的罪行，自然要送官法辦！」

蔚紫賠笑臉道：「畢竟這只是柴霖的猜測，邢芬雪也沒認罪。說是她投毒，也沒有人證物證，說她偷盜……也沒找著贓物嘛。一旦送交官府，衙差們在內院進進出出，翻東查西，攸合莊還有什麼顏面？」

元敖聽了，點了點頭。「也好，妳這就去告訴柴霖，讓他把邢芬雪送還邢家，並附上休書一份！」他說到後來仍不免怒氣沖沖。

蔚紫的眼淚還有沒拭去的，就向元敖嫣然一笑。「嗯，好的，我這就去告訴柴霖。」說著一改進來時的惴惴，忍不住得意地走了出去。

「元敖！」她一出去，姝姝就發了火。「你明知她根本就是邢芬雪的同夥！那丟失不見的銀票搞不好就在她那裡！」

元敖擺了下手，眉頭飛快地蹙了蹙，擔憂地看了眼蔚藍的神色。「此事我自有打算。」

姝姝暗自咬了下嘴唇，自己是太冒失了，怎麼當著蔚藍姊的面說蔚紫的事。

蔚藍輕輕地挑了下嘴角，以前她一定也會和姝姝一樣，覺得元敖的心事難猜，現在她卻全明白。

元敖明明看透了蔚紫，仍舊不追究，為的就是讓她傷心，逼她離開。他還會故意冷淡她，對蔚紫寵愛，蔚藍抿著嘴，步三少爺的心思她全懂了。

果然，剛才還忍不住流露真情的步元敖又擺出冷漠的神色，起身對姝姝說：「我們走吧，讓她好好休息。」

姝姝露出疑惑的神情，皺眉和步元敖走了出去，蔚藍卻低低地笑了。

第十九章

蔚藍好得很快，丫鬟們盡心盡力，閔瀾韜也不時前來探視，酌情增減藥物。

步元敖自那天和姝姝一同離開後，再沒來看她，蔚藍也沒再提起。

一天診過脈後，蔚藍微笑著看閔瀾韜，平靜地說：「閔公子，你不要告訴元敖，我已經知道那個秘密。」

閔瀾韜的神情很陰鬱，他開始瞭解蔚藍了，有點兒知道她到底在盤算些什麼。他沒有勸阻，蔚藍看似柔弱，但一旦拘定什麼主意，是無論如何也不會改變的，她的這種堅韌，他感受太深。

讓他更驚奇的是步元敖的態度。當他被步元敖叫去書房詢問蔚藍的病情，他告訴步元敖蔚藍已經恢復得差不多了，步元敖竟然讓他準備好兩份解除寒毒的藥物，放好血引。

閔瀾韜無法置信，步元敖真的肯治好蔚藍的寒毒，甚至也治好她弟弟？

「你怎麼突然大慈大悲起來了？」閔瀾韜幾乎懷疑他是為了感動蔚藍，讓她心甘情願為他付出生命才故意這樣做的。

步元敖坐在窗前的椅子裡，看了窗外好一會兒，終於對自己狠下心，失去生命或許不是最痛，最痛的是……要親口把蔚藍交託給其他的男人。「你……喜歡她，是不是？」他定定地看著閔瀾韜。

閔瀾韜皺眉，不確定他是真心的還是試探，閔瀾韜雙眉一揚，管他呢，他就說實話好了——

「是！我喜歡她。」

步元敖深吸一口氣，緊緊握起拳頭，覺得自己可悲，但為了蔚藍，他似乎又沒有什麼可埋怨。「你……能保證一輩子對她好嗎？」

閔瀾韜也直直地回看他，想從他的眼睛裡看出他真實的情緒。「你到底什麼意思？真的願意我帶蔚藍走嗎？」

聽閔瀾韜說出蔚藍的名字，元敖的心一陣劇痛，他苦澀地笑了，連她整個人他都只能託付給閔瀾韜，何必還介意這個。「你只回答，能不能？」

「當然能！」閔瀾韜雙眉緊鎖。「你不是認真的吧？讓她離開，你就……攸合莊怎麼辦？殷佩姝怎麼辦？」

元敖聽了他的話，低低笑了出來。「我連自己都捨棄了，還在乎他們嗎？」

閔瀾韜的心劇烈一跳，竟然也泛起滿滿苦澀。

蔚藍和步元敖……真是上天最惡毒的安排，明明是兩個如此相愛的人，卻只能選擇為對方放棄自己。

「我已經讓老柴教導姝姝學習生意方面的事，將來攸合莊就交給姝姝了。就算我給她的一點補償……我能為她做的，也只有這些了。」元敖嘆了口氣，心有愧疚。「希望將來，她也能找一個好相公，平安和樂一生。」殷大叔對他有那麼大的恩德，只期望他能照顧姝姝一生，他都沒辦法做到。

閔瀾韜說不出話，怔忡地看著窗外虛無的一點。

香琴在門外低聲回稟道：「爺，蔚藍姑娘請爺今晚回房，她親手準備了幾道小菜，說是……說是……」她有些不敢說，怕爺發火。

步元敖嗯了一聲，算做催促。

香琴鼓起勇氣說：「說是向您辭行。」

步元敖聽了，微微笑了，心裡說不出什麼滋味。「好，我知道了，但我去之前讓她一定把閔瀾韜送去的藥喝了。」

香琴應了聲走了。

步元敖苦笑出聲。「你也聽見了，去準備吧。以她的個性，你還是徐徐圖之比較好。」

閔瀾韜煩躁地嘖了一聲。「我自己都知道！」

步元敖垂下眼，希望蔚藍……能喜歡上閔瀾韜，她的一生太坎坷，應該有個人真心真意待她好。

蔚藍幾天沒出房間，散步去修德苑的腳步很緩慢，有些累，心情卻很好。剛才喝了閔瀾韜新配製的藥，渾身都輕鬆了，忍不住就想出來走走。

她細細看周圍的景物，來了攸合莊之後就滿心悲戚，知道這裡美，卻從未細細欣賞過，如今就要離去，才有了看景的心情。如果能和元敖一起就更好了，只是她今天要對閔瀾韜說的話，是不能被元敖知道的。

她走進修德苑的時候，看見閔瀾韜坐在簷下發呆，心情很不好似的，看見她來還撇開眼光，連她也不想搭理的樣子。

「閔公子……」蔚藍不知道他又為了什麼不高興，走近，想問，又不知道會不會讓他覺得唐突。

「有什麼話趕緊說！」閔瀾韜突然瞪了她一眼，像是知道她為什麼而來，而這正是他生氣的根源。

蔚藍吶吶地笑了一下，也是，她的打算，他怕是早就猜到了。

「閔公子，我是來請你幫一個忙，一直麻煩了你太多回，這是……最後一次了。」她不好意思地笑了笑，不知道是這幾天將養的好，還是她拿定了主意反而不再哀傷，那張原本就漂亮的小臉映照出耀眼的麗色，光彩照人。

閔瀾韜一時看得呆住了。

「請幫我救元敖，血我會自己取出來。」她含笑看著他，說得雲淡風輕。

閔瀾韜一凜，清醒過來，冷冷地說：「救他，妳就得死。」

「嗯。」蔚藍點頭。「我知道，我是心甘情願的，請你幫我這個忙。」

閔瀾韜騰地站起身，壓抑在心裡的情緒驟然爆發了。

「都要我幫忙！都說心甘情願！憑什麼我要幫忙？」夾在蔚藍和步元敖之間，他也快瘋了。明知自己存著私心很卑鄙，卻又無法驅趕，他們兩個人又都這樣情願為對方付出一切，他更愧疚了。

蔚藍的臉白了白，她沒想到閔瀾韜的反應會這麼強烈，她動了幾下嘴唇，失神地笑了笑。「我知道這是我的奢望……其實只要他能活下去就好了……可我，總希望他能活得毫無愧疚，希望他以為我飄然遠行，在什麼地方過著幸福的生活。我不想讓他活在對我的虧欠和傷感中，雖然有些不甘心，我仍然希望他能和姝姝白頭偕老，失去親人的他總是有人陪伴關愛。」

蔚藍嘆了口氣，有些自責地搖了搖頭，是的，這只是她的願望，她不該請求閔瀾韜幫她撒謊，不該把保守秘密的痛苦丟給無辜的閔瀾韜。

「對不起，閔公子。」她抱歉地看著他笑，向他福了福身。「我不該提出這樣的請求，蔚藍在此……向您辭別了，願您也能一生祥和安樂。」

閔瀾韜的臉色一變，厲聲說：「妳不要胡來！」看她毫不為所動，仍舊笑得那麼美麗，看來早已下定了求死的決心。「我……」閔瀾韜懊惱轉開頭。「我願意幫妳，妳千萬不要貿然自己動手。讓我來取血，妳是生是死，我並沒有把握，之後發生的任何事……妳都不能怪我。」

蔚藍喜出望外，連連點頭，發乎真誠地說：「謝謝你，閔公子！請你一定告訴元敖，你已研究出治療熱毒的方法，是你救了他。」

閔瀾韜面無表情地點了點頭，無比沈重。

蔚藍了卻了心事，回彌綸館的腳步比來的時候還要輕鬆。

回去後她向香琴討了很多新鮮菜蔬，親自去廚房烹製，這是她與元敖最後的一餐，一定要傾盡全力，希望元敖能記住這味道，記住蔚藍這麼個人……她雖不希望他為她悲傷，可還是有著女兒家的小心思，希望元敖今生都把她放在心底深處，永不淡忘。

華燈初上，蔚藍對著桌上擺放整齊的精緻菜餚，突然有些恍惚，如果加上了百子糕和合歡湯……真像洞房花燭夜的大餐呢！

洞房花燭……

是她和元敖都默默期待過，又黯然放棄過的美好夢幻，蔚藍突然想起什麼，飛快地跑回自己的小屋，打開櫃子她微微笑了……都還在，當年她一針一線充滿對未來期待而縫製的嫁衣。

雖然沒有婚禮，能在元敖面前穿一次，也死而無憾了。

她抱著裝嫁衣的包袱跑回元敖臥房，他已經來了，坐在桌邊看著一桌子菜獨自出神。

蔚藍有些喘，抱緊懷中的包袱突然覺得自己有些冒失，元敖會怎麼想呢？會不會覺得她很可笑？

他靜默地看了她一會兒，低低說：「跑什麼？身子還沒好……」

他的嗓音很好聽，低聲說話的時候尤其溫柔。

蔚藍突然笑了，她不是已經看透了元敖的心嗎？那她的願望，他怎麼會覺得不屑又可笑呢？

她走到他面前，定了定神。

「元敖……」

她的呼喚分明充滿柔情，他卻沒聽出異樣，只盼僅剩的短暫時光，多聽幾次她這樣喊他的名字。

她再次摟緊了包袱，對他說謊畢竟有些緊張，她甚至沒有坐下來，站得十分僵直。「既然……既然蔚紫已經來了，我想……我想離開攸合莊。」

元敖的眼神黯了黯，這不正是他希望的嗎?!

「嗯。」他說不出多餘的話，只是故作漠然地點了點頭。

「元敖，今生你我……很難算清誰欠了誰。」蔚藍覺得鼻子一酸，生怕自己哭，用力地眨了眨眼。「現在我要走了，還有一個願望沒有了結。今生……至少讓我為你穿一次嫁衣，這樣我才能離去得毫無遺憾……」

元敖愣了愣，看了眼她緊緊抱在懷中的包袱。

他定了定神，確保自己發出的聲音不會顫抖，站起身，走到門口喊香琴。「去後屋的大櫃裡，把最上面的小箱子拿來。」

香琴很快把箱子拿來放在小桌上，步元敖命她離開，親自打開了蓋子。

蔚藍有些好奇地走過去看，箱子裡放著一襲新郎的喜服，步元敖拿出裡面放置的樟腦紗包，細細撫摸著精緻的面料。這些年，這身衣服他保存得很好……雖然他也知道已經不可能穿用，卻一直沒有丟棄。

「蔚藍……為我穿上吧。」他說，卻沒有看她，生怕看見她的眼淚，自己也會丟臉地哭出來。

「嗯……嗯。」蔚藍趕緊擦去奔湧而出的淚水，今天，不該哭。

蔚藍細心地為他繫好每一顆扣子，輕柔地撫平細微的縐褶，雖然遲了這麼多年，這件衣服還是很合他身。

步元敖也取出嫁衣，為蔚藍穿好，她的頭髮有些披散，他把她拉到妝鏡前細細梳理，他不會梳髮髻，只把她烏黑柔滑的髮絲梳順……她剪短了頭髮，他輕握著髮梢，無比心疼。

早知自己最後還是會放棄，當初何必折磨她，傷她心？在他有生之年，讓她享受到他心裡全部的喜愛多好……

可是這樣，他或許也害了她，他死去後，她怎麼辦呢？還是現在這樣好……

蔚藍站起身，髮梢從他手中滑落，步元敖回過神，蔚藍已經轉過身來微笑看他，眼波那麼溫柔，他也忍不住笑了，恍惚回到了兩人年少時。

沒有紅燭，也沒有滿眼紅紗雙喜，可眼前這個人已經讓他們彼此都好像墜入最華美最幸福的婚禮。

沒有家仇，也沒有怨恨和等待……他們默默注視對方，眼中只剩沒被歲月摧折的最純真最愛戀的彼此。

那一年的蔚藍滿懷幸福要嫁給癡戀已久的步三少爺；步三少爺喜孜孜地看著自己心心念念喜歡的少女，他們終於不必再分隔兩地，從此天天在一起。

步元敖笑著倒了兩杯酒，遞給蔚藍一杯，她小小的，比他矮得多，喝交杯酒的時候，他彎腰遷就她，心裡軟軟甜甜的。

窗外的夜色不知不覺已經深濃，姝姝站在院裡的花樹下，沈默地看著窗紙上映出的那道身影。

那種拚盡全力也無法接近的絕望感再次充斥了姝姝的內心，其實她一直就知道，元敖的心裡只容得下一個蔚藍。

蔚藍姊走後，元敖的心也未必會向她敞開。

在元敖的心裡，她永遠類似妹妹或者恩人之女，永遠也不會變成他所深愛的女人。時間或許能改變一切，可當她旁觀了蔚藍姊的遭遇，她就不那麼確信了。很多東西，是時間無法抹去的，姝姝覺得，其實元敖和蔚藍姊一樣。

不明白這樣相愛的兩個人為什麼一定要分開？蔚藍姊為什麼要走？而元敖似乎在暗暗驅趕蔚藍姊離開。姝姝想不明白原因，她也不想去追尋答案了，對她來說，她已經認識到自己是個徹頭徹尾的旁觀者，這種時刻只能黯然離開。

蔚藍為元敖挾菜，他吃每一口食物的時候，她都有小小的緊張和期待。

他嚐遍所有的菜餚，誠懇地說：「很好吃，每一樣都很好吃。」

蔚藍滿足地微笑，這對她來說是最好的讚美。

「妳以後……」元敖放下筷子，談起她的未來，他的心裡疼得厲害，那時蔚藍的人生裡，已經沒有他了。「打算怎麼辦？去哪裡？過什麼樣的生活？」可他還是想問，他想知道。

蔚藍明白他是以什麼樣的心情這樣問自己，雖然她知道自己已經沒有他所構想的未來，但她也曾有過自由自在生活的夢想。

「我想去那些只在書裡看過的地方，見識不同的山水和人物，挑一處最喜歡的，開家小小的店，平靜恬淡地生活。」其實每一樣她都只說了一半，她希望和他一起遊山玩水，見識不同的民俗民風，挑一處他和她都喜歡的地方安家立業，生兒育女，他開一家小小的店，不必太勞累，她與他還有孩子們生活得恬淡平靜，和樂融融。

雖然她沒說，但步元敖在心裡把每一樣都補全了，太幸福太美好，他都不忍心再想下去。

他喝了一口酒，苦得差點流下眼淚，他慶幸把她託付給閔瀾韜，在這方面，閔瀾韜同她算得上志趣相投。他們各處行醫，最後選中一處山明水秀的地方，開家小小的醫館……他除了贈與她未來的生命，也很想贈與她這樣美滿的生活。

「我已經把血引交給了閔瀾韜，足夠他醫治妳和妳弟弟。」步元敖苦笑著又說了一個謊。

其實，他早已讓閔瀾韜治好了蔚藍的寒毒，他想看到她痊癒後健康的樣子。可只有這樣說，才能讓蔚藍接受同閔瀾韜一起離開。

「他要各處遊歷行醫，妳不妨跟著他一段時間，讓他徹底把妳的身體調理好，可以給他當個幫手。他……算我的救命恩人，也是我患難的朋友，如果妳可以……幫我多照顧他，他並不太善於照顧自己。」

蔚藍靜靜地聽，他是希望閔瀾韜接替他繼續照顧她嗎？

也對，元敖怎麼能放心她獨自度過未來的歲月，他為她設想得太過周全了。

「嗯，好。」她敷衍地答應，隨即鄭重地說：「我走了以後，你要更加善待自己。你有妹妹，她是你的妻子，也是你的親人，以後……她會為你生兒育女，你就……就再也不會孤單了。」她知道，他一直很怕孤單，養了這麼多下人和侍妾就是這個原因。她想他也明白，再多的人陪在身邊，都比不上一個真心實意愛他的人。蔚藍相信妹妹，就像他相信閔瀾韜。

步元敖一笑，也答應得很敷衍。

他一直沒敢細看蔚藍，生怕太眷戀了，心會受不了這份疼痛，會捨不得把她交給閔瀾韜了。

她含淚微笑的樣子，是他前所未見的美，她真美，容貌和她的內心都是，這樣好的她，犧牲一切他也無怨無悔了。

「兩天後……」他終於還是不捨了，想多留她幾天，多看她幾眼。「就是我二十五歲的生辰，要不，妳留下過完了再走？」

蔚藍搖了搖頭。「不了，既然決定走，就不必再拖延。」

她怎麼會忘記他的生辰？她要用她的生命送給他一份最珍貴的生辰禮物。

那就是淡忘……

步元敖有些失望，又覺得是自己任性，微笑著點了點頭。

這一夜，蔚藍和步元敖都沒有脫下喜服，這豔麗的紅，是他們都留戀的顏色。

他抱她躺上床的時候，蔚藍覺得雖然有些害怕，但她也願意承受。這是個為了她付出了一切的男人，她能回報他的實在很少，只要他高興，她怎麼都願意。

可他什麼都沒有做，只是讓她枕著他的手臂，兩人默默無語地相擁而臥。

這張床上有過他們太多的喜怒，可最後的一晚，兩個人互相依偎著，只感覺到幸福而平靜。

她是他的妻了，她身上還穿著專屬於他的紅。她是他的親人，雖然她嬌軟的身體依靠在他的懷裡，他卻感受到了無比安全的踏實，這種感覺在失去親人後就再也沒有了。

蔚藍甚至有些感激他。

她希望他能長命百歲，那就是說沒有了她以後，還有好長好長的歲月……在屬於她的這短短最後一晚，她最需要的就是他這樣的溫情和依靠。

沒有說話，也沒有任何動作，她能聽見他的心臟怦怦跳動，他也是。

這一刻的溫柔，除了他們彼此，誰也不會懂。

天漸漸亮了，他們都覺得……自此別後，死而無憾了。

蔚藍起身，戀戀不捨地換下喜服，挑了身自己最喜歡的衣服穿上，來到鏡前細細為自己梳妝。

元敖起身，靠在床頭微笑看她，這樣的早晨……他要是能看一輩子就好了。

「那嫁衣……就留給我吧。」他見她起身，淡淡地說。

他無法留住她的人，留下這衣服也好。

蔚藍點了點頭，明白他的意思。

「我去找閔公子，這就出發了……元敖，你一定要好好保重。」她背對著他說，因為不敢看他的眼睛。

步元敖靠著床頭，看著床帳上的花紋，久久才嗯了一聲。

等她的腳步遠去，他才緩緩下了床，細細疊好了自己脫下來的新郎喜服，小心地把她的嫁衣放在上面，摸了摸，眼淚掉落在絲綢的料子上，一下子就濕了一大片。

人不能在一起，嫁衣也要在一起。

他要把這兩件衣服帶進墳墓，就好像她一直陪伴著他一樣。

他緊緊按住豔紅的嫁衣，拚命想忍住不再流淚，他就知道自己會這樣不停哭泣，才不敢去送她，不敢看她同閔瀾韜一起離開的背影。

他真怕自己像個孩子一樣，大哭出聲。

第二十章

天漸漸大亮了，攸合莊各處下人都忙碌起來。

蔚紫早早就來到花廳上，翻出帳本來，三催四請地叫了柴霖來，柴霖滿面隱忍地來了，勉強地作揖問安，坐在下首喝茶，聽蔚紫喋喋不休地提出各種計劃。

自從邢芬雪被遣送回娘家，這位蔚姨奶奶就風光了起來。

誰都知道她和邢芬雪是同夥，陷害了自己的親姊姊，可爺處置了邢芬雪，偏偏沒有懲罰她，可見還是十分寵愛的。

因為有了這樣的認知，之前攀附邢芬雪的人都轉而巴結蔚紫，讓蔚紫更加得意，連殷佩姝都不太放在眼裡了。

步元敖的生辰在即，她跳出來百般張羅作主，殷佩姝因為大病初癒，精神一直不濟，所以也不太理事，步元敖根本也沒理會過她，大家便覺得這是默許，就連柴霖也不好當面駁斥這位新寵蔚姨娘。

蔚紫提出了很多想法，請什麼戲班，什麼舞娘，請哪家的廚子……極盡奢靡。

柴霖心下冷笑，這位蔚姨奶奶可真不一般，她才是蔚老頭的好弟子，貪婪妄為學了十成十。只要過她手的錢，沒有不剋扣虧空的。柴霖想起蔚藍被關在地庫裡，作為親妹妹的蔚紫百般阻撓任何人解救姊姊，心裡很是不齒。是因為爺沒有追究下去，不然從殷小姐帳房裡丟失的三千兩銀票，八成就在這位蔚姨奶奶房裡。

蔚紫見柴霖愛搭不理很是不快，正想說他幾句，看見步元敖從花園那邊緩緩走過來。蔚紫連忙收了臉上的戾氣，快步跑去迎著步元敖。

步元敖走得很慢，腳步還有些虛浮，像是喝醉了酒。可蔚紫跑到近前扶住他，他身上卻又沒有半點酒氣。

「元敖，你病了嗎？」蔚紫假裝很關切地問。

步元敖像是沒聽到她的話，只問也走了過來的柴霖。「閔瀾韜走了嗎？」

柴霖心領神會，爺問的未必只是閔公子，於是很詳盡地回覆道：「走了大概有一個時辰了，蔚藍姑娘同他一起。為他們雇車的下人說，他們好像去蔚藍姑娘家，給蔚少爺送什麼藥。」

步元敖皺眉，才走了一個時辰？

他嫌惡地看了眼蔚紫，現在趕走她，或許會讓蔚藍碰見，只能再忍忍了。他冷冷地從蔚紫手裡抽回了自己的胳膊，雖然她是蔚藍的妹妹，他實在對她沒能有半點好感。很多時候，他都從她身上看到蔚家人的惡毒無情，於是更憐惜蔚藍的淒楚無依。攤上那樣的父母姊妹，蔚藍離開攸合莊後都不能去投奔他們，都是些無情無義的混蛋！

「元敖，你看我為你生辰準備的……」蔚紫笑盈盈地獻殷勤。

步元敖不耐煩地嘖了一聲。「隨便妳吧，無須同我說。」

這句話在蔚紫耳中有不同的涵義，元敖是默許了她的主張吧？她得意地瞥了眼柴霖，這下這個老傢伙就不能拿著雞毛當令箭了，元敖都說了隨她便。

「元敖……」她眨著眼睛撒嬌。「看在我為你這樣盡心，今晚就去我那裡吧？」她來攸合莊也不短時間了，還沒能同元敖有夫妻之實，這對她可不利。

元敖厭惡地冷冷看她，一句話也不屑再同她講。

蔚紫被他看得發毛，傻傻也不敢再說下去。

元敖冷哼了一聲，轉身走了。

蔚紫訕訕轉身的時候看見柴霖根本沒掩飾的譏嘲，頓時就怒衝心肺。

「既然元敖都同意我的計劃，你這就按我的吩咐準備吧。」她傲慢地支使。

柴霖挑了下嘴角，不疾不徐地說：「雖然爺同意了，這些事總還是要殷小姐作主的，老奴這就去請示。」

這句話讓本就氣不順的蔚紫暴跳如雷。「老柴，你這是什麼意思？殷佩姝她還沒過門呢，攸合莊什麼時候事事要她作主了？」

柴霖冷笑了一聲。「這是爺的吩咐，以後事無大小都要問過殷小姐。」說著假意一揖，轉身揚長而去。

蔚紫瞪著他的背影咬牙切齒，雖然氣得臉色發青，也只能忍了。她轉了轉眼珠，和奴才較勁有什麼用，還是要從步元敖身上下功夫。

蔚紫氣呼呼地回了房，把丫鬟都支使起來，翻箱倒櫃地找東西，終於找到了她想要的。步家沒敗落的時候，送給蔚藍很多華服美飾，她看了眼饞得要命，可惜與她定親的孔家沒法和步家比，蔚紫只能悻悻看著四姊那些漂亮的東西幽怨無比。

蔚紫托起眼前這件淡紫色的雪湖錦裙裳，這是四姊十四歲生辰的時候，步家送來的賀禮之一。她一看就喜歡得要死要活，為了向蔚藍要這件衣裳，她還挨了娘好頓訓斥。最後，蔚藍還是把這裙子送給了她，可是已經在生辰宴席上穿過了，蔚紫不甘心地收了起來，怕在家穿被下人嘲笑。

幸好她因為這件衣服華貴而沒有丟棄，還帶到攸合莊來了。步元敖對蔚藍明顯還有情，蔚紫冷笑，她要好好利用一下步元敖的這份舊情了。蔚藍得意的時候也沒給過她什麼好處，這就算是補償吧。

好不容易等到入夜，打聽到元敖沒有去其他侍妾房中，蔚紫暗喜。

她隻身來到彌綸館，幾個丫鬟雖然看見了她，也沒有阻攔，一來是蔚姨娘最近風頭正勁，二來她對自己的姊姊都那麼狠，下人們對她敬而遠之，犯不著得罪她。

蔚紫順利地進入內院，正巧看見元敖閉著眼躺在院中的躺椅上休憩，十分疲憊的樣子。她放輕腳步，靠得近了才學著蔚藍平時的聲調低低喊了聲：「元敖。」

步元敖倏然睜開了眼睛，直盯盯地看向她。

蔚紫正站在燈火幽暗的地方，看不清面目，但她身上的雪湖錦映著燈籠的微光，金銀繡線幽幽發亮。步元敖站起身，那正是蔚藍最喜歡的海棠花樣。

是不是閔瀾韜忍不住把真相告訴了她，她回來了？

步元敖悲喜交集，生閔瀾韜的氣，又對蔚藍回來欣喜若狂。

他剛想跑過去抱住她，蔚紫也向前走了一步，屋簷下的燈籠照亮了她的臉，她的柔情很造作，她還裝腔作勢地喊：「元敖……」

步元敖頓時僵住了，喜悅來得突然，悲痛反噬得就更厲害。

不是她……

蔚紫並不知道他此刻心中的情緒起伏，只暗自高興他並沒有拒絕她的靠近。

「元敖，我看你一個人，就來陪你說說話。」蔚紫扭著腰，上前想拉步元敖的胳膊，原本默不作聲的他突然爆發了，狠狠推開了她。

蔚紫跌坐在地上，胳膊和膝蓋劇痛無比，她嚇壞了，忘記裝出柔弱的樣子，尖叫著喊：「你幹麼?!」

「滾！滾出攸合莊！我再也不想看到妳！」他氣得聲音都發了抖。

蔚紫哭鬧起來，爬過去抱著他的腿苦苦哀求，她犯了什麼大錯以至於他要趕她離開攸合莊？她不要回蔚家去，她受夠了貧窮！

姝姝聽到消息匆匆趕來，元敖面無表情地坐在躺椅上，對蔚紫的哭號置若罔聞。幾個壯碩的婦人受命要把蔚紫拉走，奈何蔚紫拚死撒潑，她們一時也沒能把她拖住。

蔚紫看見了姝姝，像看見救星一樣撲過來，毫無平時的囂張，喪家犬一樣哀求姝姝說情。姝姝看清了她身上的穿戴，因為雪湖錦太有名，蔚藍姊十四歲生辰她也有去祝賀，對這衣服還有些印象。

姝姝立刻知道蔚紫犯下何種大錯，在元敖心裡，蔚藍已經成為一塊不可觸碰的隱痛，蔚紫偏偏還要去刺傷，也怪不得元敖這樣發怒。

「既然元敖讓妳走，妳就明早離開吧。」姝姝也很討厭蔚紫，元敖這個決定她還是覺得很解恨的。只是元敖動怒的原因，讓她心裡酸澀不堪。

蔚紫絕了望，哭聲也漸漸弱了下去，幾個僕婦乘機上來七手八腳把她拉走了。

院子裡恢復了平靜，姝姝看著臉色蒼白的元敖，竟連安慰的話都說不出口。

他是她的未婚夫啊……怎麼絲毫都不在乎她的感受？可生他氣，姝姝又不忍心，現在最難受的不正是他嗎？

她只能流著眼淚默默離開，元敖竟像沒有察覺一般，木雕泥塑般坐在躺椅上想他的心事。

姝姝捂著嘴，哭著跑起來，到底要多久，元敖才能忘記蔚藍姊呢？

第二天一早，柴霖剛一起床就被步元敖叫到書房。

「爺，您有哪兒不舒服嗎？」柴霖擔心地看著他的臉色。

一夜未曾合眼的步元敖搖了搖頭。「閔瀾韜帶著蔚藍去蔚家送藥，離開了嗎？」

柴霖疑惑地搖搖頭。「這個就不清楚了。」

步元敖沈默了一下，冷聲吩咐道：「立刻把蔚紫趕出莊，給我備馬。」

柴霖阻止道：「爺，今天是您的生辰，上上下下都為您舉辦慶典。」

柴霖想不通他到底要做什麼，看爺的心情並不怎麼好，也沒敢追問，只是趕緊按吩咐一一辦妥。

蔚紫知道自己一定要走反而不鬧了，裡裡外外收拾了很多行李，能帶走的都帶走了。柴霖雖然有些看不慣，也沒出聲阻止，爺似乎要偷偷跟著，難不成還有些捨不得？他也不敢對蔚紫太無禮，冷眼看著她被僕婦們帶出去。

蔚紫沈著臉坐在馬車裡，悻悻盤算著未來的生活，幸好沒和步元敖發生過什麼，她倒不愁嫁人。

她低頭看了看腳下放細軟的小箱子，她一直帶在身邊寸步不離，剛才還擔心該死的柴霖會藉機檢查她行李什麼的。當初她和邢芬雪合謀毒害殷佩姝，從她房間裡偷出的三千兩銀票就藏在這個箱子底，也虧邢芬雪被嚇傻了，只求不被送去官府，完全不敢跟她提分這三千兩，蔚紫冷笑兩聲，加上她搶著為步元敖籌辦生辰剋扣下的銀子，她也算有所倚仗。

蔚家新搬的地方離攸合莊並不算遠，蔚紫想著心事，不知不覺就到了門口。

蔚家夫婦得知小女兒也被趕了回來，氣恨不已，蔚夫人與蔚紫抱頭痛哭。

蔚耀權的眼睛盯著女兒帶回來的幾個箱子，蔚紫瞥見了他的神情，心裡一緊，也顧不上和娘再哭下去，慌忙央求著送她回來的步家下人，把這些箱子都送到她的房間裡去。

蔚耀權露出不悅的神色，當著外人也沒有說什麼。

蔚紫看著人把行李都放回自己的房間，掩好門才回到院子裡，步家的下人都已走了。蔚家現在住的小院很簡陋，牆也矮，蔚紫隔著牆能看見送自己回來的馬車車頂漸漸遠去，心裡很是哀怨。

住過了攸合莊的華麗屋宇，再看蔚家的小院，簡直像是馬棚。

蔚紫嫌棄地環視自己家時才發現蔚青坐在院子裡的樹下曬太陽，看見她也不是很熱絡，只是點下頭算做招呼。

蔚耀權這時忍不住對小女兒說：「既然妳已經回來了，我和妳娘自然要收留養活妳。眼下蔚青的病已經治好，我想帶著他重新開始做生意，重振家業，妳好歹是從攸合莊回來的，多少能幫襯我和妳弟弟一些吧？」

蔚紫在心裡哼了一聲，真是一回來就談錢！但她面上卻露出傷心的表情，泫然欲泣地說：「爹爹，我也是被步元敖趕出來的人，怎麼可能有什麼錢財？」

一旁的蔚青尖刻地開口道：「四姊還給了家裡三千兩呢，我就不信妳是身無分文地離開攸合莊！」

蔚紫冷哼著瞪了弟弟一眼。「那是大姊給她的，她拿回家裡有什麼不對？」

蔚青站起身。「別當我們不知道了，和四姊一起回來的閔公子都說了，妳在攸合莊可得意呢！五姊，我們都是一家人，這時候妳別藏私，幫著我和爹爹一些，將來蔚家恢復了，我們加倍還妳就是。」

蔚紫翻著眼睛嘴硬道：「我就是沒有錢！」

蔚耀權和蔚夫人聽了，都露出十分不悅的神情。

蔚青鄙夷地看著她。「五姊，妳要不仁也別怪我不義！妳一毛不拔的話，我這就去追四姊，告訴她當年是妳向爹爹告的密！妳偷聽她和步元敖約好私奔，就來找爹爹去阻止，妳說，四姊知道了會多恨妳！」

蔚紫臉色變了變，隨即一想，她早就把蔚藍得罪下了，還怕她記恨？於是無動於衷地說：「隨便你，我做得出就不怕她知道！」

蔚青見沒嚇住她，越發氣惱。「妳不怕四姊知道，還不怕步元敖知道嗎？我去攸合莊告訴他這個秘密，讓他知道一直以來他都錯怪了人！妳看，依步元敖那脾氣，他會怎麼對付妳呢？」

蔚紫沒想到弟弟會這麼狠，白著臉倒退了一步，還沒等說話，只聽後院牆外咕咚一聲，像人從高處跌下的聲音，還有馬的輕聲嘶鳴。

蔚家院子很小，聽得格外清楚，一家人慌忙跑到後門外查看，蔚紫嚇得尖叫起來。步元敖面無人色地站在牆根下，見他們出來也沒反應。

蔚紫連忙上前哭著解釋。「元敖，你別信蔚青胡說！我沒有告發你們，是蔚藍自己告訴爹爹的！」

步元敖木訥地看著她，甚至沒有罵她，身子像生病了似的晃晃悠悠，腳步虛浮地上了馬，他簡直是落荒而逃。

他偷偷跟著蔚紫回來，對自己解釋說是怕蔚藍和閔瀾韜還沒離開，可是他怎麼可能騙過自己呢？他只是希望能再看蔚藍一眼……明知她應該早已離去，他仍不願錯過這一絲絲的機會。

蔚家人為錢吵得面紅耳赤，他不屑再聽下去，正準備離開，卻無意間聽見了當初的真相。

其實他一直就知道，他的蔚藍不會背叛，他所有的責怪無非是希望自己能狠下心。親耳聽見真相，心像被刀片片凌遲，蔚藍對他情深意重，他卻還曾盤算過犧牲她成全自己。

真正辜負了這份情義的人，一直是他！

殷佩姝急得在院子裡團團轉，不知道第幾次問柴霖：「還沒找到元敖嗎？」今天是他的生辰，全莊上下都準備好了給他慶賀，戲班雜耍都等候多時，請來的名廚也幾次三番地來催問何時開席。

下人們等得太久，都開始議論紛紛了。

柴霖擦了擦汗。「只知道爺跟著去了蔚家，然後就不知去向了。早知道不管爺怎麼發脾氣，也該偷偷跟著他！」

姝姝跺腳。「現在說這個還有什麼用！都快到晚飯時間了，幸好這次只是家宴，也沒請其他客人，不然怎麼辦？」說著還落淚了，元敖真的半點也不為她著想嗎？

「要不先讓戲班雜耍演起來吧，下人們有熱鬧看，就不那麼著急了。」柴霖建議，姝姝頹然點頭，也沒別的辦法了。

戲班的鑼鼓響起來，攸合莊才有了歡聲笑語，姝姝木然看著人們喜笑顏開看戲歡笑，覺得自己對這一切格格不入。

蔚藍姊離去了，她卻覺得自己徹底地失去了元敖。她曾理所當然地認為自己將會成為攸合莊的女主人，可元敖不在……攸合莊都讓她覺得陌生而冷漠。

接近傍晚，柴霖才通知她元敖回來了，她又氣又怨，終於還是放了心，真怕他遇見了蔚藍姊，乾脆跟著一走了之。

看見元敖的時候，姝姝嚇了一大跳，他失魂落魄，一語不發，滿身的塵土，頭髮都凌亂了，顯然是在外面毫無目的地遊蕩了一天。

她問他去了哪裡，他只愣愣地看她，不知道回答。

姝姝並不想探究他變成這樣的原因，肯定是為了蔚藍姊，她叫香琴帶著丫鬟快給元敖梳洗換衣，把他送到正廳接受下人們的祝賀。

元敖並不抗拒她的安排，坐在正廳上首，在柴霖和管家們的協助下，順利地受禮完畢，還發了紅包，全莊上下又歡天喜地了，完全忘記了主人失蹤一天讓他們驚疑苦等。

一道道山珍海味端了上來，比過年還豐盛，戲班雜耍見主人家回來，也賣力演出，氣氛歡樂至沸騰。

步元敖只一杯杯的喝著酒，火辣辣的感受讓他的腦子更加模糊，他需要這種墜入雲霧中的感覺，至少不用清晰地面對自己心裡的痛楚。

「爺！」一個家丁喜孜孜地走到他身旁稟報說：「閔公子回來給您賀壽了。」

步元敖原本端著杯子正要一飲而盡，聽了家丁的話，一下子僵住了，半晌才幽幽地問：「就他一個人嗎？」

家丁被主人的態度弄得有點兒摸不著頭腦，見問連忙答道：「是，只有閔公子一個人。」

步元敖的手頹然垂下，酒都灑在衣襬上，疲憊地吩咐。「讓他來見我吧。」

下人們都在看著戲臺，閔瀾韜的到來並沒引起多少關注，只有近處幾個侍妾管事和他比較熟的點頭打了招呼，閔瀾韜沈著臉也不理會。

步元敖面無表情地看著閔瀾韜，閔瀾韜也冷著臉回看他，一個不像過壽的，另一個不像賀壽的。

閔瀾韜看了他一會兒，眉頭一皺，從袖子裡拿出一個錦盒放在步元敖的桌子上，疲憊地說：「這是我為你製作的解藥，應該可以解你的熱毒，算……算我給你的賀禮吧。」

步元敖盯著那個錦盒看，突然神色一凜，轉而瞪著閔瀾韜問：「蔚藍呢？」

戲臺上的優伶正唱到著緊處，鼓樂聲聲，臺下的叫好也正到酣時，院中一片沸騰，可步元敖與閔瀾韜的耳中是死寂一片，唯一的聲音是彼此的話語。

閔瀾韜穩了穩情緒。「你先接受我的賀禮吧。」

步元敖緩緩站起身。「你告訴我……蔚藍呢？」

閔瀾韜突然像瘋了一樣撲過來，抓起錦盒裡的藥，不管杯子裡是酒是水，捏著步元敖的下巴把藥灌了下去。

他在狂亂中力氣大得嚇人，步元敖又失魂落魄地騎了一天馬，根本不是他的對手，被藥和酒嗆得連連咳嗽，終於還是把藥嚥了下去。

周圍幾個年輕的侍妾嚇得尖叫起來，唱戲聲突兀地停住，所有人都怔忡地向主位看過來。

元敖並不理會，終於能壓下咳嗽，揪著閔瀾韜的胸襟喝問：「蔚藍呢？」

閔瀾韜看著他呵呵地笑起來，說不出是怨恨還是無奈。「你吃了這藥，還用問她在哪裡嗎？」

步元敖的手一鬆，閔瀾韜跌坐在地上，兩個人都面無血色。

「帶我去！帶我去！」步元敖混亂地叫起來。

「好。」閔灡韜點頭答應。

姝姝一直沈默地看著他們，既不好奇也不驚訝，周圍已經議論紛紛，場面混亂，她毫不為所動。

這些她都不想管，她只想知道元敖和蔚藍之間到底有什麼她不知道的隱密。

她跟著元敖和閔灡韜一起踉踉蹌蹌地向莊外走，柴霖拉了她一把，她冷著臉甩開，凌厲的眼光竟讓柴霖也沒有繼續阻攔她。

柴霖老於世故，知道主人們之間的事，不是他該插手的，立刻招呼管家們安撫在場的人，讓戲班繼續唱，酒菜繼續端上來……儘管僕人們滿懷疑慮，但還是被酒戲安撫。

步元敖神魂失據地跟著閔灡韜，顯然閔灡韜也陷入一種恍惚的狀態，姝姝跟著他們，三個人竟然沒有一個想起來吩咐下人備車。

幸好閔灡韜落腳的地方離攸合莊非常近，近到能隱約聽見攸合莊的喧囂聲。

小小的院落在鎮子的邊緣，閔灡韜腳步虛浮地從院子裡穿過，出了後門不遠便是小鎮的簡陋墳場，幾座破敗的墳堆中間一座新墳十分顯眼。

沒有墓碑，沒有香燭紙錢，就那麼孤零零地立在邊緣，遠處歡慶的戲樂聲隱隱入耳，更顯得墳中人寂寞淒清。

步元敖愣了一會兒，還問：「蔚藍呢？蔚藍呢……」

他不能相信，與她喜服相擁的美好女子就在這堆黃土之下！她不該，也不能就這樣結束華年，她還沒享受到人生的美好！她說，她要去看三山五嶽的美景，她說……

她可能去到任何地方，唯獨不可能棲身在這坏黃土之下！

閔瀾韜哈哈笑起來。「你說呢？步元敖！你覺得她知道了那個秘密後，會在什麼地方？」

步元敖還是搖頭，他跪坐在墳前開始挖，養尊處優的攸合莊主人粗魯得像野獸一樣，挖得用力而毫無章法。

閔瀾韜衝過去用力推開了他。「她生前你就折磨她，死後也不給她個清靜嗎?!你連讓她入土為安都不肯嗎？」

「我必須親眼看到才能相信！」步元敖被他推得跌坐在泥土裡，竟然沒有力氣站起來，渾身抖得厲害。

「她死了！蔚藍死了！我親眼看見她拿匕首刺進自己的心臟！你的解藥怎麼得到，你不是最清楚嗎?!你放過她吧，她最後的願望就是與你兩不相欠，安享清靜！」閔瀾韜喊起來了，喊到最後滿臉是淚。

「兩不相欠？怎麼兩不相欠！我欠她的永遠還不清了！」步元敖坐在地上，衣袍髒污不堪。

本來以為把命還了她，才能兩不相欠，現在這算什麼呢?!他神情一狠，不知道哪兒來的力氣，掙扎起身衝去就給了閔瀾韜一拳。

「為什麼告訴她真相！為什麼眼睜睜看著她死不阻止？是你害死了她！是你！還給我！把蔚藍還給我！」

閔瀾韜沒有反抗。「是……是我害死了她，當時她來向我辭行，我沒想到你會讓她走！」

步元敖打了幾下，乏力地跌在地上，像是問自己又像是問閔瀾韜。「我怎麼辦……我以後怎麼辦？」他失去了蔚藍，而他之後生存的每一天都是用她的生命換來的！他欠她的，只會越來越多！越來越多！

他怎麼辦？

「是啊……」閔瀾韜茫然地說：「現在怎麼辦呢……步元敖，你至少知道自己的命是用蔚藍的命換來的，你只能堅持下去，這才是對蔚藍最後的憐惜。我呢……我呢……」他抬起髒污的胳膊擋住了哭泣的眼睛，聲音低至幾近無聲。「我永遠會活在內疚中……」

步元敖沒有聽清閔瀾韜全部的話，只是那句是「對蔚藍最後的憐惜」已經擊潰了他，眼淚不停地流。

「蔚藍……」他哽咽著。「蔚藍，我要帶妳去看最美麗的風景，我要帶妳去妳想去的地方……」他閉上眼，希望自己就此死去。

姝姝靜靜地看著，她終於明白，無論蔚藍姊離不離開，甚至是生是死……都永遠佔滿了元敖的心。

她終於知道了那種無法靠近的疏離感是什麼……是元敖心裡沒有她，而且……直到他死去都不會有她。閔灡韜說得對，以後元敖活著的每一天，都和蔚藍姊不曾分離。

第二十一章

五年後，清明。

步元敖把馬拴在不遠處的樹上，緩步走近蔚藍的墳。正是草色青蔥的時節，蔚藍墓旁的花也都開放了，沾著溫潤的雨絲很是美麗。

已經兩年沒來幫她整理了，看來姝姝和她丈夫守護得很精心。這片墳地他早已買下，重新修整，旁邊的無主孤墳並沒遷出，就讓他們陪伴著蔚藍吧。

細雨打濕他的頭髮，他笑了笑，不對，蔚藍一直陪伴著他才對。這兩年，他一直南行，到了嶺南的天涯海角，他看到的，她一定都看到了。

「步大哥？是步大哥嗎？」一個年輕的驚喜聲音響起。

步元敖回頭，自己想得太專注了，竟連馬蹄聲都沒聽見。

姝姝的丈夫瞿景箐一臉驚詫地快步走近，一把抓住了他的手。「真的是你，步大哥！你終於回來了！」

步元敖看著他微微笑了。「嗯，我回來了。這一路經過咱們不少分號，我都聽各地的掌櫃說了，這兩年你把攸合莊的生意打理得很好。」

瞿景箐被誇得有些不好意思。「都是你當初教得好，而且給我留下不少得力的幫手。」

步元敖點頭，沒再說話，又去看蔚藍維護得很好的墳塋。

瞿景箐從馬背的袋子裡拿出不少祭拜用品。「今天清明，我來看看蔚藍姊，姝姝最近病了，嚷著要來，我沒答應。」

步元敖幫他擺好供果。「謝謝你們這兩年幫我把這裡照顧得這麼好。」

瞿景箐皺眉。「步大哥，你說哪裡的話？雖然我沒能見上蔚藍姊一面，但聽姝姝說了你們的事，我由衷敬佩蔚藍姊這樣的女人，心甘情願幫她照管這些身後事。」

步元敖微笑著點了點頭，當初為姝姝挑上他做相公真是太幸運了。

「步大哥，祭拜完了，我們快回莊裡吧，這兩年你少有書信，我和姝姝都著實惦記！」瞿景箐感慨地說。「姝姝要是見到你，還不知道怎麼高興呢！說不定病就好了。」

步元敖跟著他一起上了馬，家……已經兩年沒回來了。

姝姝聽下人通報後，不顧病中身體還虛弱，一路小跑著來到廳裡。

步元敖看她面黃肌瘦，不免有些責備。「妳怎麼不好好照顧自己，病成這副模樣？」

姝姝看了眼風塵僕僕仍俊美耀眼的他，歲月增添了他的沈穩，卻沒掩去他的風采。他黑了，也瘦了，他何嘗好好照顧自己？

這話當著瞿景箐的面，她都說不出口。

五年前，元敖得知蔚藍姊死訊，回來大病了一場，病癒後就遣散了所有的侍妾。她看著那些哭泣哀求的年輕女子，個個美貌動人，元敖卻再也不看她們一眼，任隨她們說得多麼懇切，他都不為所動。那時姝姝就知道了，她和元敖的婚事，已經不再可能了。

元敖今生今世是屬於蔚藍姊的，她早該明白了。

當過了段時間，元敖說起為她再訂婚事，他們倆從此就以兄妹相稱，姝姝毫不意外。她同意了，因為她知道，如果不答應，元敖會因為躲避她，再不與她見面。

元敖為她仔細挑選上了世交瞿家的二公子瞿景箐，瞿家也同意兒子入贅攸合莊。姝姝只是沈默地順從，蔚藍姊死後，她也心灰意冷疲憊不堪，只求敷衍平淡地生活下去。與元敖成為兄妹也無所謂，只要還能相伴相守……就可以了。

成親後的她，被瞿景箐的活力和真誠感動，幾年下來，雖然沒有元敖和蔚藍姊之間那種刻骨銘心的愛戀，也覺得相濡以沫，相依為命。

可對於元敖……在她心裡一直是非常特殊的，至少當著瞿景箐，她不能完全把他當成哥哥一樣，甚或顯得有些生疏。

「這回……你可要在莊裡多待些時候。」她有些抱怨地說。

元敖笑笑，沒有說話。

柴霖等老僕人都趕過來向步元敖請安，說起幾年不見，不免感慨唏噓。

廳裡的氣氛一時有些沈悶，柴霖突然拍了下自己的頭。「看我這記性！人老了，就是丟三落四的！瞿爺，您派我打聽的那位神醫今天有了消息，好像在三天路程外的什麼小鎮上落腳。爺回來我太高興了，都忘了對您說。」

瞿景箐十分驚喜。「今天可算是雙喜臨門。姝姝，妳快些去準備，我們這就動身去找那位神醫吧。聽說他脾氣古怪，居無定所，好不容易打聽到了行蹤，千萬別再錯過。」

步元敖聽了，心微微一動。「這位神醫姓什麼？」

瞿景箐皺眉搖頭。「這就不太清楚了，都叫他金刀先生，據說醫術出神入化，善使小金刀為病人切開傷口診治，手到病除，現在聲名響亮得很。」

步元敖微微一笑，姝姝也笑了。「你越說，我就越覺得熟悉。我這就去收拾，正是踏青遊玩的季節，元敖哥哥如有興致也跟我們同行吧，說不定還能見一見故人。」

元敖點頭，趁姝姝離開廳堂，小聲問瞿景箐。「她的病嚴重到要去找名醫醫治了嗎？」

瞿景箐臉一紅，又怕步元敖擔心不敢隱瞞。「不不，只是總愛傷風發燒而已，是體質虛弱所致，不是大病。我們找神醫想看的……是我們一直沒有孩子。早兩年也不著急，漸漸我和姝姝年紀都不小了，難免心裡就沒了底。」

步元敖有些尷尬地笑了笑，原來如此。

一路行來頗為順利，沿途景色宜人，三人說說笑笑倒也不覺得勞頓。

到了之前打聽到的小鎮，再問金刀神醫的下落，鎮上人都說神醫為了採藥方便，住到山中的小村子去了。

步元敖還特意問一個讓神醫治過病的人，神醫姓什麼。那人不很肯定地說：「好像姓閔。」

步元敖和姝姝聽了，都有些悵然，五年後又重遇故人，不知道這段歲月會把閔瀾韜變成什麼模樣？還在默默思念那個逝去的人，還是已經開始了全新的生活？

因為道路逐漸難行，三人只得把車馬寄放在山腳的小茶寮裡，步元敖仰頭遠眺半山腰的小村落，心想閔瀾韜也有些變了……以往按他的性格，絕不會與人相鄰，必定要在人煙稀少的地方獨居，他是不喜歡和人們交往接觸的，沒想到如今也會落腳在人群聚居的村寨。

上山的路不算崎嶇，也頗陡峭。因為山裡有村落的關係，上下往來的山民絡繹不絕，他們看見步元敖和瞿景箐夫婦都會意地笑笑，熱情些的還會主動問：「也是來找閔先生看病的吧？」

步元敖似笑非笑地挑了下嘴角，閔先生？看來，閔瀾韜真的變了很多，竟然能讓人這麼親切地提起他了。

進了村，淳樸的山民對他們也非常友好，甚至不用他們主動問路就會笑著為他們指「閔先生」的住所。

瞿景箐笑。「看來這位神醫人緣很好嘛，一點也不像傳說中的那麼古怪。」

步元敖皺了皺眉，或許他真的弄錯了。

小小的茅舍與其他村屋並無二致，竹籬圍的小院裡有一株桃樹正開著繁茂的粉紅花朵，為簡陋的房舍增添了些許詩意，主人家餵的雞鴨發出熱鬧的叫聲，一個嬌小身材的村婦正在餵牠們。

步元敖的眼睛剛看向那抹荊釵布裙的影子，她已經發覺有人轉過身來，向他們微微一笑……

一切都停止了，心跳、血液、聲響……

眼睛因為無法置信地瞪大而顯得空洞，身體卻在劇烈搖晃，他覺得自己好像一個要溺斃的人，他甚至忘記了呼吸。

瞿景箐並沒發現步元敖的異樣，他只顧驚訝在這樣偏僻的山村裡竟會有這麼美的女人？她穿得樸素，但即使別的女人穿著最華麗的衣裙也不能比她高貴，她微笑地看著他們，那笑容就好像暗夜裡的星光一樣美麗耀眼，像泉水一樣清澈婉約。只要看著這笑容，一切悲苦便消退了。

「你們……」她含笑看著他們。「是來找我相公看病的嗎？」

血，原本已經凝固的血全湧進腦袋！步元敖無法自控地踉蹌了一下，她的相公?!

步元敖瞪著她看，眼睛裡濕漉漉的不知道是血還是淚，一片模糊，他用力地眨，想看得清楚些。真的是她嗎？如果真的是，她怎麼可能用這樣平靜的笑容對著他？他對她來說，難道已經是個被淡忘的陌生人嗎？

步元敖不自覺地揪住自己衣衫的下襬，這是個長得很像蔚藍的女人？或許是閔瀾韜在行醫遊歷中發現的。蔚藍不可能忘記他，無論如何不可能。

但是……元敖覺得喉嚨都泛起了血腥味，除了蔚藍，怎麼還會有人擁有這麼清澈的眼神、這麼美好的笑容？

她的眉、她的眼……她的一切都銘刻在他心中，不會有半分舛錯。

的確是她呀……

「相公，又有人來找你。」她大概見多了求醫的人，忍著笑意向茅屋裡喊，甚至有些頑皮。

「不看！不看！」閔瀾韜發脾氣地大喊，有些像耍賴。「煩死我了！蔚藍，我們搬家，這裡沒法住了！」

蔚藍?!步元敖艱難的嚥了口唾沫，喉嚨火燒一樣疼。

他不得不咬緊牙關才能控制住自己不發瘋般大吼，他想喊，他想撲過去一下把正一臉幸福走出來的閔瀾韜撕成兩半！

到底發生了什麼事？當初親口告訴他蔚藍已經死去的人，現在成為了蔚藍的相公?!

當初他阻止他挖開蔚藍的墳見她最後一面，竟是一場處心積慮的陰謀嗎？

閔瀾韜偷走了蔚藍，他怎麼狠得下心？

閔瀾韜愣在門口，臉色猛然青白，這一刻……終於還是要來，終究還是躲不開！

兩個男人互相看著，呼吸都逐漸加快，可是他們誰都沒說話。

姝姝雙腿一軟，摔倒在地上，瞿景箐嚇壞了，趕忙去扶她。

蔚藍見狀慌忙放下手中的竹篋，幫瞿景箐拉扯姝姝站起來，擔心地說：「這位夫人病得很重嗎？」

姝姝熬過驟然而來的心悸驚痛，慢慢穩定，她拉著蔚藍的胳膊，太真實了，眼前這個人絕對不是幻化虛影。

「真的是妳嗎？蔚藍姊？真的是嗎……」姝姝一下子就流了一臉的淚。

步元敖也轉過頭來恍恍惚惚地看她，心中太過凌亂，甚至無法聚攏眼神。他怕把眼前的人看得太清楚，唯恐是夢，又怕是真。

「你們……認識我？」蔚藍十分意外，不確定地看看姝姝又看了看步元敖。

這個陌生男人的眼光讓她有些害怕，竟然會一陣心慌。

她求助地看向閔灑韜，閔灑韜臉如死灰，但已經定下神來，冷聲道：「都進來吧。」

「相公，你怎麼了？」突然臉色這麼壞？蔚藍擔憂地看著閔灑韜。

步元敖噗地吐出一口血，她每喊閔灑韜一聲「相公」，就好像活生生在他心頭挖走一塊肉，血肉模糊的一團每在腔子裡跳動一下，都教他疼得撕心裂肺。

「啊……」蔚藍驚叫一聲，不知道為什麼卻沒有去攙扶搖搖欲墜的步元敖，總覺得靠近他會有奇怪的感覺。原來這位好看的公子也生病了，她有些憐憫地說：「都快進屋吧，讓我相公看一看。」

瞿景箐如陷五里霧中，蔚藍？不是步大哥亡妻的名字嗎？

看姝姝的神色，這裡似乎有巨大的隱情，他還是緘口為妙，別再弄巧成拙。

「蔚藍，妳家又來客人啦，這個給妳！」幾個村婦各自拿著盆盆碗碗笑著走進院子。「給客人做幾道好菜吧。」婦人們笑，各自把東西塞到蔚藍眼前。

蔚藍也笑起來，感謝著收下村民的饋贈。「呀！這麼新鮮的野菜！」她驚嘆起來。「大富嫂，明天帶我一起去挖吧。」

「好啊，好啊。」婦人們也都雀躍起來。「明天一早我們一起去，妳家閔先生不是最喜歡吃這種菜嗎？」

「嗯——」蔚藍笑，回頭笑著瞥了閔瀾韜一眼，像看孩子一樣。「我家『閔先生』就愛吃它呢！」

步元敖反而鬆開了抓著衣襬的手，渾身沒了半分力氣，他覺得自己沒有倒下去，靠的僅僅是對閔瀾韜的怨恨。

閔瀾韜冷著臉看著他，恨吧，怨吧，就算下地獄，就算天天被內疚的火炙烤，他也不後悔！

「都進屋坐吧，喝口水。」蔚藍殷勤地招呼著。

閔瀾韜轉身走進簡陋的茅屋，步元敖腳步緩慢地跟在蔚藍身後，如遊魂般也走了進去，他想看看她是怎麼生活的。

村婦們還在竹籬外招呼。「別忘了明天早點起！」

「好──」蔚藍回頭向她們笑著揮手。

步元敖愣愣看著她臉上的笑容，這麼開懷的笑容讓他已經湧到嗓子的質問都壓了下去，無論如何，這幾年，閔瀾韜似乎讓她過得很幸福。

和村子裡所有的房屋一樣，這座簡陋的茅屋顯得非常樸素，但只要有了蔚藍，再普通的地方，也會顯得溫馨。

所有的布簾都洗得乾乾淨淨，陳舊的木桌子不知道是從哪兒買來的幾手貨，但被擦洗得一塵不染。步元敖默默地看著殘破窗臺上放置的一束山裡採來的新鮮野花，不用問也知道，這幾年居無定所，她和閔瀾韜不會有什麼固定家當，但每到一處，她都盡力營造家該有的溫暖。

蔚藍給每個人都倒了水，碗照例很殘舊，但每一個都乾乾淨淨。

除了瞿景箐正常的向她道了謝，姝姝和步元敖都說不出話，只盯著蔚藍看，把蔚藍看得有些難為情。

她有些抱歉地說：「你們是不是認識我？」

沒有人回答她，被她遺忘，已經是最大的懲罰了，步元敖不忍面對，姝姝也無意在他的傷口上撒鹽。

「我前幾年傷到頭，過去的事情都想不起來了，你們不要見怪啊。」蔚藍笑笑，回頭招呼閔瀾韜。「快給這兩位看看吧，他們這麼大老遠的趕來，似乎又是故人。」

姝姝皺眉，蔚藍姊很奇怪，一般失去記憶的人不是對過去非常好奇嗎？可她絲毫沒有追問的意思，甚至不問他們怎麼會認得她、曾是什麼關係。

步元敖這時終於開了口，一個字一個字地說：「在看病之前，我想先和閔先生敘敘舊。」

閔瀾韜垂著眼，嗯了一聲，逕自走出小屋，沿著山路向山上走，步元敖也沈默跟上，直到山頂的一棵大樹下，兩人才停下腳步。

閔瀾韜看了會兒山下的景色，才說：「蔚藍已經忘記了你，她現在是我的妻子。」

步元敖扶著樹幹，閔瀾韜這一擊異常沈痛，差點擊潰了他。

不用他再追問，閔瀾韜自己就說起了當年的秘密，這五年他雖然幸福，但這個沈重的秘密仍無時無刻壓在他心底，今天終於能說出來，他也感覺解脫。

「當年我並沒把握能將蔚藍救活，所以沒敢給你和她留下希望，事實上的確很驚險，她一度失去了心跳和呼吸，我想她最後能挺過來，緣於她堅韌的性情。」閔瀾韜說到這兒，有些驕傲，他的蔚藍值得他驕傲。

步元敖木然地聽他說，什麼話都沒有了，那是段他失落的時光，卻徹底地改變了命運。

「我醫治了她很長一段時間，她才漸漸好起來，大概是昏死過久，自她清醒過來，就不記得過去的事情了。我……」他也沒有認真診治她的失憶，這是上天對他的恩賜，如果說之前他還有一絲絲告訴步元敖真相的想法，蔚藍的失憶讓他打定了主意，老天爺這麼安排，就是要把蔚藍賜予他吧。「我就帶著她四處行醫遊歷，這不正是她曾經非常嚮往的生活嗎？」

「你不覺得殘忍嗎？對我，也對蔚藍。」步元敖不知道自己為什麼這麼平靜，剛才滔天的憤怒不知何時竟然熄滅了，大概是剛才蔚藍的那個笑容。

「步元敖，既然今天我們遇見，勢必要有一個了結。」閔瀾韜仰天一笑，有些豁出去了，是的，他躲了五年了，被心底的愧疚感逼迫得不敢靠近蔚藍的故鄉。偶然聽說蔚藍的母親去年過世了，他總覺得應該帶蔚藍去看看，雖然不能告訴她去祭拜的是誰，但他覺得如果不這麼做，有朝一日蔚藍清醒了會怪他。

怪他……她要怪他的何止是這一樣呢？

「我不阻止你對蔚藍說出一切，她怎麼選擇，我都認。」

步元敖反而更沈默了，現在對蔚藍說出一切嗎？打擾她自以為平靜的生活，撕裂她幸福的笑容，其實閔瀾韜說得對，這五年來她過的生活正是她嚮往的，只不過陪在她身邊的不是他而已……

他放她離開的時候，不也是希望她能這樣生活嗎？

現在他怎麼忍心剝奪了這一切呢？

「閔瀾韜，我真的很恨你。」他喟嘆。「可是為了蔚藍……我又能把你如何呢？如果……如果你覺得虧欠了我，就留我在蔚藍身邊，我……我什麼都不會做，也不會說，我只想每天看見她，看見她活生生的，就可以了。」他閉上眼，流下了兩行眼淚，再卑微也不要緊，她活著，她還能微笑。

閔瀾韜聽了他的話震撼得不能成言，沒想到步元敖竟然選擇隱忍?!

不知道為什麼，他想起了五年前蔚藍笑著對他說的話：他不懂，是因為他沒有真正愛過一個人。

第二十二章

閔瀾韜和步元敖回到小院時，蔚藍正在做飯。

姝姝魂不守舍地看，瞿景箐也看得入迷。

出身富庶家庭又在攸合莊養尊處優了幾年，瞿景箐幾乎不曾看過女主人為客人操持飯菜的場面。像閔夫人這樣漂亮又雅緻的女人，含笑為丈夫和客人細心烹製食物，讓人心情恬靜安穩，不知不覺就看得癡了。在他眼中，姝姝是最美的，可也不曾有過閔夫人這樣明媚而溫柔的笑容，比初春的陽光還讓人喜歡。

蔚藍搧著小風爐的火，裡面熬著鹹肉鮮筍湯，聽見腳步聲，她笑笑地抬起眼，櫻紅的嘴唇勾勒出一抹最甜蜜的笑痕。

步元敖的心像被狠狠撒了把鹽，他突兀地頓住腳步，愣愣地看，曾經他誣衊她貪戀富貴，怕吃苦，不願意跟他過普通人的生活，她的笑，給了他最有力的反擊。她的笑……是對他最殘酷的懲罰。

「吃飯吧，相公。」她看著閔瀾韜笑，閔瀾韜柔下了表情，卻湧上了新的一陣愧疚。

「別見笑我的手藝，幾位。」她的笑容變得有些羞澀，客氣地看著站在那兒的步元敖和瞿景箐夫婦。

蔚藍麻利地擺好飯菜，笑著對步元敖說：「步爺，入座吧。」她是從瞿景箐那裡得知他的名字。

步元敖聽了，嘴巴泛起苦澀，一直苦到喉嚨……這回，他真的成了「步爺」。

他沈吟了一下，按她的安排坐了下來。

既然決定成全她的幸福，又不忍離去，想陪在她的身邊，他就要不再露出絲毫異樣而嚇到她。

碗盤都是最粗糙的瓷，卻毫不影響菜餚的誘人，每一樣都看出她的誠懇，她的巧思。

她微笑著把香氣四溢的米飯先捧給客人，步元敖的眼睛被飯的熱氣蒸得刺痛，他呆呆地端著碗，繼續痛。

「呀！閔夫人，這飯妳怎麼做得這麼香?!」景箐驚嘆起來。

蔚藍微笑。「我加了些糯米。」她溫柔地盛好一碗飯，遞給身邊的閔灡韜。「餓了吧，小心燙，相公。」

她遞給他的那碗飯是特別的，因為還有她的笑，她的愛……步元敖默默看著，喉嚨一動，再次吐出一口血，他曾凌遲過她的心，現在便是報應吧。

血……落在白白的米飯上，就更刺眼了。

蔚藍和景箐驚叫起來，趕上來扶他搖晃的身體，閔灡韜沒動，沒看，只是沈默地僵坐著。

姝姝也沒動，她全能體會此刻元敖的劇痛。

「這是什麼病呢？又不像是肺病。」蔚藍趕緊為步元敖倒了杯溫水，又忙著換了碗飯。她跟著閔瀾韜行醫久了，也能看出點兒眉目。

瞿景箐支吾了一下。「我覺得是心病……」當然是心病！步大哥來這兒的時候還好好的，碰見了這個叫「蔚藍」的女人後，臉色死白，心痛吐血。

步元敖看了他一眼，瞿景箐知趣地閉了嘴。

「我妻子……亡故後，」步元敖不願說出這三個不祥的字，她明明好好活著呢，可是為了瞞過她，他只得為自己找到一個說得過去的理由。「我就落下了這個病根，希望閔先生能替我治好。」

蔚藍點了點頭，露出同情的眼神。

她的眼神卻像刀子一樣刺痛了他，如今的蔚藍像看一個陌生人一樣看著他，同情他的遭遇，不過是同情她相公的一個病人。

飯後，閔瀾韜為瞿景箐和姝姝各自診了脈，沒有立刻說出病況，只是看了看收拾碗筷的蔚藍。

蔚藍心領神會，像瞿景箐夫婦來看病的，八成會有些私密，外人在的話，夫婦二人會很不自在。

「步爺，幫我端下這個。」她很自然地招呼步元敖，幫她拿裝著碗碟的小木盆。

步元敖點頭，拿起小盆跟著她一同到外面的井邊，幫她提水。他也蹲下身來想幫她一起洗，蔚藍一笑，連忙攔著他說：「你看著就好。」

話一出口，蔚藍覺得彆扭，看來她過去是認識這位步爺吧？莫名其妙就很熟悉似的，語氣也不像平時她對來求醫的客人。

步元敖很聽話地坐在井邊，靜靜看她洗碗。

怕自己再說些奇怪的話，蔚藍乾脆不再吭聲了。兩人都不說話，卻沒有半分侷促，蔚藍覺得太自然了，都沒發現自己並不覺得這樣和一個大男人在傍晚的院子裡獨自相處應該是很不自在的。

屋內的瞿景箐見閔灡韜支走了蔚藍和步元敖就有些緊張，等屋裡只剩他們夫妻和閔神醫時就迫不及待地問：「是我的問題嗎？很嚴重嗎？」

閔灡韜很沒同情心地嗤了一聲。「亂吃壯陽的藥還不嚴重？你到底有沒有正經找郎中看過？你的情況就是最簡單的矯枉過正，虛耗而虧！」

一句話說得姝姝和瞿景箐面紅耳赤，低著頭不敢抬。

「你出去，你夫人也有問題，我單獨和她說！」閔灡韜用下巴點了點瞿景箐，態度傲慢，瞿景箐卻心虛氣短逃命似的跑出去了。

閔灡韜沒有立刻說話，只看著坐在對面椅子裡的姝姝。

黃昏的陽光從半透明的窗紙外透進來，小小的房間有種朦朧的暖意。

「妳的問題比妳相公嚴重得多，像妳這樣的性格，有什麼讓妳憂慮成疾？妳現在氣血兩虛，別說想有孩子，自己平時都十病八痛，過不太平。」閔瀾韜沈聲說，印象裡的殷佩姝一直是有點兒孩子氣的小姑娘，心思不算細密，她怎麼會因為憂思過慮把自己弄到這個地步？

姝姝看著他笑了。「我以為你會知道，閔大哥。你是因為偷走了蔚藍姊的歲月，我是因為得不到元敖的心。」

閔瀾韜抿起嘴唇，想反駁，又覺得姝姝這句話一針見血。他偷走的不僅是步元敖的幸福，也是蔚藍的幸福，他們倆雖然有過那麼多痛苦悲傷，可他們的感情也曾讓他動容。他是奪走了步元敖擁有蔚藍的機會，何嘗不是蔚藍擁有步元敖的機會呢？

「可妳不是和瞿景簀成親了嗎？感情也很好！」他大聲駁斥這一點。

「是啊，我們很好，但不是我想像中那麼好。我沒辦法忘記元敖，明明知道已經毫無希望，仍舊放不下。我太貪心了，我時時刻刻痛恨自己的貪心，卻又沒辦法阻止自己繼續貪心。」姝姝苦笑，露出自厭又無奈的神情。

閔瀾韜再次沈默，終於淡漠地說：「這我就幫不了妳了。」

在這一點上，他連自己都幫不了！

他知道，姝姝說的是她自己，也是他，而且犀利得讓他連迴避的餘地都沒有。

「我知道，只有我自己能解決這個問題。」姝姝洞悉一切似地說。

閔瀾韜低下了頭。

第二天一早，瞿景箐便和姝姝離開了，步元敖卻因需要長期調理而留了下來。

最近的天氣總是細雨綿綿，這夜又下起了雨。

步元敖半坐起身靠在簡薄木條製成的床頭，有種不踏實的感覺。窗外的雨淅淅瀝瀝，潮濕的寒意從房間的四面八方湧了進來……

五年來，她就是過著這樣儉樸的生活嗎？他攥緊身下的床單，這應該是他們收容病人的房間，但卻被她收拾得如此乾淨細緻，就連床單都是她體貼為他新換的。只是布而已，躺上去卻柔軟舒適，比最好的絲綢還要舒服……如果可以，他寧可過這樣平淡的生活！只要能和她一起……什麼樣的生活……都好。

他皺眉，心又疼了，他憎惡這種疼。

此時此刻……她正躺在閔瀾韜的身旁，正如原來汲取他身體的溫暖一般汲取閔瀾韜的溫暖，她不知道的，每當她沈沈睡去總會不自覺地靠在他的身上，甜美的睡容不染一絲憂愁。那時候的她，不防備他，不怨恨他，只是單純的依賴他，渴求他的體溫……

他抬起眼望著粗糙窗紙擋住的夜色，沒有一絲光亮。

上天雖然早已判定他和她不能在一起，可他終究還是不死心。

五年前的錯過，連他都迷茫了，究竟是就那樣永遠各自生活在世上一角對，還是像如今還這樣死死糾纏對呢？

如果他沒有再遇見她，他會慢慢接受她的「亡故」，平靜地帶著屬於他的蔚藍，過著他想過的生活。她呢？雖然失去了過去的記憶，卻擁有美好的現在，她的丈夫不會因為必須天天面對一個自己虧欠甚多的人，有苦難言。

他和閔瀾韜，已經各自墜入了地獄。

其實他也明白，在蔚藍的眼中，現在多餘的那個人是他。

他真為了她好，應該淡然離去。

可是，他苦了五年，想了五年，終於再次見到了她，他沒辦法說服自己離開。算了，先這樣遷就著自己吧，步元敖深深吸了口氣，不想了，不想了。

就算她躺在閔瀾韜的身邊，就算她已經完全忘記了他……只要她還活著，只要他的眼睛還能真切的看見她，足夠了。

門外的小廳堂有了微微的響動，這麼早她就起床了？

他忍不住披衣下床，是的，忍不住。再苦澀，再疼痛……他也想看著她。

她正用小石臼搗著什麼，看見他出來有些意外，她向他溫柔地一笑。「步爺，起得這麼早？」

「在做什麼？」他低聲問，隨身坐在她對面的小木凳上。太過小心翼翼又太過刻意平靜，他的口氣顯得冷漠威嚴。他又貪心了，他想和她說話。

「在搗艾草汁，做青糰。」她已經垂下眼，認真地做著手上的活兒。

也許覺得沈默得有些尷尬，她緩緩地說：「清明前後的艾草最香，做的糕糰也最好吃。步爺，你喜歡吃甜食嗎？」她故意引他說話。

「不。」他簡短地說，他怕說得太多了會忍不住。

她淺笑，眉目間浮現些許柔情。「他也是，所以我做了兩種餡，偏甜和偏鹹的。」

他?!

步元敖吸了一口氣，這就是代價吧？看著她的代價。心好像被一把不太快的鈍刀慢慢凌遲，每一下都疼得遲緩而淋漓。

「怎麼了步爺，又犯心疼？」蔚藍發現了他過於蒼白的臉色，他一定很疼，雖然他故意沈下臉，可她從他的眼睛裡看得無比清楚，看?準確地說，是感覺。

「不妨。」他別開臉，他最受不了她的眼光，單純只是看一個病人的眼光。

蔚藍垂下頭，偷偷抿一下嘴唇，他的確像是那種諱醫忌藥的人。吐了血，總臉色慘白，微微發抖，還說自己沒病呢！

閔瀾韜走出房間，沒什麼表情，顯然剛才的話他聽見了。

「相公，起來了？」蔚藍站起身，看著他笑。

閔瀾韜愛責地瞪了她一眼。「妳起這麼早做什麼？身體會受不了的！」

「我身體好著呢！」不知道為什麼，她聽見他說她身體虛弱會有那麼大的反應，氣呼呼的噘起嘴，還回瞪他。

「誰是大夫？」閔瀾韜耍橫。「活兒就在那兒，也不能跑了，妳急什麼！」

「哼！」她瞥著他。「那你替我做，我就不急了！」

「好啊，什麼活兒?!」閔瀾韜不服氣，挽袖子。

「和大富嫂她們一起去挖野菜。」她挑釁地看著他，自己卻忍不住噗哧笑了。

閔瀾韜一愣，狠狠地瞪了她一眼，嘴角下拉，想生氣又忍不住要笑。

蔚藍看著他怪異的表情心情很好，笑容也生動起來。「我們早上吃青糰，剛下過雨，蘑菇肯定多，中午吃野菜飯和炒蘑菇好不好？」

閔瀾韜翻她白眼。「娘子——」他故意拉長調子。「別再採毒蘑菇回來給我吃了，大夫也拉肚子很沒面子的。」

蔚藍笑起來，端起小石臼進了廚房。

步元敖默默地看著，生活在閔瀾韜身邊的蔚藍，是十年前的蔚藍，無憂無慮的蔚藍，能笑得那麼嬌俏的蔚藍。

「這五年……你過得很幸福吧？」他緩緩地說，有些像感慨，又有些像質問。

閔瀾韜收了笑意。「是的，很幸福！」

他就是因為貪戀這幸福，即使時時刻刻忍受良心的煎熬也願意。

步元敖也沒再說話，痛吧，痛吧，痛到他自己受不了，或許就會想離開了。

第二十三章

閔瀾韜揹起竹簍，望了望陰沈的天，又看了看身後正在準備和他一起出發的蔚藍。

「天好像要下雨，」他皺眉，淡淡瞥了眼堂屋裡的步元敖，不願意他和蔚藍留在家裡，又實在心疼她。「妳還是別去了。」

「不，我要去。」蔚藍甜蜜地固執著，走上來拉住他的手。「我不累的，我要陪你一起去。」

步元敖抬起眼看天上厚重的烏雲，慢慢握起拳頭。

蔚藍回頭向他笑著說：「步爺，我和相公去採藥，午飯已經放在灶檯的紗罩裡了，記得按時吃。」

步元敖微微點了點頭，直到閔瀾韜拉著她的手走出竹籬，他才轉動了眼光，看他們的背影，她在笑，時不時還搖晃一下和閔瀾韜拉在一起的手。

他靠在身畔的桌子腿上，不去理會心的又一陣抽痛。

看著她的笑臉，有些欣慰，畢竟她過得很好。還有些酸楚，更多的是越來越劇烈的疼痛。這麼多情緒混雜一起，成了空虛和苦澀。

院子外邊響起了遠遠的語聲，他有些煩躁，閉起眼。

腳步聲果然向這邊來了，來人在院子外沈默了一會兒才無法置信地喊了一聲：「步爺?!」

步元敖不耐煩地睜開眼，不想讓人看見此刻狼狽的他。一個眼生的女人抱著個兩、三歲的孩子驚喜地看著他，大概是過去在攸合莊待過的下人吧？步元敖隨便點了下頭，沒心思細想她是誰。

女人格外興奮，回頭大呼小叫地對還在院子裡的丈夫喊：「天哪！你快來看我們遇見誰了！是四小姐的相公，步爺啊！怎麼會有這麼巧的事？」

聽見她說四小姐，步元敖才細細地打量起來，緩緩站起身，不太確定地說：「香鈴？」太多年不見，他真是不太敢認了。

香鈴的丈夫也進了屋，笑著向步元敖施禮問好。

香鈴還沈浸在興奮裡。「四小姐這些年好嗎？她來沒來？」看著步元敖沈重的表情，香鈴想起什麼，笑不出來了。「是不是……小姐的寒毒一直沒好，您也來找閔神醫？」

見她這麼關心蔚藍，步元敖也對她很有好感，笑了笑說：「她已經痊癒了。」

香鈴鬆了口氣，又開始興奮。「那小姐和您一起來了嗎？」

點頭……也很艱難。

香鈴卻因為他的肯定而歡騰不已，眼睛已經開始搜索起來。「小姐呢？小姐呢？」

「她……和閔瀾韜採藥去了。」他淡漠地說。

香鈴一愣，和同樣意外的丈夫互相看了一眼。

步元敖還是坐在凳子上不說話，香鈴的丈夫也不太說話，只老實地抱著孩子坐在牆角，時不時因為妻子的話點點頭，笑笑，孩子在他的懷抱中迷糊睡去。

香鈴敏銳地發現了異樣，不再詢問步元敖關於蔚藍的情況，只是為了不顯得那麼尷尬而說些不著邊際的閒話。

步元敖默默地聽她說，無論是誰，無論說的是什麼，只要能擾亂他的思緒就好……他發現，他比獨自一人時好受多了。

「……當初要不是小姐給了我一筆錢，我和相公怎麼能過上如今的日子？……我和相公開了家小飯館，以前夫人請名廚到府裡來教小姐的時候，我也跟著學了些呢……我的孩子樣樣好，只是不肯說話……」

步元敖聽得斷續，他不需要內容，只是需要聲響。

終於香鈴的話戛然而止，靜了會兒才百感交集地喊一聲：「四小姐！」

步元敖抬起眼，看見香鈴哭著跑出去抱住剛回來的蔚藍。

蔚藍被動地讓她抱著，嚇了一跳卻沒掙開，因為她感覺到這個還沒讓她看清相貌的少婦是誠摯的……被她抱住的感覺……有些熟悉。

閔瀾韜慢慢皺起眉，應是以前蔚家的僕役吧？一切和蔚藍過去有關的東西都讓他討厭！或許……是因為害怕。如果有一天，蔚藍想起了一切……他幽幽地看向正在看著蔚藍的步元敖，她真的會不怪他嗎？

香鈴擦著眼淚，終於感覺到不對，鬆開了蔚藍，當看見她微笑卻無措的表情時，香鈴慌了，惶恐地回頭看步元敖，又轉回來看蔚藍。

「步爺……」她求救似地喊。

步元敖的嘴角輕輕一挑，帶出滿滿的苦澀，他用下巴一點眉頭皺得更緊的閔瀾韜。「他才是妳家小姐的相公。」

香鈴身子一顫，完全愣住了，牆角坐著的男人也瞠目結舌地抱著孩子站起身。

蔚藍皺起眉，仔細地端詳著香鈴。「妳……」似乎有些熟悉，卻怎麼也想不起。

「小姐！妳把香鈴都忘了嗎？」香鈴又哭起來，眼神卻更疑惑了，步爺穿得那麼好，小姐卻穿得那麼簡樸，而且……和小姐一起回來的男人是小姐的相公？為什麼步爺會說那麼奇怪的話？這些都是一直以來就認為小姐嫁給了步爺的她無法理解的！

「香鈴……」蔚藍看著她使勁地想，最後還是抱歉地一笑。「夫人，妳認識我的吧？對不起，以前的事我想不起來了。」

香鈴臉色慘白。「別叫我夫人！小姐，我是妳的丫鬟香鈴啊，香鈴！」

步元敖站起身，冷聲打斷香鈴的哭叫。「妳不是來找閔瀾韜看孩子的病嗎？其他的……別說了。」

就在蔚藍努力回想的一瞬間——他突然害怕了！如果她真的想起一切，她還會有這麼明媚的笑臉嗎？還會有這麼無憂無慮的神情嗎？

很多他想不開、放不下的事，就在離記憶最近的時候豁然開朗了。

閔瀾韜震動地看著他，又慢慢地垂下了眼。或許步元敖打他、罵他，甚至在蔚藍面前把一切都說出來，他反而會好受些。

「孩子……怎麼了？」閔瀾韜極輕地嘆了口氣，問一臉茫然的香鈴。

閔瀾韜把孩子帶入內室診治，蔚藍在廚房裡忙活著大家的晚餐。步元敖一臉冷肅地端坐在凳子上，拿定了主意，他再不猶豫。

就在蔚藍細看香鈴那一刻，他突如其來的恐懼，終於讓他有了離去的勇氣。

「香鈴……」步元敖看著她，他眼裡的肅穆讓香鈴不自覺地站直身子，垂首侍立。「別擾亂蔚藍，別再提過去的事情……她現在過得很好。」他小聲說，卻不減威嚴。

「是……步爺。」香鈴點了點頭，雖然不知道步爺為什麼這麼吩咐她，但她懂的，步爺是為了小姐好。

香鈴抬起眼，不知道為什麼，步爺這麼吩咐她的時候，她感覺心很難受，為步爺難受。

「步爺……告訴我，發生了什麼事行嗎？」

步元敖沈默了一下，從今天開始，從這一刻開始，他再不回首從前了。

搖了搖頭，他拒絕說起往事。只要她過得好，就沒有往事了，不需要有往事！

「小姐，我來幫妳。」香鈴走進廚房，儘量讓自己看起來輕鬆些，幫著蔚藍一起挑菜。

「別叫我小姐，叫我蔚藍或者閔嫂子都好。」蔚藍向她笑，雖然想不起她是誰，熟悉的感覺還是在的。

「小姐……」香鈴掙扎了一下，蔚藍或者閔嫂子，她實在都叫不出口。「妳一點兒都不好奇過去的事嗎？」她並不想違背步爺的吩咐，也不想擾亂小姐現在的生活，她只是忍不住，難道……那麼深愛步爺的小姐，真的能把同樣深愛她的男人忘得那麼徹底嗎？

蔚藍淡淡的笑了一下。「香鈴，」她自然地叫出她的名字。「現在可曾有人因為失去我而難過嗎？」

香鈴一凜，有，真的有，而且近在咫尺！但她不能說，說出來，她太對不起步爺。雖然他不說，她也有些猜到了，小姐因為生病而忘記了他，卻過得很幸福，所以，步爺……

「沒……沒有。」

撒謊就撒謊吧，只要小姐過得好，她含著眼淚笑了。

「那便是了。」蔚藍的笑好像把陰沈的天氣都照亮了。「我何須想起過去？現在我已經心滿意足了。」

「嗯。」香鈴的心一絞，隱約的，她體會了些步爺的痛，她死死地忍住眼淚。

閔瀾韜披散著剛洗過的頭髮，長長的髮絲在月光下反射出烏黑的光暈，瘦削挺拔的身體鬆垮地套著一件長衫，瀟灑不羈。

沈默地站在堂屋門口，他知道，蔚藍在屋裡等他，而步元敖就在這所小房子的另一個房間裡。

原本只屬於他和蔚藍的家……卻讓他怎麼也找不回理所當然的放鬆。

他展開緊蹙的雙眉，已經告誡自己多少遍，他不在乎！只要能把她留在身邊，他什麼都不在乎！

轉身大步走進他和蔚藍的臥房，燈光搖曳，橘黃的暖光中，她在床上坐起身，小而精緻的嫣紅嘴唇向他勾起一個純美的微笑。

「相公……」她溫柔的目光看著他，五年了，還是包含了些許羞澀。

他也微微一笑，坐上床去摟住她。

她在他懷裡仰起頭，凝視著他。「相公，這次別用那個藥了，我的身體已經很好了，可以生的。」她簡直有些哀求地說。

他回望著她眼中那兩簇閃爍的燭火，好美。每次她這樣愛戀地看著他的時候，他的心都會微微的疼，現在……更疼。

「不……」他輕輕吻了她的唇，如同嘆息地說：「還沒到時候，我不能冒那個險。」

「沒有危險！」她撒嬌似的摟住他的脖子，噘起嘴。

他的吻一路向下，在她嬌嫩的胸房上停住……流連，他輕喘。「……我是大夫……我說了算……」他解開了她的貼身衣物，光滑嬌嫩的肌膚在燈光下披拂著一層比月光更美的淡暈，他瞇起眼，慾望更加火熱的升騰。

「燈……燈……」她害羞地夾緊雙腿，虛軟地抗拒他挾滿情慾的大手。

「今夜……讓我看著妳！」他喘息加快，手不容她阻擋地侵入她雙腿間的芬芳溪地，時快時慢的揉搓著。另一隻手配合著他的吻，挑逗地撫摸過她纖細的身子。

她的目光開始迷離，雙手軟軟地捏著他的肩頭，輕輕地呻吟起來。

他看著媚如春水的她，心裡、眼裡……全世界彷彿只剩她甜蜜動情的神色和聲音。

「蔚藍……蔚藍……」他的手指插入她的濕濡，感受她漸漸升溫的需索。「叫我……」

他加快了出入，她的喘息急促起來，被他拇指按壓的敏感之處產生了最迷亂的快感，催逼她幾乎嚶嚶哭泣起來，腰反射地弓起，雙腿徒勞地想閉合起來，卻被他用身體擠得更開。

「叫我……」他感到她的顫抖，她蜜源裡產生了陣陣緊縮，紅暈驟然佈滿了她的全身，她高高地抬起下巴，長長的黑髮隨著身體的扭動，搖曳出最銷魂的波紋。

「相……相公……」她已經哭了出來。

他低吼著撤出手指，用已經緊得灼痛的慾望頂住她俏小的溪口。「叫我名字！叫我名字！」他狂亂地頂了頂又退在天堂的入口，今夜，他格外需要聽到她喊他的名字！

她被他撩撥得渾身熱燙，星眸裡湧出水一樣的情潮，她低泣輕叫著，斷斷續續地喊出：「瀾……韜……」

他露出狂喜的神色，猛然挺入她的最深處，對，就是他閔瀾韜，充實她，滿足她……擁有她！

「相公……相公！」他異常地狂熱讓她有些承受不住，在他越來越快速的撞擊下有些慌亂地吟叫起來。「啊……」她感覺到一陣劇烈的震盪，腦子裡一片空白，只剩尖銳的快感從他的身體瀰漫至她的全身。

她突然的夾緊收縮讓他也叫出聲來，最狂猛地聳入深處，她的全身一僵，在他爆發的瞬間暈厥過去。他滿足地伏在她的身上，平復著自己的呼吸。

他和她的生命交纏在一起，他有些不捨地退了出來，為她擦拭乾淨，把床頭小盒裡的小丸塞入還輕輕收縮的甬道。

她已經在他臂彎裡沈沈睡去，他卻還沈默地睜著眼，他是在等待……

她無意識地摟緊他，好像小貓偎近火爐般，被他的體溫熨貼了，她在睡夢裡露出滿足的笑容，輕輕地嘆息出聲：「元……敖……」

他簡直要發狂地笑出聲，苦澀從嘴角蔓延進心房！

五年了，這個睡在他身邊的女人，失去了記憶的女人，總在夢的最深處呼喚藏在她心的最深處的那個人！

那個人……不是他。

代價！最深重的代價！

他更緊地摟住她，五年了，他恐懼了五年，怕她醒來後還呼喚那個讓他痛苦不堪的名字。

他時時刻刻擔心，也許就在今天，也許明天？她就會突然想起一切，就會離他而去，他連與她共同擁有個孩子都不敢，生怕她離去時，這個孩子成為她和他新的牽絆，新的折磨。

他不能承受失去她又失去孩子的痛苦，又不願意看她因為孩子才留在他身邊的無奈。

淚水，從他的眼角垂落在她的髮梢。

第二十四章

天氣已經熱起來，植物也變得茂密繁盛。

步元敖騎馬緩行，悵然地看著離開蔚藍居住的小山村時才剛發芽，現在卻已滿眼蒼翠。

他忍不住又想起那天的分別，對他來說，那不亞於又一場訣別，閔瀾韜會帶著她再次離開，再見面不知道又會是多少年後，或者還會不會有見面的機會。

可蔚藍並不知道這分別的可悲，她還笑著送他離開，讓他帶了些她親手做的糕點，就像她送別閔瀾韜治癒的其他病人。

他走出小院就沒敢回頭，生怕再多看一眼又捨不得走了。

香鈴很不爭氣地哭出來，他聽了又心酸又埋怨，她不會疏忽大意說漏了嘴吧？

然後他就記不太清了，怎麼回到攸合莊，怎麼過到現在，都模模糊糊。

瞿景箐提議到野外走走，他也正想散散心，就和他們夫妻倆一起出來了。

瞿景箐很振奮，最近他和姝姝小心調養，彼此都有了起色，姝姝不再總是生病，他也沒有因為太過心急而適得其反，與姝姝的感情似乎都更進了一步，真是處處春風得意，騎馬隨行在姝姝的馬車邊說笑不絕。

道路不寬，兩邊都是水塘，行路人起了慌亂，原來前方有官差隊伍，引起了小路的阻塞。步元敖和瞿景箐不得不下馬，站在樹下，等官差隊伍通過。

這隊官兵很吵鬧，隊伍前還鳴著四面鑼，不但佩著刀，還扛著棍子和關刀、長鐵鈎，兩邊的百姓更是退到水塘邊緣，張望議論。聲音之大，讓姝姝都好奇地從馬車裡下來，想看個究竟。

瞿景箐詢問站在旁邊的小販可知道官府為什麼派這麼個隊伍來這偏僻鄉村。

小販撇撇嘴，壓低聲音，眼睛不怎麼恭敬地掃著快要走過來的隊伍，譏諷說：「這裡的百姓向縣太爺報告說山裡有狼，鬧了好多次才派出這麼些臭大爺。您瞧，馬上帶隊的那位……」

瞿景箐仔細觀望領隊的官爺，穿著武官的裝束，裝模作樣地壓在馬上，囂張狂妄。可是他太過肥胖，一副腦滿腸肥的傻樣子，別說是去捕狼，恐怕連拔刀都會割到自己的肚子。

瞿景箐忍不住一笑。

胖官爺撇著嘴威風八面地四下瞟著，活像隻蛤蟆精，突然他眼睛一亮，張大嘴，露出大黃牙——他看見了姝姝。他色迷迷地一直盯著姝姝看，姝姝厭惡地躲到瞿景箐的身後，憤憤地別開眼光。

胖官爺看得入神，放慢了馬速，導致緊跟著他的幾個兵士狼狽地撞在一起。周圍的百姓暗暗搖頭，這樣的人手真的能為他們除害嗎？希望不大。

瞿景箐被惹火了，冷冷地瞪著胖官爺，胖子見他衣著華貴，氣度不凡，料想不是普通百姓，小娘子美雖美，恐怕不是他能輕鬆占上便宜的。於是又端起架子，面目可憎的策馬緩步而去。

「真討厭！」姝姝冷哼，好心情全被破壞了。官兵的隊伍已經過完，小路恢復通暢，她也準備上車繼續趕路。

「我要自己走走。」步元敖突然冷聲說。

瞿景箐和姝姝都一愣，看著他。

「去哪兒啊，步大哥？」瞿景箐不明所以地說。

「你們繼續遊玩吧，我會自己回莊的。」步元敖上馬，剛才那個蛤蟆精正往蔚藍住的山上去，他不放心。

「元敖哥……」姝姝如有所悟，不贊同也不阻止。「這樣下去，你永遠也放不了手。」

步元敖沒說話，他知道姝姝說得對，既然決定離開，就不該如此放不下。可是，看那胖子淫褻的樣子，他真的不能不擔心，就當……是最後一次吧。

他輕輕一夾馬腹，馬兒撒開四蹄小跑起來。

一路狂奔，之前遊玩已經離小山村不遠，步元敖只用了大半天就到了山下。他快步躍上山路的最後一級石階，剛才在山下他看見了那胖官爺寄放的馬匹，這隊人馬果然去了她所在的村子。他握了握手裡的短刀，一直藏在馬鞍下，很多日子沒有帶在身上了。

正是下午，山裡一片安靜，並沒聽見官兵鳴鑼的聲音，走近村子便聽見人聲喧嘩，步元敖輕輕地吸了下鼻子，空氣中飄浮著很濃的酒味。

官兵在村子中央的小空場上點起篝火，火上烤著幾隻野味，步元敖隱在樹後冷笑一聲，肯定是向村民們索要來的，就憑他們根本不可能獵到任何野獸。

村民們都聚集在一起，滿臉疑惑地看著已經喝得臉紅脖子粗的官兵，他們完全沒有去捕狼的意思，喝得很盡興，腳步踉蹌，醜態百出。步元敖在人群中看見了香鈴夫婦，蔚藍並沒來，他鬆了口氣。

一個精瘦的官兵一臉賊笑地跑了過來，招呼上另幾個喝得滿面油光的同夥，含糊不清地吵嚷著什麼，帶上武器快步離去。步元敖一凜，他們去的方向，正是閔瀾韜的小舍。

他把短刀藏在身後，快步跟了上去。

等他進了小院，看見那幾個醉醺醺的兵士已經用棍子把閔瀾韜死死地壓在地上，閔瀾韜的額頭破了很大一個傷口，血正汨汨流出來，染紅了他半邊臉。

蔚藍一臉驚恐地貼著牆壁，胖子已經把她逼入死角。

「小美人兒，跟爺回去，包妳吃香喝辣……」

閔瀾韜嘶吼起來，想掙扎起身，被幾個交錯的棍子又重重壓下，他的面目因為憤恨幾乎扭曲。

「別碰這個女人！」步元敖拔出了刀。

胖官爺不以為意地轉過頭，他眼裡淫猥的光讓步元敖臉色陰冷，他就是用這樣的眼神看蔚藍的嗎？該死！

「步爺……」一直強忍著恐懼的蔚藍看見他才湧出了眼淚，求救地看著他。

「你是誰啊？敢在官爺面前拔刀！」胖官爺冷笑一聲，挑釁地伸手去抓蔚藍，這小子看來有幾分家底，但富不與官爭，他敢把他如何？「這個小娘兒們爺今天是玩定了！」他囂張地宣佈。

血，濺在步元敖的胸前，胖官爺死魚一樣瞪著他，所有人都傻住了，沒想到步元敖真的一刀刺入他的要害。

「告訴你別碰這個女人！」

步元敖冷笑，什麼都不在乎了。這個狗東西竟然用那種眼光看他愛若珍寶的女人，就憑這點，就該死！

「步爺小心！」

蔚藍臉色慘白，一個剛闖進來的官兵看見這場面嚇慌了，狂亂地在步元敖身後抽出刀來一刀劈下。

步元敖輕微地哼了一聲，火燒般的喉嚨讓他皺起眉。比喉嚨更難受的是他的後背，意識逐漸清晰起來，各種疼痛也都叫囂著猛烈襲向他。

他趴伏在一堆稻草裡，身體的重量把胸口和手臂壓得痠痲不已，他試著想動動胳膊，卻牽動了後背的傷口引發一陣劇痛，只能作罷。

「水……」他下意識地說，努力地睜開眼。

光線很昏暗，他定了定眼神才看清不遠處的粗木柵欄。他是在牢裡？他冷冷挑了下嘴角，是啊，他殺了一個官差呢！

有人大力地扶起他的上半身，他轉動眼睛去看，有些費力，還是看清楚了，是閔瀾韜。唇邊輕輕地觸上水碗，他顧不上多想，大口的喝起水來。

「慢些。」

他一嗆，這聲音……是蔚藍！抬起眼，他愣愣地看著蹲在他對面的她。她的臉色雖然蒼白，但神態安詳，他鬆了口氣。

蔚藍被他看得有些不好意思，低下頭專心地看著手裡的水碗。

步元敖的眼黯了黯，他又失態了。他深深呼吸了一下，牢房的空氣還算流通，並不窒悶。

閔瀾韜神色木訥地靠著牆坐在角落裡。

「這是哪兒？」步元敖問他，掙扎著坐直身子，虛弱地靠在石頭牆壁上。

「縣衙的牢房。」閔瀾韜撇開目光，不看任何人。「瞿景箐已經來過了。送了些藥物繃帶，你的傷，我已經粗略處理過了，刀傷雖深並未傷及要害，假以時日自然會好。」

步元敖點了點頭，閉起了眼。

想是案情特殊，瞿景箐又使了銀錢，所以才把他們關在一起。在一起……也好，至少她不必害怕了。

「相公。」她輕聲說。

步元敖一顫，這麼多天了，他聽見她這樣喊閔瀾韜還是會猛然一痛。

「時候差不多了，再替步爺上一遍藥吧。」

閔瀾韜「嗯」了一聲，走過來扶他再趴下。步元敖不睜眼，也不說話，離她這麼近，他會忍不住看她。

傷口塗藥的時候很疼，他咬緊牙關，傷口最深處滲入藥汁的劇痛，讓他的意識昏沈起來。實在太疼了，他忍不住低低叫出來——

「蔚藍……」

「什麼事，步爺？很疼嗎？」蔚藍聽他喊她的名字，焦急地俯下身，想聽清他說話。

閔瀾韜上藥的手停住了，愣愣地看著步元敖背後的傷口。

步元敖苦澀地一笑，他……不能讓她誤會。「叫閔瀾韜輕些，太疼了。」他說。

蔚藍點了點頭，起身接過閔瀾韜手裡的棉花團。「相公，我來吧。」她的手腳仔細些，或許步爺不會那麼疼了。

她看著他背後新舊交錯的兩道傷痕，禁不住也愣住了。「相公……步爺以前也來找你治過傷吧，這傷痕，我似乎見過。」

沈默，兩個男人同時皺起了眉頭，卻都不回答她。

「快些上藥吧。」終於，步元敖說道，心比傷口疼，他卻淡淡地笑了。

閔瀾韜看著小心翼翼為步元敖上藥的她，這是第一次……她向他問起以前的事。

走廊響起腳步聲，看門的衙役領著瞿景箐和妹妹進來。

「步大哥！」瞿景箐和妹妹見步元敖醒了，都驚喜地催促衙役開門，衝進來了卻被他後背的傷口嚇住，不敢碰他。

步元敖打起精神，問瞿景箐：「事情進展得如何？」

瞿景箐啐了一口。「他們知道是步大當家犯了事，個個獅子大開口，數目一個比一個要的大。」

步元敖冷哼，並不意外。「先把閔瀾韜和……弄出去。」

「嗯，閔大哥夫婦的事好辦，今天就能和我們一起走了，畢竟那些老爺的目標是你，閔大哥夫婦連從犯都算不上。」

步元敖臉色一鬆，閉上了眼。「那就快帶他們走，我沒事的。你叫柴霖速速把這事通知三王爺，同時所有步家的買賣關門停業。他們動不得我，大不了多花幾個錢。」

瞿景箐點了點頭。「閔大哥、閔大嫂，我先帶你們出去。」

閔瀾韜緩緩站起身。「蔚藍……留下吧。」

所有人都愣住，妹妹抬起頭來看他，他沒有表情的臉上，眼睛卻異常的亮。她皺眉，閔大哥留下已經忘記一切的蔚藍姊……這解決不了問題。他是在逃避，如今的蔚藍姊不會接受「步爺」，就算他離開了，又能改變什麼？對蔚藍姊，對元敖，何嘗不是另一種折磨？

「閔大哥！」她也站起身，瞪著他。他不能因為負疚就這麼走了！

「蔚藍……」閔瀾韜卻沒理妹妹責難的眼光，他看著蔚藍，似笑非笑，怎麼也看不夠似的。「蔚藍，妳留下好好照顧步爺，他為了妳……我們，我對不起他。」

步元敖已經瞪起眼。「閔瀾韜！你發什麼瘋！把她帶走！」

「蔚藍，妳明白嗎？」閔瀾韜置若罔聞地看著蔚藍。

「相公……」蔚藍被他看得有些奇怪，心好像突然疼起來。

閔瀾韜一笑。「我先出去給他弄點藥送進來，妳留下照顧他。」

蔚藍回看著他，終於點了點頭。

在她看來，相公只不過讓她照顧受了傷的步爺，算做他們的報恩。

第二十五章

「閔大哥！」姝姝追著閔瀾韜到了衖門外。他走得飛快，姝姝一把拉住他，有些生氣地說：「閔大哥，你現在的樣子就是個懦夫！」

閔瀾韜聽了，有些瘋狂地哈哈一笑。「是啊，我現在就想一走了之，我現在就想當個懦夫！」

瞿景箐這時也追了上來，他已經聽姝姝說過來龍去脈，擋住了閔瀾韜的去路。「閔大哥，既然當初你帶走了蔚藍姊，現在就不能這樣甩開。如果你有心成全蔚藍姊和步大哥，你也該把話對蔚藍姊說個明白啊。」

閔瀾韜笑著搖頭，充滿了對自己的鄙夷和嘲諷。「對她說明白？讓她痛恨我嗎？如果她能痛恨我也好，她沒恢復記憶之前，我對她說起當初的事，只會讓她活得更痛苦。她怎麼面對我，又怎麼面對步元敖呢？」

一句話把瞿景箐和姝姝堵得無話可答。

是啊，蔚藍姊現在想不起過去的事，只是粗暴地把過去攤開在她面前，她又要怎麼接受呢？

「我做錯了，我也受到了懲罰。看到步元敖和蔚藍相遇，我不得不再次承認，我錯了。

他們是老天爺定好的一對，無論是否生死相隔，無論各自身在何處，他們始終還是要走到一起的。即便蔚藍失去記憶，可步元敖仍在她心裡，她只是想不起來而已，步元敖始終在那裡！」

閔瀾韜像是嘆息又像埋怨地接續道：「蔚藍已經漸漸想起以前的事，我天天就像坐在刀尖上一樣！今天還是我的蔚藍，或許明天她就會怨恨地看著我，問我當初為什麼自私地拆散了她和元敖！我已經受夠了，我認錯也認罰，就讓我帶著這五年美好的記憶，遠離他們吧！」

「可是……」瞿景箐還要再阻攔，被姝姝搖頭止住。

姝姝上前握住閔瀾韜的手。

「閔大哥，還是那句話，只有自己能解救自己。如果你真決定以這種方式結束你和蔚藍的一切，我也支持你。」

閔瀾韜的嘴唇顫抖得厲害，好半天才說出話來。「我……已經沒有選擇了。這是我唯一的路，蔚藍也許再五年十年也想不起來，但只要她在步元敖身邊，她會感受到幸福的，因為那是她的宿命。」

姝姝點頭。

閔瀾韜向她苦澀地笑了笑，揮了揮手。他腳步凌亂，終於還是消失在小巷盡頭。

「他就這麼走了，把蔚藍姊交給了步大哥，兩人只能以尷尬的身分相處，也很折磨啊！」瞿景箐還是很不贊同，怪不得說閔神醫脾氣古怪，就是太任性了。

姝姝笑了笑。「也未必，對於元敖哥和蔚藍姊來說，最重要的是在一起吧，以什麼身分並不重要。」

瞿景箐長長嘆了一口氣。

都說步大哥和蔚藍姊是天生一對，可怎麼又會有這麼多的坎坷呢？

半夜依舊很冷。

步元敖艱難地撐起身，傷口又疼了，他把身上的薄被為身邊的蔚藍披上。

月光照在她的臉上，略有些憔悴，卻美得讓他屏息。

她睡得很拘謹，抱著膝靠在牆壁上。畢竟對她來說，他還是個有些陌生的男人，她無法在他身邊坦然沈睡。

他漠視後背的劇痛，輕輕扶她躺下，幫她舒展開腿和胳膊，把薄被蓋好。

得到放鬆的她在睡夢裡露出淺淺的微笑，輕輕地囈語道：「元……敖……」

他渾身一震，呆住了。

突然有些明白為什麼閔瀾韜會這樣一走了之。

兩天後，步元敖被王爺派來的特使接出大牢。

縣太爺也跟來表示了一頓歉意，說自己御下不嚴，才導致這樣欺壓百姓的事情發生，這件事就大事化小，只要步爺出些贖罪銀子，大家面上都過得去就算了。

在牢門外迎接的人很多，步家的幾個管事、瞿景箐夫婦、下人……光是馬車就來了十幾輛。

步元敖被團團圍住，蔚藍被擠在人群之外。她皺著眉在人群中尋找，卻不見相公來接她。

姝姝走到她面前。「蔚藍姊，閔大哥說想自己去更遠的地方行醫遊歷，把妳交託給元敖哥照顧。讓妳放心地跟著元敖哥，別為他擔心。」

「什麼？」蔚藍皺眉，不敢相信姝姝說的。「相公一個人去行醫遊歷？」蔚藍搖頭，不對啊，他們一直相依相伴的。

「有一些事，閔大哥需要獨自去尋找答案，他留下一句話，如果妳想起過去的事，請千萬別怪他。」姝姝轉述閔瀾韜的話。

蔚藍沈默了，都是因為「過去的事」吧？自從步元敖等人出現，相公就很不對勁了。

步元敖身體虛弱，費力地走到她身邊。

「妳怎麼打算？」他認真地問。

蔚藍一揚眉。「我想去找相公，他一定還沒走遠，步爺，你一定能幫我打聽到他往哪個方向走。」

「好。」步元敖點頭答應。

失去記憶的蔚藍，眼下失去了閔瀾韜，對她來說，她正孤苦無依，他能給她最好的東西，就是最真誠的幫助。她說她要去找閔瀾韜，好的，他會傾盡全力去找。

「步爺，我的過去到底發生了什麼事？」她必須知道，才能弄清事情的癥結所在。

「我也不是太清楚。」步元敖垂下眼。

他有些慶幸這兩天派柴霖送香鈴夫婦回家，如果現在有人貿然告訴蔚藍一切，對蔚藍來說，太過殘忍。

「蔚藍，妳相信我嗎？」他喊了她的名字，她也沒覺得奇怪。

「嗯。」蔚藍點頭。

「既然閔瀾韜把妳託付給我，我就不能對妳置之不理。眼下，先派人去打聽閔瀾韜的下落，我也養好傷，然後我……陪妳一同去找他。」步元敖有些自嘲地笑了笑。

蔚藍猶豫了一下，似乎這是目前最好的解決辦法。

見她點頭，所有人都鬆了口氣，瞿景箐連忙開始張羅讓步元敖和蔚藍都上車。

步元敖搖頭道：「我和蔚藍不回攸合莊了，先去西霞鎮的別院住吧，那裡清靜，比較適合養傷。」

攸合莊裡有太多太多蔚藍的痛苦記憶，既然她忘記了，就別讓她看見，再勾起什麼傷心回憶。

他和她的時間還長……他不急。

西霞別院是三年前剛建成的，步元敖曾打算過把攸合莊送給姝姝和瞿景箐，自己來這裡住。

別院佔地並不廣大，但每一處他都用了心思，都按蔚藍喜歡的佈置，這樣就好像與她同住一樣。

蔚藍來了全新的地方，卻不知為何處處覺得熟悉，什麼都非常貼合心意。她曾私下問過丫鬟，自己是不是曾經住過這裡，可丫鬟回答說別院建成時間不長，連爺都沒長住過。

這座宅院給她的感覺和步元敖給她的感覺很像，明明是陌生的，卻又那麼熟悉。

蔚藍也覺得自己想得太多了，大概是閔瀾韜的突然離去讓她太過茫然了吧，就有些過分敏感。

她收拾了東西就去給步元敖換藥，他恢復得不錯，而且回到家中心情很好吧，雖然他不是多話的人，但她感覺得到。

相處中，她也覺得他有些孩子脾氣，這點倒和閔瀾韜有些像。

她礙於身分，他傷好些，不必她時常換藥後，就不與他一同吃飯了。他也不說話，也不叫人喊她，只是自己一口飯菜也不肯吃。

這種小脾氣發到第三天，下人慌了，跑來告訴她，以為主人又得了什麼重病，導致食慾不振。蔚藍跟在閔瀾韜身邊久了，也學了不少醫術，心急火燎地去看他，發現純粹就是他自己發脾氣。

問他為什麼，他又閉嘴不說，直到她親手餵他喝粥，他才慢慢開始進食，而且吃得越來越多。

蔚藍聽步家的大掌櫃柴霖說起過，步爺年少時全家老小死於橫禍，年輕時就成親了，妻子卻又早早夭亡，是個可憐的人。這麼大的家業，其實沒一個是骨血至親，他的心裡是異常孤獨又渴望親情的。

大概她在他病中照顧了他，讓他產生了依賴，所以才會這樣黏著她。不過還好，他始終是極為尊重她的，這也是她放心地讓他靠近的原因。

步元敖好得差不多，就主動提出去尋找閔瀾韜。

蔚藍也知道，相公如果成心想避開她，是不會那麼輕易讓人找到他的。他是著名的神醫，為了避免權貴或者什麼不想診治的人找到他，他還是很有辦法的。

步元敖的提議正合她心意，她是由衷地感激他的。

大概是為了照顧她吧，步元敖帶了三個丫鬟、兩個家丁，據柴霖說，他早年遊歷的時候，都是孤身一人的。

蔚藍坐在車裡一邊感激，一邊感嘆，別看步元敖一副冷淡的樣子，其實是個很細心體貼的人。

尋找的路線很不固定，往往是收到一個消息就改變了行程，但步元敖到底出身名門，很講究情趣，會住各地比較風雅的客棧，帶她吃當地有名的小吃，逛集市買特產。

以前跟著閔瀾韜行醫，往往總是被病人羈絆，想好好玩玩都沒時間沒精力，雖然去過很多地方，卻從沒這麼放鬆自在。

都不像是在找人，倒像是在遊山玩水。

步元敖也會有比較古怪的舉動，比如帶她去祭拜什麼人，又不告訴她是誰。遠遠看一座小宅院，又不說是誰家。

她發問，他便笑笑說，那是他亡妻的家，因為有些舊怨不便登門拜訪，只要知道他們過得還算順當就可以了。

他平時話不太多，說起亡妻娘家倒十分有談興，告訴她說雖然亡妻的母親過世了，父親卻活得還不錯，亡妻的弟弟做些小買賣，雖然不出色，但維持生活不成問題。亡妻的妹妹也找到了人家，不知道過得怎麼樣，但總算有了歸宿。

兜兜轉轉，漸漸入了冬。

再坐馬車就有些遭罪，步元敖決定改走水路。

上船的第一天就下了微雪，蔚藍和他站在船頭看雪中的運河，不知道步元敖想起了什麼，看得入了迷，一動不動。蔚藍也沒有打擾他，只是看他肩膀上積了薄薄的雪，忍不住替他拍掉。

他飛快地看了她一眼，沒有說話。

蔚藍倒有些迷惑了，這樣的場景非常熟悉，似乎之前就有過，而且是她和步元敖。

船走得慢，傍晚到了一個小鎮，蔚藍突然非常想去逛逛，步元敖倒是不怎麼有興致，但還是陪她去了。

這一路走來，她已經很習慣他的陪伴了。

碼頭邊的街道很繁華，有各式各樣的商鋪和小攤，晚上也不收，燈火輝煌。

一些站在街邊攬客的花娘看見步元敖俊美又貴氣，都妖妖嬈嬈地走過來勾他的胳膊。蔚藍頑皮地笑起來，搶先一步挽住步元敖的胳膊，衝他玩笑地說：「如果不這樣，你就會被這些妖怪抓去啦！」

步元敖也笑，任由她拉著，在人群裡走走停停。

步元敖停在一個糖人攤子前，神色憂傷地盯著精細的糖人看。賣糖人的小販殷勤地照他們倆的樣子捏了兩個。步元敖買下來，把蔚藍的糖人送給她。

蔚藍拿著糖人笑得很開心，感覺好像又回到了小時候似的。

回了船上，這一夜睡得格外香。

蔚藍第二天睡醒發現自己還捏著一個小小的糖人，她笑了，拿到眼前細細看。突然……

記憶之門轟然打開。

死亡，成全，離散，愛恨……

她不知道自己到底用了多久，可是她全都想起來了。

怪不得閔瀾韜會說，她若想起過去，不要怪他。

步元敖在門外輕輕敲門，有些擔心地問：「蔚藍，妳是病了嗎？現在都快到中午了……」

她從不曾起得這麼晚。

蔚藍起床打開門，元敖穿了件淺灰色的錦袍，滿眼擔憂地看著她。她沒有梳洗，頭髮還是披散的，自從她成為「閔夫人」，從沒以這種姿態被他看見過。

「哪兒不舒服呢？」她一定是病了。「這就靠岸，我們去找大夫！」

他慌慌張張向艙外走，想去告訴船家，蔚藍一把從後面摟住他的腰，臉貼在他挺直的背上那麼安心。

「元敖……」

步元敖僵直著身子不敢動，不知道自己為什麼突然會如此小心翼翼。生怕自己一動，身後的她就不見了。

「元敖，我回來了。」

她笑了，雖然用了太長的時間，走了太遠的路，她終於回來了。

深愛彼此，就會深知，她不用再說起閔瀾韜，她不用再說起任何事。

她想起了他，又回到他身邊，這對她和他來說，再也沒有比這更幸運的事。

步元敖沒有轉過身了，突然很不爭氣地哭了。

「妳還和以前一樣傻，竟然用了這麼久的時間。」他哽咽著抱怨。

蔚藍一笑。「你也不聰明，一直就在等。」

——全書完

上卷〈情執〉

她總是夢見一雙男人的眼睛，深邃、執著、情感濃烈……
望著那樣的一雙眼睛，莫名地教她覺得哀傷。
那是一雙來自她記憶深處的眼睛，讓她心慌意亂的眼睛，
她深信，這雙眼睛是來自前世的記憶，預告著這緣分將會持續到今生。
然而今生的相遇太晚了……她得先還前世欠下的溫柔情債……
偏偏命運之輪的轉動，她回到清朝，遇見了那雙眼睛的男人，
她是個和碩格格；他則是前景看好、眾家格格內心傾慕的貝勒，
她宿命般地癡心愛上，終於得以圓夢，
卻被狂烈又執著的愛付出撕心裂肺都不足以償付的代價……

下卷〈償還〉

「承毅，你不是不懂愛，你是不會愛。
希望當你再愛上別的女人的時候，能明白。」
奪走他心愛女人的男人居然敢這麼對他說！
他對梓晴的愛如此刻骨銘心，除了她以外，他不可能愛上別的女人；
他承諾只要她想要的他會做到，他眼睛裡也只看得見她一個女人。
為了她，他可以連命都賠上！
但為什麼……他的愛卻把她逼向別的男人？
為什麼他放下尊嚴開口求她留下，卻還是留不住她？
他的傷心已到盡頭，對她的愛逼得他發狂，他決計不會讓她走的！

前世舊愛竟成了今生新歡——

遇上宿世戀人，身不由己地愛上了，愛上了卻不保證擁有的幸福。
然而愛怕了，不敢了，轉身逃了，又能掙脫宿命？

文創風 020

愛恨無垠

國家圖書館出版品預行編目資料

愛恨無垠 / 雪靈之著. --
初版. -- 臺北市 : 狗屋, 民101.04
面 ; 公分. --（文創風）
ISBN 978-986-240-808-7（平裝）

857.7　　　101004356

著作者	雪靈之
發行所	狗屋出版社有限公司
地址	台北市104中山區龍江路71巷15號1樓
電話	02-2776-5889～0
發行字號	局版台業字845號
法律顧問	蕭雄淋律師
總經銷	知遠文化事業有限公司
電話	02-2664-8800
初版	101年04月
國際書碼	ISBN-13　978-986-240-808-7

定價250元

狗屋劃撥帳號：19001626

網址：love.doghouse.com.tw　E-mail：love@doghouse.com.tw